가산
정진
불

가야산
정진불

혜암 큰스님 이야기 2

정찬주 장편소설

랜덤하우스

차
례

오대산 인연

혜암은 6·25전쟁의 종전을 오세암에서 맞았다. 물론 휴전이 된지도 모른 채 오세암에서 보냈다. 봉정암이나 오세암 스님들이 모두 피난을 가버린 상태였기 때문에 누구한테서도 종전 소식을 들을 수 없었다. 그런데 어느 날부터인가 공비들이 자취를 감추었고, 백담사에서 한 스님이 경찰과 함께 올라와 종전 소식을 전해주었다. 백담사 주지 스님이 좌선하고 있는 혜암을 보더니 소리쳤다.

"스님! 인민군들이 물러갔습니다. 보름 전에 휴전이 됐습니다. 아직도 모른단 말입니까. 그동안 빨갱이들 때문에 얼마나 고초가 많았습니까."

"밤손님들이 불단에 식량을 놓고 가곤 해서 굶지는 않았습니다."

혜암은 공비들을 밤손님이라고 불렀다. 그러자 경찰이 믿어지지 않는 듯 되물었다.

"빨갱이들이 식량을 주었다는 말입니까?"

"나에게는 관세음보살님이었소."

백담사 주지 스님이 고개를 저으며 말했다.

"스님, 믿어지지 않습니다."

"밤손님들이 주었다고는 하지만 제석천왕이 제 모습을 보고 먹을 것을 갖다주라고 시킨 것이겠지요. 하하하."

혜암은 웃으면서 화제를 돌렸다. 가만히 돌이켜보면 무모했다는 생각도 들었다. 전쟁 중에 아무 준비 없이 오세암에 들어 공비들이 있거나 말거나 상관하지 않고 정진했던 것이다.

"스님, 백담사로 갑시다. 스님이 몇 분 들어와 이제는 살 만합니다."

"오세암에 스님이 들어올 때까지 있겠습니다. 암자를 비울 수는 없지 않겠습니까. 오세암은 모기나 파리가 없어 정진하기에 더없이 좋습니다. 도량신이 정진 잘하라고 모기나 파리를 쫓아주는 것 같습니다."

훗날 혜암은 이때의 경험을 바탕으로 제자들에게 '숨어서 도 닦는 사람이 제일 위대하다.'는 법문을 들려주곤 했다.

─고인들 말씀에 큰절 스님네 100명이라도 숨어서 토굴살이 하는 스님 하나를 못 당한다고 합니다. 옛날에는 토굴살이를 하기 전

에 도인 스님들한테 토굴살이를 해도 하자가 없다는 인증을 받아야 했기 때문에 틀림없는 말입니다. 그런데 요즘에는 토굴 생활을 자기 멋대로 합니다. 공부 잘하려고 토굴 가는 것이 아니라 대중 생활의 규칙을 지키기 어렵고 대중 처소에서 살기 귀찮으니까 편하고자 갑니다. 참선 하나 잘하면 종정 스님보다 어른이고, 방장 하는 것보다 제일이고, 벼슬하는 사람보다 높은데 이것을 모르니까 밤낮 감투만 쓰려고 해요. 재가 신도들도 명심해야 해요. 숨어서 거지가 되더라도 참선만 잘하면 부자인 줄 알아야 돼요. 도 닦다가 죽을지언정 도를 떠나 오래 살려고 하지 말아야 합니다.

또 '관세음보살에 의지하지 말고 스스로 관세음보살이 되라.'고 당부했다. 오세암이 관음 도량이라 하여 모든 스님과 신도들이 관세음보살의 가피를 받기 위해 기도를 해왔지만 혜암은 오세암을 자신만의 참선 도량으로 바꾸어 정진했던 것이다.

─참선만 하면 우리가 부처님도 될 수 있고, 문수보살도, 관세음보살도 될 수 있습니다. '관세음보살 부르는 것이 이 뭣고?' 하면 '내가 무엇인고?' 하는 화두가 됩니다. 그렇게 하면 나를 찾는 공부를 하게 됩니다. 전에는 관세음보살한테 의지하려고 했지만 스스로 내가 관세음보살이 돼야 합니다. 그렇게 자기를 바꾸어야 합니다. 내가 관세음보살 같은 마음을 쓰고 행동만 하면 화두 공부 안 해도 저절로 관세음보살 마음자리가 나옵니다. 그 자리가 나한테 드러납니다.

11

백담사 주지 스님은 가끔 오세암에 올라와 양식을 놓고 갔다. 덕분에 혜암은 전쟁이 끝나고 나서도 두 철을 더 오세암에서 홀로 정진할 수 있었다. 혜암은 백담사와 오세암 사이의 수렴동 계곡을 오가며 행선했다. 아주 천천히 두 번만 왔다 갔다 하면 하루가 지나갔다. 봉정암 골짜기에서 발원해 천년을 하루같이 흐르는 수렴동 계곡물을 무심코 바라보며 하루 종일 행선의 즐거움을 누렸다.

이따금 화전민을 만났지만 그들은 혜암이 누리는 행선의 정복淨福을 알지 못했다. 늘 말없이 오갈 뿐인데도 혜암의 얼굴에는 미소가 어려 있었다. 한 화전민이 무심히 산길 너머로 사라지는 혜암을 보고는 말했다.

"꿀 먹은 벙어리 같구먼."

무엇을 물어도 간단하게 대답하고 입 안에 꿀을 머금은 것처럼 미소를 지은 채 산길을 걸어갈 뿐이었기 때문이다.

"스님, 초하룻날에 불공드리러 가도 되겠습니까?"

이렇게 물으면 '아무 때라도 좋습니다.' 하고 대답하는 게 고작이었다.

혜암이 들어선 경지는 '어째서 개에게 불성이 없다고 했을까?'라는 의심이 낮이나 밤이나 순일하게 계속되는 단계였다. 자연스럽게 화두 삼매가 지속되었다. 혜암은 그런 상태 속에서 행선을 했다. 벌써 세 번째 경험이었다. 봉암사 결사 기간 동안에 그랬고, 천제굴에서 한 번 그랬고, 이번에 또 그런 경지가 드러나고 있었다.

행선은 수마를 쫓는 방편 중에 으뜸이었다. 더욱이 행선을 하다 보면 자신이 자연과 동체가 되는 무아無我를 체험했다. 내가 비어지는 아공我空 상태 속에서 자연과 합일이 되는 경지였다. 오세암 둘레에 자생하는 산벚나무 꽃을 보면 자신이 산벚나무 꽃이 되고, 수렴동 계곡을 흐르는 물을 보면 자신이 계곡물이 되고, 구름 한 점 없는 허공을 보면 자신이 광대무변한 허공이 되었다.

삼매가 주는 재미가 있다면 마음의 밀도를 높여주는 무형의 충만함이었다. 깨어 있는 마음 자체가 넉넉한 충만이었다. 불법을 만난 자신이 얼마나 행복한지 새삼 부처님과 선지식들에게 감사한 마음이 들었다.

'그렇다. 이러한 정복이 어찌 나 혼자만의 정진의 결과이겠는가. 불은佛恩이고 선지식들께서 나에게 베푼 시은施恩이다.'

하루는 또다시 오대산의 암자들이 그리웠다. 생각이 들면 바로 실천에 옮기는 것이 혜암의 성격이었다. 설악산을 지나가던 비구름이 소나기를 퍼붓는 날이었다. 혜암은 사미승이 된 지 두 달도 안 된 백담사 스님의 만류를 뿌리쳤다. 오대산 적멸보궁으로 나아가 삼천배를 하고 난 뒤, 통영 천제굴에 있는 성철을 만나 자신의 경지를 점검하고 싶었다.

"혜암 스님, 비라도 그치면 가십시오."

"적멸보궁으로 가서 삼천배를 하고 싶소. 지금 내가 부처님께 은혜를 갚는 길은 그것뿐인 것 같아요. 오세암의 하루하루가 얼마나

13

좋은지 모르겠소."

사미승은 천일기도를 하기 위해 올라온 백담사 주지 상좌였다. 천일이 되기 전까지는 백담사를 내려가지 않겠다는 발원을 하고 기도에 들어간 사미승이었다. 혜암은 암자 살림을 인수인계하는 것이 번거로워 오세암을 몰래 떠나려 했지만 들키고 말았다.

"적멸보궁으로 가서 정진하시려고 합니까?"

"참배한 뒤에는 성철 스님이 계시는 천제굴로 가려고 해요. 성철 스님께서는 정진하되 늘 선지식의 점검을 받으라고 했지요. 그래야 참선의 길에서 일탈하지 않고, 법집法執에 걸리지 않는다고 말씀했소."

"스님, 법집이 무엇입니까?"

"스님들이 참선해서 득력 좀 했다고 자랑하고 자만하는 것이 법집이지요. 스님도 나중에 천일기도했다고 드러내고 다니면 안 됩니다. 그것도 법집이에요. 말하자면 기도해서 가피를 좀 받았다고 자만하는 것도 법집이지요. 법집도 따지고 보면 아집과 같은 것이오. 나를 비우지 못하고 과신하는 것이 바로 아집이니까 말이오."

사미승은 알고 싶은 것이 많은지 혜암에게 이것저것 물었다. 혜암은 그때마다 자상하게 얘기해주었다.

"나는 여기서 전쟁을 났소. 전쟁은 나에게 결제 기간이었소. 그렇다고 여기 있는 동안에 먹을 것을 걱정해본 적은 없어요. 스님도 참선을 하면 더 좋겠지만 이왕에 기도하러 왔으니 기도만 하시오. 도인 스님들 말씀에 먹을 것 걱정하면 귀신들이 이놈은 먹을 것부터 걱정하는 놈이라고 얕본다고 했어요."

"스님, 또 오십시오. 스님을 모시고 참선 공부하고 싶습니다."

"또 올 테니 기도 잘하고 있어요. 적어도 내 나이 마흔까지는 오대산과 설악산을 떠나지 않겠다는 서원을 세웠으니까요. 중이 됐으니 설악산에 살아봐야 오세암 관세음보살이 어떤 분인지, 오대산의 오대 암자에 다 살아봐야 오대산에 계시는 문수보살이 어떤 분인지 알 수 있지 않겠소."

실제로 혜암은 서른네 살부터 마흔두 살까지 설악산과 오대산, 태백산을 오가며 정진했다. 살림이 넉넉한 대중 처소보다는 스님들이 왔다가 슬그머니 도망쳐버리는 산중암자가 자신의 성정에 맞았기 때문이다.

혜암은 빈 암자를 찾아가 마당에 난 풀을 뽑고 부엌에 장작을 쌓는 등 누군가가 정진할 수 있게끔 만들어놓고 그곳을 떠나곤 했다. 수좌가 공덕을 쌓는 길은 오로지 참선하는 것이요, 복덕을 짓는 길은 뒷사람이 공부 잘하도록 암자에 식량이나 땔감을 쌓아두고 떠나는 것이라고 혜암은 믿었다.

혜암이 설악산을 떠나 오대산 적멸보궁에 갔을 때도 상원사에서 조금 멀리 떨어진 서대 같은 곳은 텅 비어 있었다. 수좌들도 그곳에는 가지 않으려 했다. 종전된 지 얼마 안 되어 암자들이 호젓하고 괴괴했던 것이다. 그러나 혜암의 생각은 달랐다. 그런 곳이 마음을 닦는 공부가 잘되고, 도량 신장들의 외호도 더 잘 받는 것 같았다.

적멸보궁에 참배하고 중대 사자암에서 하룻밤을 묵는데, 상원사 주지 스님이 오히려 혜암에게 사정했다.

"아무도 서대에 가지 않으려고 하니 스님이 살아주시오."

"주지 스님, 고맙습니다. 방금 적멸보궁에서 삼천배를 하며 서원을 하나 세웠습니다."

"무슨 서원을 했소?"

"오대산의 오대 암자 모두에서 살아보기로 했습니다."

"스님이 살아만 주면 고맙지요. 스님들이 살지 않으니 암자의 도량신들도 떠나는 것 같아 을씨년스러워요."

"주지 스님, 걱정 마십시오."

"서대와 북대가 비어 있으니 언제라도 오시오."

특히 북대 미륵암은 고려시대 때 나옹 선사가 숨어 살던 암자로 전쟁 전까지만 해도 수좌들이 서로 가려고 하던 곳이었다. 그런데 6·25전쟁을 전후해 공비들의 출몰이 잦아지자 지금은 아무도 가지 않으려 하는 모양이었다. 주지가 혜암에게 다시 부탁했다.

"오대산에서 함께 정진하십시다."

"주지 스님, 성철 스님을 뵌 뒤 반드시 돌아오겠습니다."

"혜암 수좌가 온다고 하니 마음이 놓이오. 아무래도 스님은 다생多生에 걸쳐 오대산에서 살았던 인연이 있는 것 같소."

"주지 스님, 저도 그렇게 생각합니다. 오대산에 들어오면 마음이 편해집니다. 햇중일 때 저를 격려해주셨던 한암 큰스님도 그립고요.

고향에 돌아온 듯 모든 것이 낯익습니다."

혜암은 중대 마당가에 있는 단풍나무를 보고 합장했다. 한암이
서울 봉은사에서 이곳으로 와 적멸보궁에 참배하고 난 뒤 심었다는
단풍나무였다.

혜암은 안정사 법당으로 들어가 참배했다. 안정사 주지가 마당에서 혜암이 나오길 기다리고 있다가 차를 권했다.

"혜암 수좌, 차 한잔하고 올라가시오."

"주지 스님, 다른 날 오겠습니다."

"방금 천제굴에 비구니 스님들과 마산 신도들이 갔어요. 차 한잔하고 천천히 올라가는 게 좋을 거요."

"성철 스님 뵈러 왔으니 먼저 성철 스님을 봬야지요. 사람들이 부산에서 왔건 마산에서 왔건 나하고는 상관없는 일입니다."

안정사 주지는 천제굴의 동향에 은근히 신경을 많이 쓰고 있었다. 천제굴에 많은 신도들이 드나들면서 시골 마을 부녀자들이나 찾던 안정사에 도회지 부자 신도들이 하나둘 늘어났기 때문이었다. 그러니 성철뿐 아니라 천제굴을 찾는 모든 스님들에게 호의를 보이려고 애쓰는 게 당연했다.

단숨에 천제굴로 올라간 혜암은 인법당 앞으로 걸어가며 소리쳤다.

"스님, 혜암이 왔습니다."

천제굴 인법당 토방에는 스님들의 고무신이 가지런히 놓여 있었다. 잠시 후 성철이 얼굴을 찡그리며 방문을 소리 나게 열어젖히고 나왔다. 사람들에게 시달린 탓인지 언짢은 표정이 역력했다. 혜암은 성철의 표정을 살피며 걸음을 멈추었다.

성철은 혜암을 보는 둥 마는 둥하고 토방에 놓인 고무신들을 소쿠리에 담더니 울타리 밖으로 던졌다. 그러면서 혼잣말로 중얼거렸다.

"공부하지 않고 쓸데없이 왔다 갔다 하는 중들에게 염라대왕이 신발값 청구할 날이 있을 것이구마."

혜암은 성철을 따라 인법당으로 들어갔다. 몇 해 전에 구들장을 파고 동안거를 났는데, 지금은 말끔하게 수리되어 있었다. 혜암은 삼배를 하려고 엎드렸다. 그러나 성철은 한 배만 받고 혜암의 손을 잡더니 옆에 앉혔다. 무릎을 꿇고 앉아 있던 어린 비구니 스님들이 놀란 눈으로 혜암을 부럽게 쳐다보았다.

"혜암 수좌다. 이 스님의 한 배는 니들 삼천배보다 크다."

혜암의 모습은 초라했다. 오세암 시절 이전부터 입었던 장삼은 누더기가 되어 너덜너덜했다. 게다가 몸집이 왜소해 더욱 궁상맞아 보이는 혜암을 성철이 강권하듯 옆에 앉혔으니 비구니 스님들의 눈이 휘둥그레지는 것은 당연했다.

"성철 스님, 인법당에 구들장은 왜 다시 놓으셨습니까?"

"내가 부산병원에 갔다 온 사이 시자들이 놓아버린 기라. 혜암 수좌가 있었으면 못 놓았을 끼다."

"한 철 나려고 왔는데 그만 가야겠습니다."

"혜암 수좌에게는 구들장이 있고 없고가 중요하지 않데이. 그런 방편을 쓰는 단계는 이제 넘어선 거 아이가."

"찾아온 스님과 신도들이 못 자게 하려고 구들장을 파낸 것 아니었습니까?"

"하하하. 혜암 수좌 말도 맞데이."

성철은 어린 비구니 스님들한테 혜암에게 정식으로 삼배를 올리라고 시켰다. 그러면서 어린 비구니 스님들에게 '중은 누더기가 아니라 얼굴만 봐도 어떻게 공부했는지 잘 알 수 있다.'고 혜암을 격려한 뒤 부처님과 마하가섭 이야기를 해주었다.

"부처님이 기원정사에 계실 때 이야기다, 이 말이야. 가섭 존자가 부처님의 설법이 있다는 소문을 듣고 기원정사를 찾아온 기라."

〈그때 가섭은 누더기를 입고 있었다. 동굴이나 공동묘지, 나무 밑에서만 머물며 수행하는 가섭이었기에 옷은 언제나 더럽고 해져 있었다. 가섭이 설법하는 세존 앞에 앉자 기원정사 밖에서 온 수행자들이 수군거렸다.

"누더기를 걸치고 있는 저 사문은 누구인가? 세존 앞에서 위의를 갖추지 않고 설법을 듣다니. 저 사문의 옷에서 퀴퀴한 냄새도 나지 않는가?"

수행자들이 수군거리는 소리가 세존의 귀에도 들렸다. 그러자 세존은 설법을 중단하고 가섭을 불렀다.

"가섭이여, 여래 자리를 반으로 나눠줄 터이니 여기에 같이 앉자꾸나. 가섭이여, 그대와 여래 중에 누가 먼저 출가하였는가?"

"세존께서는 저의 스승이시고, 저는 세존의 제자입니다."

"그렇다. 가섭이여, 여래는 너의 스승이고 너는 여래의 제자이다. 그렇기 때문에 여기 이 자리에 여래와 함께 앉자는 것이다."

세존의 이 말에 아직 세존의 제자가 되지 못한 수행자들은 두려움을 느끼기까지 했다. 누더기를 걸쳤다고 비웃던 수행자는 등골이 오싹하고 모골이 송연했다.〉

어린 비구니 스님들이 천제굴 밖에서 신발을 찾느라 한바탕 소동을 벌인 그날 밤, 성철과 혜암은 마루에 앉아 조용히 이야기를 나누었다. 성철이 말했다.

"혜암 수좌, 이번 동안거는 어디에서 살 것인가?"

"오대산으로 가려고 합니다."

"나하고 살면 되지 어디로 가노?"

"사람들에게 너무 많이 시달리시는 것 같습니다."

"그렇다고 또 구들장을 팔 수는 없는 기라. 마음 다스리고 살면 되지 않겠나?"

"전 아직 멀었습니다."

"오대산 겨울은 추운 기라. 눈 치우다보면 공부할 시간이 없데이. 그러니 이번 겨울은 나하고 살아야 되는 기라."

결국 혜암은 천제굴에서 겨울을 보내게 됐다. 겨울을 나는 동안 혜암은 수시로 자신의 경계를 점검했다. 점검하는 시간이 따로 정해져 있는 것은 아니었다. 마루에 앉아 자연스럽게 이야기를 나누며 깨달음의 길로 향했다.

하루는 성철이 물었다.

"화두가 잘 들리나?"

"스님, 왜 그렇게 저를 의심하십니까?"

혜암은 자신을 점검하기 위해 그런다는 것을 알면서도 퉁명스럽게 대꾸했다.

"의심이 간절하게 지어지냐는 말이다."

"순일합니다."

"그걸 의정疑情이라고 하는 기라."

"그게 의정이면 어떻고, 또 아니면 어떻습니까. 저는 앉아 있을 때나 걸을 때나 오직 '이 뭣고?' 할 뿐입니다."

"됐다, 됐어. 박산 스님은 의심을 눈썹 위에 맺어놓고 놓아버리려 해도 버릴 수가 없고 쫓으려 해도 쫓을 수가 없게 해야 한다고 했데이. 무슨 뜻인고 하니, 의심이 간절하면 화두를 들지 않아도 자연히 화두가 현전現前한다, 이 말이다."

"저로서는 오세암에서 마친 일입니다."

"의심이 하나로 뭉쳐 독로하던가?"

성철은 혜암에게 의단독로疑團獨路 상태를 점검했다. 의단독로란 화두와 자신이 하나가 되어 한 몸을 이루는 경지를 뜻한다. 번뇌망상이 끼어들 틈 없는 의심덩어리가 된 경지이기 때문에 이런 상태를 타성일편打成一片이라고도 한다.

혜암은 미소로 답했다. 성철은 동안거 내내 더 이상 아무것도 묻지 않았다. 동안거를 해제하기 전날에야, 혜암을 따로 불러 말했다.

"혜암 수좌, 오대산으로 가그래이."

"지난가을에는 가지 말라고 하시더니 이번에는 왜 가라고 하십니까?"

"적당한 때에 나도 떠날 끼다. 천제굴 인연도 다한 기라. 몰려오는 사람 떼를 나도 감당할 수가 없데이."

"저는 오대산 서대와 북대가 비었다고 하니 둘 중 한 곳에서 살 것 같습니다. 스님께서는 어디로 가시렵니까?"

"아직 아무에게도 말하지 않았지만 팔공산 성전암으로 갈 생각이구마. 아마 거기서도 여기처럼 요사채를 지어 살아야 할 끼다."

"스님, 혹시 일타 스님이 오거든 오대산으로 갔다고 전해주십시오."

"옛 선사 말씀을 명심하그래이. 의단을 타파하면 무명이 깨져나가고 무명이 깨지면 오묘한 도를 보게 된다고 했다 아이가. 또 의단을 깨뜨리지 못하면 맹세코 쉬지 말라고 했데이."

성철은 일타와 법전 그리고 혜암을 믿었다. 일타는 재주가 많아 스님들 중에서 성철 자신과 애기를 나눌 만한 사람이라 했고, 법전은 심지가 굳어 평생을 함께할 만한 수좌라 했고, 혜암은 보기 드문 두타 수행자라고 했다. 그런 인연 때문인지 세 사람은 도반으로서 성철을 중심축으로 서로 탁마하며 만났다 헤어지곤 했다.

그해 동안거를 해제하던 날, 혜암은 성철과 헤어져 즉시 오대산으로 떠났다. 이미 상원사 주지에게 허락을 받아둔 터라 망설이지 않고 서대로 올라갔다. 서대에 걸망을 푼 뒤, 바로 적멸보궁으로 가 일주일 동안 하루 삼천배씩을 하면서 금생에 기필코 견성성불할 것을 서원했다.

일타가 서대로 와 합류한 것은 초봄이 지나서였다. 그래도 서대의 너와지붕과 응달에는 잔설이 덮여 있었다. 6·25전쟁이 한창일 때 범어사 동산 스님 회상에서 한 철을 함께 산 뒤, 다시 어울려 정진하게 된 인연이었다. 일타는 상원사 선방에 있으려다 분심이 솟구쳐 서대로 왔기 때문에 혜암의 일정표대로 정진했다.

아침 공양은 상원사로 내려가 죽을 먹은 다음 마가목차를 한 잔 마시고, 점심 공양은 서대에서 생콩알과 솔잎으로 생식을 했다. 물론 오후에는 아무것도 먹지 않는 오후불식을 했다. 시장기가 느껴지면 마가목차를 마시며 빈 내장을 달랬다.

하루는 일타가 점심 공양을 준비하면서 썩은 콩을 골라내다 혜암에게 한마디 듣기도 했다.

"일타 스님, 콩이면 다 같은 콩이지 무슨 좋은 콩이 있고 나쁜 콩이 있겠소."

상원사에서는 드센 수좌들로부터 느슨하게 정진한다는 둥 눈치를 봤는데, 서대에서는 먹는 콩을 가지고 혜암에게 지적을 당하니 일타는 분심이 더욱 일었다.

일타는 분심의 힘으로 적멸보궁으로 올라가 오른손 네 손가락을 붕대로 감고 촛농을 묻힌 뒤 불을 붙였다. 그렇게 손가락을 태우며 '옳은 중 노릇을 하겠다. 부처님 법만을 따르겠다. 숙세宿世의 업장을 없애겠다.'는 서원을 세웠다.

일타가 연비를 하자 상원사 주지가 가장 크게 놀랐다. 부처님 가운데 토막 같다고 농담하던 수좌들도 기가 질려 일타를 다시 보기 시작했다. 상원사 선방과 드센 수좌들 기운에 떠밀려 일타가 연비를 했다고 주장하는 사람도 있었지만 그런 시샘 섞인 얘기는 곧 묻혀버렸다.

혜암에게도 일타의 연비는 자극이 됐다. 일타보다 정진력에서만큼은 뒤지지 않는다고 자부했는데 은근히 낭패감이 들었다. 그렇다고 일타를 따라서 마음에도 없는 연비를 할 수는 없었다.

혜암은 낮에는 서대에서 좌선을 하고, 밤에는 졸지 않기 위해 행선을 했다. 일타가 연비한 뒤로는 비가 오는 밤중에도 오대산 산길을 걸었다. 적멸보궁과 서대 사이를 날이 샐 때까지 오갔다. 무려 여섯 달 동안 하루도 빠짐없이 단 한숨도 자지 않고 행선을 했다. 이른 첫눈이 와 행선을 할 수 없게 되어서야 혜암은 설악산 오세암으로 거처를 옮겼다.

3

혜암은 자신과 '이 뭣고?' 화두가 하나 되는 타성
일편의 경지를 경험하며 설악산 오세암과 태백산 동암에서 3년을
보냈다. 자신의 감정과 의지에 상관없이 '이 뭣고?'가 순일하게 성
성한 경지였다. 이러한 체험은 견성성불을 이루는 데 참선 공부가
지름길이라는 확신을 주었다. 그래서 훗날 혜암은 누구를 만나든
'참선은 본래면목으로 돌아가는 인간 혁명의 길'이라고 자신 있게
설법할 수 있었다. 해인사 방장이 되어 원당암 달마선원에 모인 재
가 불자들에게 설한 다음과 같은 법문도 같은 맥락이었다.

〈참선이라는 것은 본래면목으로 되돌아가게 하는 혁명적인 깨달음의 길입니다. 불교는 인간에게 최상의 혁명입니다.

　본래의 길에서 탈선해 죽는 날을 기다리고 있는 분들에게 안 죽는 길, 살 길로 찾아가는 길이 바로 불법이고 참선입니다. 하나가 틀리니 모두가 틀려지는 것입니다. 뒤바꾸어 보고 들어 아는 것을 다시 정상으로 돌아가 나를 보고, 바로 듣고, 바로 깨닫고, 바로 알게 하기 때문입니다.

　보는 눈과 듣는 귀가 보물인 것 같아도 이것 때문에 우리가 고생을 합니다. 그렇지만 마음을 깨달은 뒤에는 이것이 보물로 변합니다. 보물은 여러분한테 다 있는데, 이것 때문에 큰 보물을 이용하지 못하고 있는 것입니다.

　우리 본래 마음은 밝기로 말하자면 일월보다도 밝고, 덕으로 말하자면 천지보다도 더 덕이 많고, 천지의 조화보다도 더 조화가 많습니다. 이렇게 엄청나고 귀중한 보물을 찾는 공부를 여러분이 하고 있는 것입니다.

　그런데 참선을 무엇 때문에 하는 줄 모르니까 참선이 안 되는 것입니다. 진리는 둘이 아니기 때문에 바로 보면 현상 그대로가 실상이면서 진리인 것입니다. 깨쳐놓고 보면 똥덩어리도 부처이고, 개도 부처이고, 닭도 부처이고, 돌멩이도 부처이고, 모두가 나입니다.

　참선은 아는 데서 출발하여 모르는 데로 이르는 것이며, 알고 모르는 것이 없는 자리이니 도道 자리에 가서 알고 모르는 것이 무슨 관계가 있겠습니까.

중생들은 낮에는 밝은 것을 의지하고, 저녁에는 어두운 것을 의지해서 살지만 우리 마음은 상대가 끊어졌기 때문에 짝이 없습니다. 내 본심은 성인도 아니고 범부도 아니고, 옳은 것도 아니고 그른 것도 아니고, 착한 것도 아니고 악도 아니고, 복도 아니고 죄도 아니고, 아무것도 붙을 수가 없습니다.〉

또 참선 공부를 하면서 확신을 갖지 못한 재가 불자들을 위해 시키는 대로 하는 바보처럼 소금을 지고 물에 들어가는 사람이 되라는 법문을 들려주기도 했다.

〈공부를 지어가는 데 알려야 알 수 없는 대목, 재미도 없는 대목으로 한결 바늘 끝처럼 날카롭게 분별심 없이 '이 뭣고?'만 물 흘러가는 것같이 파고들어갑시다. 쉴 새 없이 들어가면 도道는 나오지 말래도 안 나올 수가 없습니다. 서울 가는 길을 가는데 어찌 서울이 나오지 않겠습니까.

이 공부는 미묘법이고 비밀법입니다. 세상 공부 공식하고 달라서 격외선이라고 합니다. 도 닦는 공부는 특수법으로 상대가 있는 세상 과학이나 철학과는 다릅니다. 상대가, 대對가 없는 데로 들어가니까 분별심을 내지 말아야 합니다.

근기가 약한 사람인 데다 아는 것이 좀 있으니까 파리처럼 이리저리 왔다 갔다 하다가는 공부가 어렵다고 합니다. 이 공부는 양심을 속이지 않고 참다워야 합니다. 어중간한 사람이 제일 공부하기 어렵다고 합니다. 알려면 그냥 확실히 알던지, 모르려면 아무것도 몰라 시키는 대로 소금을 지고 물에 들어가는 그런 사람이 도를 빨리 깨닫습니다.

그런데 중간치기는 백여우같이 이리 한번 따져보고 저리 한번 따져보기만 하다 공부하기가 어렵다고 합니다. 미련한 사람이 들어가기가 쉬운 법입니다. 꾀를 내지 마십시오. 따지지 마십시오. 그래야 도에 들어갈 수 있습니다.

이래도 백여우 노릇을 하겠습니까. 그냥 재미없고 알 수 없는 자리에만 머무십시오. 무슨 수가 생길 것입니다.

나는 여자니까, 병들었으니까, 노인이니까, 법문을 모르니까 공부가 안 되는 것 같다. 이와 같은 모든 이유는 마구니들이 공부하지 못하게 꾸며대는 말입니다. 그런 생각 때문에 화두가 안 뭉쳐지고 힘이 생기지 않는 것입니다. 그런 생각이 들면 전부 마구니의 조화인 줄 알아야 합니다.

세상 공부는 오늘 배운 만큼 한 권 알게 되고 내일은 두 권, 한 달 후는 열 권 알게 되고 쌓이는데, 이 도 닦는 공부는 버리는 공부인 줄 알아야 합니다.

스님네들이 계율을 배우는 것은 행동을 배우는 것이고, 글을 버리고 말을 떠나는 것은 참선 공부를 하는 것입니다.

육조 스님은 나무꾼으로서 글자 하나 몰라도 도를 깨친 까닭에 그 법문은 부처님과 다름없고, 천하의 학문 많은 사람도 절대로 따를 수가 없습니다.

천태 스님이 도를 닦다가 크게 깨치니 스승 남악 스님이 '대장경을 다 외우는 아무리 큰 지식을 가진 사람이라도 너의 한없는 법문은 당하지 못할 것이다.'라고 칭찬했습니다. 팔만대장경을 다 알아도 안 것이 아닙니다. 내 마음을 깨치기 전에는 죽었다 깨어나도 부처님 마음과 뜻을 알 수 없는 것입니다.

고봉 스님의 한 제자가 출가해서 경을 배우는데, 3일 동안 공부를 했지만 한 글자도 기억을 못해 대단히 슬퍼했답니다. 그런데 누군가가 이것을 보고 전생에 참선하는 사람이었을 거라고 해서 참선을 시켜보니 과연 남보다 뛰어났다고 합니다. 그 스님은 크게 깨치어 고봉 스님의 당당한 제자가 됐다고 합니다.

세지총명世知聰明이라는 말처럼 똑똑하고 재주 있고 기억력 뛰어난 사람이 있습니다. 그런데 공부하는 입장에서 보면 불행한 사람입니다. 그러니 똑똑한 척하지 마십시오. 재주를 부리는 사람은 자기 자신을 죽이고 지옥으로 갈 일을 만들 수 있으니 재주를 부리지 마십시오.

세상일을 잘하려고 하는 것은 진흙으로 옥을 만드는 것과 같습니다. 진흙이 옥이 되겠습니까. 불쌍한 사람들의 짓입니다.

'이 뭣고?' 하는 자리가 부처님 마음하고 딱 합쳐진 자리입니다. 그 자리에 석가모니 부처님도 있고, 약사유리광 부처님도 있고, 문수보살, 지장보살, 관세음보살도 다 계십니다. 우리 마음을 떠나서는 아무것도 없습니다. '이 뭣고?' 하는 자리에 다 모여 있습니다.

화두 당처가 불성佛性 자리입니다. 부처님 마음자리입니다. 그러니 부처님 계신 자리는 먼 곳이 아닙니다.〉

혜암의 설법은 힘이 있었다. 자신의 실참實參에서 비롯된 지혜의 말이기 때문이었다. 특히 서른여섯 되던 해 늦은 봄에 들어간 태백산 동암에서의 정진은 수좌로서 분기점이 되었다. 그 무렵부터 태백산에서는 여러 수좌가 앞서거니 뒤서거니 입산해 정진하고 있었다. 1955년에는 태백산 동암에서 혜암이, 태백산 도솔암에서 일타가 수행을 시작했다. 그리고 문경 묘적암에서 일여의 경지를 체득한 법전은 당시 파계사 성전암에 있던 성철에게서 인가를 받고 곧이어 1958년에 태백산 홍제암으로 들어왔다.

그러던 어느 여름날, 세 사람은 산중 절터의 당간지주 아래서 나이순으로 혜암이 가운데, 일타가 오른쪽, 법전이 왼쪽에 자리를 잡고 한담을 나누며 기념사진을 찍기도 했다. 밀짚모자와 장삼은 같은 모양이었지만 그때 신은 각자의 신발에도 나름의 가풍이 그대로 드러났다. 기념사진 속의 일타는 귀한 운동화를 구해서 멋들어지게 신었고, 법전은 한겨울의 털고무신을 여름에도 한결같이 신었고, 혜암은 깔끔한 성격대로 흰 고무신을 단정하게 신고 있었다.

그들은 한 암자에 모여 살지는 않았지만 각자가 분심을 내며 탁

마하고 정진했다. 그 결과 일타는 도솔암에서 6년 동구불출의 정진
끝에 깨달음의 노래를 했다.

　　몰록 하룻밤을 잊고 지냈으니
　　시간과 공간은 어디에 있는가.
　　문을 여니 꽃이 웃으며 다가오고
　　광명이 천지에 가득하구나.
　　頓忘一夜過　時空何所處
　　開門花笑來　光明滿天地

　　성철에게 인가를 받고 뒤늦게 홍제암으로 들어간 법전은 입산
시入山詩를 읊조렸다.

　　그대 보지 못하였는가.
　　배움이 끊어진 하릴없는 도인은
　　망상도 구하지 않고
　　참됨도 구하지 않으니
　　무명의 참 성품이 곧 불성이요
　　허깨비 같은 빈 몸이 곧 법신이로다.
　　법신을 깨달음에 한 물건도 없으니
　　근원의 자성이 천진불이라.

혜암은 태백산에서 다시 오대산 사고암으로 옮긴 뒤에야 확철대
오했다. 깨달음이 그냥 찾아온 것은 아니었다. 혜암은 동암에서 정
진할 때보다 더욱 철저하게 고행을 계속했다. 훗날 혜암은 그때의
상황을 다음과 같이 술회했다.

─사고암은 네 치각 기둥으로 임시 홑집을 지어놓으니 추위에 못
견뎌 누구든 살지 못했습니다. 산승은 좋은 계기가 왔다 생각하고,
양식도 불 땔 나무도 없이 냉방에 나무토막 하나만 갖다놓았습니다.
그 방에서 한 끼에 잣잎과 콩 열 개 그리고 물만 마시며 밤낮으로 정
진하고 있었습니다. 그때 월정사에서 쌀을 보내왔지요. 필요 없으니
가져가라 해도 안 가져가기에 새나 쥐들이 먹으라고 마루에 두었습
니다. 5개월 동안 금식하고 정진했더니 신심일여가 되었습니다.

구렁이나 멧돼지를 봐도 이상한 생각이 들지 않았다. 한 산중에
사는 대중으로 여기며 서로 즐겁게 살자고 발원할 뿐이었다. 그런
이유 때문인지 멧돼지는 사고암의 감자밭을 해치지 않았다. 그냥
감자밭 주위를 뒤지기만 할 뿐이라 보는 사람마다 놀랐다.

그 무렵 혜암의 건강은 정상이 아니었다. 몇 해 전 가슴을 맞은
상처가 심해져 사경을 헤매기도 했다. 상원사에서 살 때 체격이 우
람한 한 수좌가 혜암을 오해해 가슴을 때린 것이 원인이었는데, 혜
암은 그 고통을 전생의 업보로 여길 뿐 미혹한 마음을 쳐부수었다.
혜암은 그 수좌를 원망하지 않았다. 대신 돌을 등에 지고 동해 바다
로 들어가 고기들에게 자기 몸을 보시하려는 자비심을 내기까지 했

다. 그래서 걸망을 메고 동해 바닷가를 거닐기도 했다.

혜암은 그런 미혹한 상황을 전생의 허물이라 여기는 인과법으로 잘 극복해 마침내 사고암에서 대오를 이루었다.

미혹할 땐 나고 죽더니
깨달으니 청정법신이네.
미혹과 깨달음 모두 쳐부수니
해가 돋아 하늘과 땅이 밝도다.

생멸의 미혹도 깨달으니 청정법신이 되고, 그것마저도 투과하니 밝은 해가 천지를 비추고 있다는 오도송이었다.

4

혜암이 오대산을 잠시 떠난 것은 은사 인곡이 위
독했기 때문이었다. 그 무렵 인곡은 고성 옥천사에 머물고 있었는
데, 어느 날 자리에 눕더니 갑자기 사람을 알아보지 못할 정도로 고
열에 시달리기 시작했다. 노환이라고는 하지만 뜻밖의 소식이었기
에 문도들이 모두 놀라 옥천사로 모여들었다. 혜암은 오대산에서
쉽게 구할 수 있는 한약재와 마가목차를 걸망에 넣고 즉시 옥천사
로 내려갔다.

다행히 인곡은 혜암이 옥천사에 도착하고 나서부터 열이 내리고
의식을 되찾았다. 혜암의 인사를 받은 다음 날에는 미음도 한 사발
들었다. 옥천사 대중들은 혜암의 정성이 인곡을 살려냈다고 덕담을

했지만 혜암은 귓등으로 흘렸다. 새벽 예불이 끝난 즉시 인곡이 누운 방 앞에서 마가목차를 우리고 한약재를 다려 올릴 뿐이었다.

"뭐하러 내려왔는가?"

"스님을 모시려고 왔습니다."

"어느 자리에서나 정진을 잘하는 것이 실다운 시봉이라고 말하지 않았더냐."

인곡은 혜암의 속마음을 알면서도 겉으로는 무심하게 말했다. 혜암이 옥천사로 내려와 아침지녁으로 약 시봉을 한 지 한 달이 지나자 건강을 어느 정도 회복한 인곡은 지팡이에 의지해 경내를 산책하기도 했다.

겨울 햇볕이 따사로운 어느 날이었다. 옥천사 뒤 대숲이 햇살에 반짝였다. 인곡은 모처럼 혜암과 함께 옥천사를 감싸고 있는 연화산 봉우리로 가는 산길을 올랐다. 혜암은 앞서 걷다가도 계곡을 건널 때나 돌밭길이 나타나면 인곡을 부축했다. 혜암은 인곡의 건강을 염려해 한 암자 어귀에서 걸음을 멈추었다.

"스님, 저 암자에서 쉬셨다 가시지요."

"저 하늘의 백운을 보니 초의 선사가 생각나는구나. 선사께서는 청산응소백운망靑山應笑白雲忙이라고 하셨지. 청산이 왔다 갔다 하는 백운을 보고 웃었다는 얘기지."

암자에는 스님이 없었다. 그러나 오랫동안 비어 있는 암자 같지는 않았다. 암자 마루는 반질반질하고, 마당에는 비질 자국이 선명했다. 마루 끝에 걸터앉은 인곡이 갑자기 물었다.

"오대산에서 공부한 것을 꺼내보아라."

혜암은 주저하지 않고 마당으로 내려갔다.

"무엇으로 보여드리면 좋겠습니까?"

"내 지팡이로 마당에 꺼내보아라."

혜암은 지체 없이 오대산 사고암에서 심안心眼이 열렸을 때 읊조린 게송을 써내려갔다. 단숨에 미혹할 미迷자로 시작해 밝을 명明자로 끝을 냈다. 인곡이 눈을 반쯤 뜬 채 천천히 살피더니 고개를 끄덕였다.

"심안이 열렸다고 해서 법집에 사로잡히지 말라."

"어찌하면 사로잡히지 않습니까?"

"정진할 뿐 물러서지 말라精進不退轉."

"그리하면 어찌 됩니까?"

"광명이 세상에 비치리라光明照世間."

인곡은 햇살에 눈이 부신 듯 얼굴을 찡그리며 혜암을 경책했다. 순간 혜암은 인곡의 당부를 자신만이 듣는 것이 아니라 하늘과 땅이 듣고 주위의 모든 유무정물이 듣는 것 같은 느낌이 들었다. 혜암에게 당부하는 마지막 경책 같기도 했다. 인곡의 목소리는 자비롭고 사뭇 비장했다.

"머리를 만져보고 법의를 돌아보고 중노릇을 잘해라. 지옥고는 고통이 아니다. 가사 아래서 사람 몸 잃는 것이 비로소 고통이니라."

옥천사 대중들은 약을 달이는 혜암을 볼 때마다 '효상좌'라고 위로했고 혜암은 인곡을 모시고 정진하는 동안거가 더없이 좋았다. 인곡과 혜암의 마음이 이심전심하였기에 더욱 행복했다.

혜암은 아침저녁으로 단 한 번도 거르지 않고 약을 달였다. 눈보라가 치는 날에도 불쏘시개 숯에 불을 붙여 약을 달이곤 했다. 약을 달여 올리는 시간도 정확했다. 시간이 되면 어김없이 인곡의 방문 앞에는 약사발이 놓였다.

동인기가 끝나가는 이느 날이었다. 인곡이 불쑥 혜암 앞에 편지 한 장을 내밀었다. 팔공산 동화사 금당선원 조실로 있는 효봉이 인곡에게 보낸 편지였다. 편지는 도반인 인곡에게 함께 지내자는 사연을 담고 있었다.

인곡은 이미 결심한 듯 말했다.

"나는 동화사로 갈 것이니라. 너는 어찌할 것이냐?"

"스님, 옥체를 생각하십시오."

"내 걱정은 말라. 나는 오고가는 것에 상관하지 않느니라."

"저도 스님을 모시고 갈 것입니다."

"잘 생각했다. 동화사로 가 큰스님들께 점검을 받도록 하여라."

혜암은 인곡과 함께 동화사로 갔다. 기력이 쇠잔해진 인곡을 좀 더 시봉하면서 효봉 회상에서 하안거를 나기 위해서였다. 동화사 금당선원은 신참과 구참 수좌들이 즐겨 찾는 선방이었다.

혜암은 금당선원에서 정진하는 동안 내원암까지 포행을 나갔다 돌아오곤 했다. 내원암 앞에 세워진 입석에는 '제악막작 중선봉행 자정기의 시제불교諸惡莫作 衆善奉行 自淨其意 是諸佛敎'라는 글씨가 새겨져 있었다.

늘 혜암의 눈길을 사로잡는 법어였다.

'모든 악을 짓지 말고 착한 일을 받들어 행하라. 스스로 그 뜻을 맑히는 것이 모든 부처님의 가르침이다.'

혜암은 그 깊은 뜻이 마음에 계합되었다. 바위에 새겨진 글을 보고 있노라면 마음에 불이 하나 켜진 듯 환했다.

그날도 혜암은 그 바위 아래서 걸음을 멈춘 채 무심코 미소를 짓고 있었다.

그때 한 노승이 지팡이를 꾹꾹 찌르며 올라왔다. 혜암은 고개를 깊이 숙이고 합장했다. 효봉을 만나기 위해 지리산에서 온 금오金烏였다.

"무엇을 보고 있는가?"

"제악막작 중선봉행 자정기의 시제불교를 보고 있습니다."

"그 뜻을 일러보게나."

혜암은 금오의 턱 밑에 주먹을 들어 보였다. 산길을 올라오느라 숨이 턱에 찬 금오가 다시 물었다.

"내가 뜻을 일러보라 하지 않았는가?"

그러자 혜암은 금오를 사정없이 밀어버렸다. 뒤로 나동그라진 금오는 지팡이를 휘두르며 화를 내기는커녕 너털웃음을 터뜨렸다.

"하하하. 동화사에도 사자 새끼가 한 마리 있군."

사자란 깨달음을 이루어 번뇌망상이 사라진 도인을 뜻했다. 그래서 도인의 법문을 사자후라고 했다. 금오의 격려는 혜암에게 불퇴전의 신심을 솟구치게 했다. 혜암은 은사 인곡이 걱정되었지만 다시 오대산으로 향했다.

이미 상원사 선방에는 활안活眼, 진제眞際, 월현 등 10여 명의 수좌가 결코 방바닥에 눕지 않고 좌선만 하는 일주일 용맹정진을 준비하고 있었다. 혜암도 기꺼이 입승의 소임을 맡고 용맹정진에 동참했다.

일주일 용맹정진이 끝나자 대중들은 선방의 일과대로 정진을 이어갔다. 훗날 오대산에만 30년을 머물러 수좌들 사이에서 '오대산 호랑이'라는 별명을 얻게 된 활안은 그 무렵에도 기백이 넘쳤다. 그랬기에 탄허가 인민군에게 잡혀갔을 때 홀로 찾아가 담판을 지어 구출해냈던 것이다. 활안의 화두는 '나고 죽는 그 이전의 나는 무엇인가生滅未生前 是甚麼'였다. 활안은 태백산 동암에서 참선 중 비몽사몽간에 땅이 갈라지며 쏟아지는 부처님의 진신사리를 두 손으로 받아내는 불연을 맺은 적이 있는 수좌였다.

한편 당시 진제의 나이는 선방 대중 중에서 가장 어린 스물여섯이었다. 향곡의 지도를 받다가 분심이 일어나 오대산으로 달려온 젊은 수좌였다. 진제는 적멸보궁으로 포행을 갈 때마다 향곡의 경책을 떠올렸다.

진제가 묘관음사로 찾아갔을 때 향곡이 대뜸 이렇게 물었던 것이다.

"일러도 삼십방三十棒이요, 이르지 못해도 삼십방이니 어떻게 하겠느냐?"

"……."

"남전 선사가 고양이 목을 벴다고 하자 조주 선사가 신발을 머리에 이고 나갔다. 한마디 일러보아라."

도가 무엇인지 알 것 같아서 향곡을 찾아왔는데, 진제는 아무런 대답도 하지 못했다. 향곡이 내쫓듯 진제를 꾸짖었다.

"아니다. 공부를 다시 해라!"

진제는 향곡의 말을 인정하면서도 한편으로는 의심을 떨치지 못했다. 그래서 2년 동안 전국의 선지식을 찾아다니며 번민했다. 도를 알 것 같다는 소견과 선지식에 대한 확실한 믿음이 부족했기 때문이었다. 그런 번민 끝에 들어온 곳이 오대산이었다.

진제는 분심을 크게 내어 화두가 잘 들렸다. 칼바람이 횡횡하고 선방 안의 한 끼 밥과 숭늉이 얼어붙는 강추위였다. 게다가 동안거 동안 단 한 번의 특식 때 두부 한 모와 사과 한 개를 나눠 먹을 정도로 더없이 궁한 생활이었지만 공부가 잘됐다.

그러던 어느 날, 날씨가 포근해 선방에서 나온 진제는 마루에 앉아 스스로에게 물었다.

'정말 내 공부가 제대로 되었는가? 되었다면 어떤 법문도 막히지 않고 누가 묻더라도 전광석화와 같이 답을 내놓을 수 있는가? 그렇지 못한데도 나에게 과연 혜안이 열렸다고 할 수 있는가? 내가 이전에 '알았다.' 하는 것을 가지고 견성을 삼는다면 허물이 이만저만이 아니리라. 이는 결국 나를 속이고 허송세월을 보내는 것 아닌가!'

지금까지는 선지식을 찾아가 망견妄見을 냈는데, 이번에는 자기한테 정직하게 묻고 있었다. 자기한테 물으니 거짓이 한 치도 통하지 않았다. 그 길로 상원사를 떠난 진제는 향곡에게 돌아가 무릎을 꿇었다.

"화두를 내려주십시오. 깨칠 때까지 걸망을 메지 않겠습니다."

"어려운 관문을 어찌 해결할 수 있겠느냐?"

"목숨을 걸고 하겠습니다."

진제가 향곡에게 받은 화두는 '향엄상수화香嚴上樹話'였다. 중국 당나라 때 위산의 제자인 향엄이 법문한 것으로 그 내용은 이러했다.

〈어떤 스님이 아주 높은 나무에 올라가서 손으로 나뭇가지를 잡지도 않고 발로 밟지도 않고 오직 입으로 물고 매달려 있는데, 지나가던 스님이 '조사가 서쪽에서 오신 뜻이 무엇입니까?' 하고 물은 일이 있다. 대답하지 않는다면 묻는 이의 뜻에 어긋나고, 만약 대답한다면 수십 길 땅바닥에 떨어져 죽게 될 것이니 이러한 때를 당하여 어찌해야 되겠는가?〉

얼마 후 활안은 북대 미륵암으로, 혜암은 동대 관음암으로, 월현은 서대 염불암으로, 진제는 향곡이 있는 묘관음사로 갔다.

혜암이 동대 관음암에서 해인사로 내려간 것은 인곡 때문이었다. 해인사로 돌아간 인곡이 다시 병환이 깊어져 자리에 누웠던 것이다.

5

인곡은 1961년 초여름 이후 내내 자리에서 일어
나지 못했다. 누운 채 미질微疾을 앓으며 문병 온 제자들을 맞이했
다. 자리에 누운 지 벌써 스무 날째 곡기를 끊고 있는 중이었다. 그
렇다고 시자와 문도를 알아보지 못할 정도로 정신이 혼미하거나 혼
수상태에 빠진 것은 아니었다.

도선사 주지이면서 당시 불교정화운동을 주도하던 청담이 한 스
님을 보내기도 했다. 청담은 그 스님에게 인곡을 문병하면서 다음
과 같은 질문을 하게 했다.

"스님께서 몸을 버리시면 어디로 가십니까?"

그때 인곡은 침묵으로 대답을 대신했다.

혜암은 이때 인곡을 직접 간병하지는 않았다. 간병하는 시자가 이미 두세 명 정해져 있기 때문이었다. 곡기를 끊고 있는 동안에도 인곡은 맑은 정신으로 제자들에게 짧은 법문을 했다. 하안거 해제 전날, 자신의 입적 전날에는 문도들을 한 사람 한 사람 돌아보고 나서 이렇게 말했다.

"고기가 움직이니 물이 흐려지고 새가 나니 깃털이 떨어진다魚行水濁 鳥飛毛落."

수행자로서 중생제도를 못하고 세상에 빚을 졌다는 뜻이기도 했다. 문도들이 이 의미심장한 말에 긴장을 더하자 인곡은 부드럽게 미소를 지으며 말했다.

"오늘이 14일, 삭발하는 날이군. 나도 삭발을 해야겠다. 오늘 밤 만물이 잠들었을 때 조용히 갈 것이야."

한 시자가 비장한 목소리로 물었다.

"스님께서 가신 후에는 일을 어떻게 처리하면 좋겠습니까?"

"이미 주지 자운 스님께 부탁해놓았으니 조금도 염려하지 말라."

또 다른 시자가 물었다.

"입적하신 후에 염불을 하리까?"

"내 염불은 이미 내가 하고 가니, 나를 위해서 살아 있을 때나 죽은 후에나 너희들은 염불하지 말라."

이에 시자들이 삭발을 해드리고, 깨끗한 수건으로 몸을 닦아드렸다. 한결 기분이 좋아진 듯 인곡은 '증도가' 한 구절을 웅얼거렸다.

훼방도 할 수 없고 칭찬도 할 수 없음이여

본체는 허공과 같아서 한계가 없도다.

不可毁　不可讚

體若虛空勿涯岸

당처를 떠나지 않고 항상 담연하니

찾은즉 그대를 아나 볼 수는 없도다.

不離當處常淡然

覓卽知君不可見

그런 뒤, 무릎을 꿇은 채 좌정하고 있는 시자와 문도들에게 물었다.

"어째서 '찾은즉 그대를 아나 볼 수는 없다.'고 했는가?"

시자 옆에 있던 한 제자가 말했다.

"배고프면 밥 달라 하고 추우면 옷 달라고 하니 분명히 알지만, 그 자체를 찾아보려고 하면 미래겁이 다하도록 찾아도 찾을 수 없다는 말입니다."

윗목에서 말없이 앉아 있던 혜암도 한마디 했다.

"혜가 대사께서 '밝고 밝게 항상 알지만 말로써 미칠 수 없다了常知 言之不可及.'고 한 말씀과 같습니다."

"말이 더 필요 없구나."

여름밤이 깊어가고 있었다. 가야산 계곡을 울리는 소쩍새 울음소리가 가깝게 들리고, 창호에는 달빛이 환하게 어렸다. 시자들은 시간이 빠르게 흐르는 것 같아 입술이 바싹바싹 탔다. '오늘 가겠다.'는 스승의 입적 시간이 가까워지고 있었던 것이다.

흐르는 시간을 붙들고 싶었던지 한 시자가 비통하게 말했다.

"스님! 기왕 가실 거면 오늘은 14일이고 내일이 15일 해제일인데다 우란분재일, 아미타재일이니 더 좋은 날이 아니겠습니까. 좀 더 입적 시간을 연장하셨다가 가시면 어떻습니까?"

이에 인곡은 달빛이 어린 창호를 바라보며 담담하게 말했다.

"오늘이 내일이고 내일이 오늘인데, 좋고 나쁜 날이 어디 있겠느냐. 나는 얼마 후에 가겠노라."

지금까지 입을 다물고 있던 한 제자가 말했다.

"임종게를 보고 싶습니다."

"그런 것은 삿된 사람의 일이니라."

"입적 시간을 연장하실 수 있습니까?"

"아, 그것쯤은 할 수 있지."

"저희 생각으로도 보름날이 좋고, 불법을 믿지 않는 사람들도 가장 좋은 날로 여기고 있습니다. 이왕이면 보름날 가시도록 하십시오."

시자의 간청에 인곡은 허락했다.

"그렇다면 그렇게 해보지."

비로소 시자와 제자들은 안도했다. 14일 밤을 무사히 보낼 수 있을 거라고 확신했기 때문이었다. 다음 날 아침까지 문도들은 뜬눈으로 인곡의 곁을 지켰다. 겨우 눈을 뜬 인곡이 한 제자에게 물었다.

"묘법연화경 제7 화성유품 가운데 '대통지승여래가 10겁을 좌도坐道해도 불법이 불현전不現前이니라.'는 뜻을 알았느냐?"

언젠가 이 부분을 의심하던 제자가 인곡에게 질문한 적이 있는데, 그때 인곡은 스스로 공부해서 알아야 할 문제라고 대답했었다. 그런데 이제 그 뜻을 알겠느냐고 물어본 것이다. 하지만 제자는 아직도 그 뜻을 분명하게 알지 못했다.

"각처로 다니면서 여러 선지식에게 질문하기도 하고, 또한 스스로 알려고 애를 썼으나 마음에 계합이 되지 않았습니다. 다만 설봉 스님께 가서 물은즉 '불법이 불현전이지!' 하시는데, 머리에 핑 도는 무엇이 있었습니다. 그 현상을 뭐라고 표현하지는 못하겠습니다."

인곡은 고개를 끄덕이며 '한 마음이 나지 않으면一心不生 만법이 때 묻지 않느니라萬法無垢.' 하고는 미소를 지었다. 그러더니 다음과 같은 게송을 읊었다.

허깨비 꿈과 같은 67년 세월이여
나 이제 가노니 흐르는 물이 하늘에 뻗침이로다.
夢幻空華六十七年
仁谷煙沒流水連天

혜암은 수행자로서 인곡의 삶이 바람과 구름 같다고 여겼다. 그림자 없이 스쳐가는 바람과 구름처럼 머문 바 없이 머물다 간 인곡이었던 것이다. 인곡을 '선과 교와 율을 겸비한 선지식'이라고 추앙하는 것도 추모하는 뒷사람의 수사일 뿐이었다. 만법이 무구하다는 것을 보여준 올곧고 자비로운 수행자라는 사실이 더 절실하게 다가왔다.

혜암은 은사 인곡의 입적을 슬퍼하지 않았다. 그 대신 인곡과 같은 수행자가 되겠다고 다짐했다. 혜암은 사십구재를 지내는 동안 줄곧 그런 생각에 사로잡혔다. 그리고 다시 오대산으로 향했다. 사십구재를 지내는 동안 심신이 피로했지만 단 하루도 머뭇거릴 수가 없었다. 몸은 피곤했지만 신심은 더욱 치열하게 솟구쳤다.

혜암이 오대산으로 가겠다고 하자 문도들은 적극 만류했다.

"스님, 해인사에서 겨울을 나고 가십시오. 병이라도 나면 큰일입니다. 한약이라도 달여 드시고 건강을 회복한 뒤 떠나십시오."

"은사 스님의 삶을 생각하면 단 한순간도 망설일 수 없습니다."

"남쪽에도 선방이 있잖습니까. 극락암 경봉 스님 회상에서 동안거를 날 수도 있고요."

"일찍이 오대산 다섯 암자에서 정진하겠다고 서원을 세운 적이 있습니다. 나와의 약속이기 때문에 저버릴 수 없습니다. 나와의 약속을 지키고 난 다음에 경봉 스님 회상으로 갈 것입니다."

혜암은 걸망을 메고 오대산 북대로 갔다. 북대 미륵암은 오대산의 다섯 암자 중에서 가장 높은 곳에 있어 겨우내 얼음장 같은 곳이었다. 눈이 응달 산자락에 한 번 쌓이면 그 잔설이 봄까지 녹지 않았다. 북대 미륵암이 회오리바람처럼 거칠다면 서대 염불암은 동굴처럼 은밀하고, 동대 관음암은 아침처럼 상서롭고, 중대 사자암은 부처의 그림자처럼 고구정녕苦口丁寧하고, 남대 지장암은 극락처럼 편안한 암자였다.

혜암이 북대로 간 것은 자기 자신과 다시 한 번 맞서보고자 하는 결연한 의지 때문이었다. 지금까지 암자에서 홀로 정진한 까닭도 그러했지만 이번에는 사뭇 달랐다. 혜암은 아무것도 상관하지 않고 예전처럼 밤낮으로 행선을 했다.

폭설이 내려도 적멸보궁을 다녀왔고, 비가 퍼부어도 마찬가지였다. 수마는 이미 극복한 상태였기에 행선을 하면서 조는 일은 없었다. 일정한 보폭과 빠르기로 무심히 걸을 뿐이었다. 예전에는 자면서 걷다가 계곡으로 미끄러지기도 했는데, 지금은 그런 일이 없었다.

상원사 선방 수좌들이 장좌불와를 하겠다며 혜암을 흉내 내려 했지만 보름을 넘기지 못했다. 산길을 잘못 들어 행방불명되는 바람에 대중들에게 걱정을 끼치거나, 바위에 부딪쳐 강릉의 병원으로 실려 가는 수좌도 있었다.

그날도 혜암은 행선을 나갔다. 폭설이 두어 자쯤 내려 쌓여 암자 마당도 나설 수 없는 상황이었다. 하지만 새벽에 문득 눈앞을 스쳐 간 인곡의 잔상이 예사롭지 않아 예정대로 행선을 했다.

코끼리 형상을 한 북대 앞산까지 나갔다. 바람이 쌩쌩 불어 눈을 뜰 수 없었다. 게다가 산길이 눈에 덮여 보이지 않았지만 혜암은 어렵지 않게 상원사까지 내려갔다가 다시 적멸보궁에 오를 수 있었다.

그런데 북대로 돌아오는 어스름 길이었다. 눈앞에 호랑이 발자국이 보였다. 일자로 선명하게 찍힌 짐승 발자국은 틀림없는 호랑이의 것이었다. 순간 혜암은 상원사로 돌아갈까 망설였다. 그러다 곧 그런 자신이 부끄러워졌다.

'생사를 뛰어넘은 납자인 줄 알았는데 그게 아닌가.'

혜암은 자신을 시험하고 싶어 호랑이 발자국을 따라 북대로 올라갔다. 호랑이 먹이가 되더라도 지금까지 용맹정진해온 수좌의 면목을 잃고 싶지 않았다.

'살아도 온몸으로 살고 죽어도 온몸으로 죽으라고 하지 않았던가. 그것이 수행자의 삶이 아니던가.'

두려움은 한순간에 사라졌다. 호랑이가 있건 없건 화두를 놓지 않았다. 과연 호랑이는 북대 초입에 앉아 두 눈에 시퍼런 불을 켠 채 혜암을 기다리고 있었다. 혜암은 호랑이를 의식하지 않고 걸어갔다.

그러자 호랑이가 고개를 끄덕이더니 길을 비켜주었다. 호랑이는 혜암이 무서워서 도망친 것이 아니라 마치 무언가를 확인하듯 그렇게 사라졌다. 북대로 돌아온 혜암은 문득 새벽에 스친 인곡의 잔영을 떠올렸다.

'은사 스님이 호랑이로 화신해 나타난 것 아닐까.'

이듬해에 혜암은 남대 지장암으로 수행처를 옮겼다.

이로써 혜암은 오대산 다섯 암자 모든 곳에서 정진하는 서원을 성취하게 되었다.

높은 산 · 흐르는 물

통도사 극락암

　　　　　　　　　　　　　　　　　　　　　　　　1

　　　　　　1962년 봄에 비구승과 대처승 양측이 통합 종단
을 탄생시켰지만 해를 넘기면서 갈등은 더욱더 커졌다. 크고 작은
절을 빼앗긴 대처승들에게는 생존권을 뿌리째 흔드는 문제였기에
쉽게 물러서지 않았다. 반면 왜색 불교를 청산하기 위한 정화운동
과 불교 재건 차원에서 국가의 불교재산관리법에 따라 절을 접수한
비구승단에서도 양보할 수 없는 상황이었다.

　　동산이 조계종 종정직을 사임하고 범어사로 내려가자 1963년에
전국승려대표자회의 의장이 된 청담은 도선사와 선학원을 오가며
비구승단의 종무를 이끌었다. 청담은 절박한 처지의 대처승들과 협
상하면서, 한편으로는 비구 승려들의 자질 향상을 위해 오대산 월

정사에서 승려특별강습회를 여는 등 활발하게 앞장섰다.

혜암은 이러한 불교정화운동에는 관심이 없었다. 서울로 올라가 승단을 규합하고 정화하는 일보다 산중에 남아 자기 정화를 해야만 한국 불교가 살 것이라고 주장하는 성철의 영향이 컸다. 성철을 믿고 따르는 법전이나 일타도 마찬가지였다. 모두 다 서울로 가지 않고 산중암자에 은거하며 자기 수행에 전념했다.

혜암은 통도사 극락암으로 내려가는 길에 선학원에 들렀지만 하룻밤도 머무르지 않았다. 불교혁신운동과 역경 불사에 관심이 많은 선학원 이사장 석주 스님이 붙들었지만 혜암은 흥미가 없었다.

"혜암 수좌, 선학원에 남아서 내 일을 좀 도와주오."

"참선 공부만 하는 제가 무슨 일을 도울 수 있겠습니까."

"불교를 현대화시키자면 할 일이 많아요."

석주는 혜암보다 수행 이력이 20여 년 앞섰지만 혜암을 함부로 대하지 않고 존대했다. 시자를 시켜 당시 귀했던 제과점 빵과 과자를 내오게 했다. 그러나 혜암은 하루 한 끼 이외에는 간식을 하지 않았으므로 입에 대지 않았다.

"이사장 스님, 무엇이 현대화입니까?"

"불교정화운동은 청담 스님이 잘하고 계시고, 내가 해보고 싶은 불교 현대화는 운허 스님과 함께 팔만대장경을 한글화시키는 불사지요. 또 한 가지 더 든다면 어린아이 포교가 지금 아주 급해요."

그래도 혜암의 마음은 흔들리지 않았다.

"제가 이사장 스님을 도울 일은 없는 것 같습니다."

"납자는 한겨울에 피는 한매寒梅와 같은 사람이오. 말없이 좌복에 앉아 있기만 해도 향기를 퍼뜨리거든. 그래서 선학원에 남아 나를 도와달라는 것이오."

"스님, 송구합니다. 여기는 제가 있을 곳이 아닌 것 같습니다."

혜암은 그 자리에서 석주에게 인사하고 서울역으로 나갔다. 석주는 그해 불교청소년교화연합회 총재를 맡고, 훗날 동국역경원 이사장과 한글대장경후원회 회장을 역임하며 자신의 서원대로 뜻을 펼쳤다. 젊은 날 참선 납자로 수행을 시작해서 중견 스님이 된 이후로는 불교혁신운동과 불교 대중화로 회향한 셈이었다.

혜암은 경부선 물금역에서 내렸다. 그런 뒤 버스를 타고 양산 통도사 초입인 신평에 도착했다. 거기서 경봉이 주석한 극락암까지는 족히 10리가 넘는 길이었다.

통도사 산내암자인 안양암을 지나는 길에 봄비가 내렸다. 혜암은 암자에 들러 가랑비를 피하지 않고 곧장 산길을 걸었다. 경봉을 뵙고 싶은 마음이 급했기 때문이다.

봄비는 극락암 입구쯤에서 오락가락했다. 그러나 혜암의 장삼과 걸망은 물에 빠졌다가 나온 것처럼 흠뻑 젖어 있었다. 혜암은 원주실로 들어가 헌 장삼을 하나 빌려 입고는 경봉이 있는 삼소굴로 향했다.

삼소굴에서는 몇몇 스님이 먼저 와 경봉과 다담을 나누고 있었다. 경봉은 혜암의 절을 받고 난 뒤 하던 얘기를 마저 했다.

"며칠 전에 현호 수좌가 구산九山의 서신을 가지고 와 놓고 갔어. 서신 가운데 이런 게송이 있더구먼."

청산녹수는 좋은 장엄
새떼들은 꽃 숲에서 묘음을 연출하네.
어리석고 귀먹어 봄소식 모르지만
사자후하며 옛 길 가길 원하네.
青山綠水好莊嚴
百鳥花間演妙音
愚聲不識春消息
獅子願行吉路深.

한 스님이 대답했다.

"노장님께서 구산 스님의 그 게송을 차운次韻해 이 시를 지으셨군요."

"허허허. 그렇고말고. 오늘은 혜암 수좌가 내 게송을 한번 보고 평을 해보게."

혜암은 방바닥에 놓인 경봉의 게송을 읽었다.

유형무형이 모두 화엄법계요

흐르는 물 바람소리 태고의 소릴세.

오얏꽃 피고 복사꽃 붉은 방초 언덕에

나무꾼 아이의 피리소리 묘하고 그윽하네.

有形無像盡華嚴

流水風聲太古音

李白桃紅芳草岸

樵童歌笛妙淸深

혜암은 평을 하지 못했다. 대신 엎드려 절을 했다. 경봉이 큰 소리로 말했다.

"됐네. 돌아가 쉬게."

혜암이 보기에 경봉은 틀림없는 도인이었다. 도를 멋들어지게 굴리는 도인이었다. 선방에서는 할을 하고, 법당에서는 쉬운 우리말로 설법하고, 삼소굴 툇마루에서는 시를 읊조리는 자유인이었다.

그해 혜암은 대중들의 가슴을 적신 경봉의 하안거 결제 법문을 오래도록 잊지 못했다.

〈오늘 우리 선원의 여름 안거 결제 법문을 하자니 아무리 천언만담을 하고 팔만사천 경전을 입으로 설교하더라도 말이요 문자이다. 이 도리는 입을 열면 어긋나고, 입을 열지 않으면 잃게 되고, 그렇다고 또 입을 열지도 다물지도 않으면 십만팔천 리나 멀어지는 것이다.

그런데도 이 도리를 알려고 하여 이 도리를 마음이다 혹은 성리性理다 혹은 불성저리다 혹은 한 물건이다, 라고 하지만 다만 대명사에 지나지 않는 것이다.

이것은 그림을 잘 그리는 이가 그려낼 수도 없고, 소진蘇秦 장의張儀와 같은 구변으로도 표현할 수가 없다. 오고 가고 앉고 눕고 말하고 고요하고 시끄러운 일상생활에서 항상 이 자리를 쓰고 있고, 화화초초花花草草 두두물물頭頭物物에도 이 자리가 온통 그대로인 것을 따로 찾고 있다. 오늘 묵묵히 앉아 있다가 주장자를 들어 대중에게 보이고 법상을 쳤는데 눈으로 주장자를 역력히 봤고, 귀로 법상 치는 소리를 역력히 들었다.

역력히 보고 들은 여기서 알아야지 그 밖에 따로 현묘한 것을 보고 듣기를 좋아한다. 그래서 주장자를 들어 보인 뒤 법상을 치고는 '산은 은은하고 물은 잔잔히 흐르는데 산꽃은 웃고 들새는 노래해 지금 저 나무 위에 새가 호르르 호르르 하네.' 라고 읊조렸다.

산꽃 웃는 것과 새 우짖는 소리에 법문이 다 들어 있다. 안개는 새벽하늘에 피어오르고 비는 청산을 지나가나니 모든 만물이 비로자나부처님이요, 온갖 것이 그대로 연화장세계로다. 법상을 치고 억! 하고 할을 했을 때, 눈 꿈쩍하는 사이에 법문을 알아들어야 한다. 여러분이 나를 볼 때 법상과 내 몸의 전체가 여러분의 눈에 다 들어갔고, 내가 여러분을 볼 때에 여러분이 내 눈에 다 들어왔다.

눈이 서로 마주치는 곳에 도가 있다. 이 도리를 알면 눈만 꿈쩍해도 알고 손을 들어도 알고 발을 쑥 내밀어도 알고 아무 말을 하지 않아도 아는 것이다. 이러한 경지라야 멋들어지게 법문하고 들을 수 있는 것이다. 아는 이는 이렇지만 모르는 이는 천리만리만큼이나 아득한 것이다. 부싯돌에서 불이 번쩍하는데, 그 불빛에 바늘귀를 꿰더라도 오히려 둔한 것이다. 그보다 빠르니 그렇다.

지지부진 진취가 없거든 산에 가서 발을 쭉 뻗고 실컷 울어라. 뼈에 사무치는 울음을 울어야 한다. 이 공부는 철저하게 생명을 걸고 하지 않으면 안 된다. 세상에서 돈 버는 것도 10여 년간 풍풍우우風風雨雨에 피땀 흘려야 가능한데, 하물며 가치를 따질 수 없는 무가보인 자기보장自己寶藏(마음부처)을 찾는 수행은 생명을 걸고 하지 않으면 도저히 이룰 수 없는 것이다.

그저 간단없이 오나가나 앉으나 누우나 일여해져서 전에는 그렇지 않던 것이 그저 밥을 먹을 때에도 들리고 가도 들리고 대소변을 보든지 이야기를 해도 목전에 역력히 드러남은 물론 꿈 가운데서도 일여해서 화두가 독로해야 한다.

흘러가는 시냇물 가에서 물소리를 많이 듣고 자란 대를 베서 퉁소나 젓대를 만들면 그 소리가 여느 대밭의 대보다 소리가 배나 곱다. 오동나무도 보통 산중에서 자란 것보다 물가에서 물소리를 듣고 자란 것을 베서 거문고나 가야금을 만들면 소리가 배나 곱다. 무슨 말인지 도저히 이해가 안 되는 말이라도 귀를 지나가면 누구에

게나 있는 여래장으로 통하게 되는데, 이 여래장을 통해서 지나가면 언제든지 나오게 된다.〉

경봉은 하안거 해제 게송을 지어 만행을 떠나는 수좌들로 하여금 적어가게 했다. 혜암도 게송을 받아 적어 걸망에 넣었다.

우주가 나의 집 큰 도량이라
지혜의 칼 휘두르자 모두가 청량해.
법은 오염 없어 현현한 중에 오묘하고
진리는 공함을 얻어 겁 밖의 향기일세.
첩첩한 산세는 천고에 푸르른데
세상일은 그저 한 모습일세.
비구름 개이고 가을바람 소슬하니
만리 푸른 하늘에 태양이 붉네.

宇宙吾家大道場　慧鋒揮處盡淸涼

法無汚染玄中妙　理得空虛劫外香

重疊山容千古翠　諸般世態一眞光

雲收雨散秋風起　萬里碧天紅日長

혜암이 더 머물지 못하고 해인사로 떠날 수밖에 없었던 이유는 극락암의 선방 사정 때문이었다. 전국의 수좌들이 앞을 다퉈 경봉 회상에서 안거하려고 했던 것이다. 다시 오려면 적어도 1년 정도는 다른 선방에서 지내야 할 터였다.

혜암은 해인사 선방에서 겨울을 나고 다음 해에는 묘관음사로 가 향곡 회상에서 정진하기로 했다. 향곡에게는 6·25전쟁 전 봉암사 선방에서 몇 마디씩 가르침을 받은 적이 있으므로 방부를 들이는 데 문제가 없을 터였다. 더구나 상원사 선방에서 향곡의 상좌인 진제와 함께 정진한 인연이 있기도 했다.

　월례 묘관음사는 동해의 소금기 머금은 바람이 늘
불어오는 청량한 곳에 있었다. 그래서인지 묘관음사 공양간에는 바
다에서 건진 돌김이나 생미역이 올라와 스님들의 입맛을 돋우었다.
체구가 우람한 데다 성격이 호탕한 향곡은 도반들 사이에서 호호법
당好好法堂으로 불렸다. 그가 산길을 뚜벅뚜벅 걸을 때면 마치 법당
이 한 채 움직이는 것 같다고 해서 붙은 별명이었다.

　향곡은 먹성도 좋았다. 호젓한 암자에 사는 수좌를 찾아갈 때는
늘 손에 보따리를 들고 다녔다. 국수를 좋아하는 수좌에게는 국수
를, 김을 좋아하는 수좌에게는 김을 가져다주었다. 묘관음사에서는
생미역이 나는 철이 되면 수좌들을 불러 생미역 공양을 마련해주기

도 했다. 기장과 월례의 생미역과 돌김은 옛날부터 임금에게 진상하던 토산품으로 유명했다. 동래나 부산 처녀보다 기장 처녀가 낫다는 얘기가 있지만 청정 동해 바다에서 나는 기장 미역은 기장 처녀보다 더 쳐준다고 자랑할 정도였다.

한낮 햇살이 뜨거운 날, 혜암이 묘관음사에 도착하자 낯익은 한 수좌가 말했다.

"스님, 이곳은 겨울이 좋습니다. 여름에는 공양간이 시원찮거든요."

"공양간이 시원찮으면 어떻습니까. 내가 묘관음사에 온 것은 향곡 조실 스님을 뵙기 위해서입니다."

"하하. 금강산도 식후경이란 말이 있잖습니까."

"도대체 묘관음사에 무엇이 있기에 그렇게 자랑을 합니까?"

"겨울철 바닷가에서 캐낸 생미역을 살짝 데쳐서 고추장에 찍어 먹어보세요. 용맹정진으로 심신이 지쳐 있다가도 정신이 번쩍 나니까요."

"선방 수좌들이 차 한 잔으로 정신을 맑게 한다는 얘기는 들어보았지만 생미역으로 심신을 추스른다는 얘기는 처음입니다."

"그뿐입니까. 바다 향기를 더 맡으려면 데치지 말아야 합니다."

스님은 혜암에게 생미역 예찬을 계속했다. 그때 향곡이 조실채에서 방문을 열고 나왔다. 새로 온 객승에게 생미역 자랑이 지나치다 싶은 듯 헛기침을 했다. 혜암은 고개를 깊이 숙이며 합장했다. 사람을 압도하는 향곡의 체구는 여전했다.

향곡은 혜암을 기억하고 있었다.

"혜암 수좌 아닌가? 해인사에서 오는 길인가?"

"경봉 스님을 모시고 정진했습니다."

"노장님은 잘 계시던가?"

"수좌들이 많이 찾아와 분주하십니다."

"그러실 거네. 우리 은사 스님하고도 인연이 많으신 분이네."

향곡은 경봉 회상에서 정진하다 온 혜암을 반갑게 맞아들였다. 향곡은 지난겨울 경봉이 보내준 시를 잊지 않고 있었다.

흰 구름 푸른 봉우리

향기로운 소리 골에 가득하네.

무진장 세계에

산은 깊고 물은 차도다.

白雲靑峰　香聲萬谷

無盡藏界　山深水寒

향곡香谷을 '향기로운 소리香聲가 골에 가득하다.'고 노래한 시였다. 향성이란 깨달음의 경지를 나타낸 선어禪語이다. 시를 받은 향곡은 언젠가는 경봉에게 백지법문白紙法門을 보내리라 작심했다. 봉투 안에 아무것도 쓰지 않은 백지를 넣어 보내는 것이 백지법문이다. 백지가 무엇을 뜻하는지 회답을 바란다는 것으로, 마음이 통하는 선사들끼리만 주고받는 선가의 전통이다.

일찍이 오대산 한암도 경봉에게 백지 편지를 보낸 적이 있었다. 혜암은 극락암 선방에서 경봉으로부터 직접 그 얘기를 들은 적이 있었다.

"백지는 쩔쩔 끓는 당구솥(무쇠솥) 같아서 무어라고 입을 댈 수 없는 경지이다. 설사 불조佛祖라도 입을 댈 수 없다. 입을 대면 타버린다."

다음 날, 공양을 마치고 차를 마시는 다시茶時에 생미역을 자랑하던 스님이 도마에 올랐다. 대부분의 스님이 그를 경책했다. 맛을 탐해 탐식하거나 좋은 맛에 집착하면 안 된다는 것이었다. 맛에 집착하면 견성을 이룰 수 없다고 대부분의 스님이 한마디씩 거들었다.

"맛에 집착하면 매昧하게 됩니다. 대혜 스님은 매하면 본지풍광과 본래면목을 잃는다고 하셨습니다."

생미역을 찬탄하던 스님은 기가 죽어 아무 소리도 못했다. 같은 선방에서 정진하는 스님들이 '당신은 견성하기 어렵다.'고 하니 풀이 죽을 만도 했다. 그러자 한 스님이 변호하고 나섰다.

"도대체 견성이 무엇입니까? 견성이 무엇이기에 음식을 소태 씹듯 해야 합니까? 생명이 있는 모든 것에 불성이 있다는데, 그렇다면 미역에도 불성이 있을 것이며 미역의 맛은 미역의 본성일 터. 미역의 본성인 미역 맛을 음미한 것이 어찌 견성에 장애가 된다 합니까?"

또 한 스님도 편이 되어주었다.

"맛을 제대로 아는 것이 여실지견如實知見 아니겠습니까?"

스님들의 진지한 얘기는 마침내 부처님이 견성에 대해 설하는 《능엄경》의 한 대목으로 옮아갔다.

〈기원정사 강당에서 아난이 견성에 대해 설하는 부처님에게 물었다.

"견성이라고 하는 진리가 본래부터 세계에 가득 차 있다고 합니다. 그렇다고 하면 우리가 이 강당 안에 있을 때 그 진리는 이 강당 안에 있는 것이 됩니다. 따라서 세계에 가득 찰 정도로 큰 그 진리는 작게 압축되어 이 강당 안에 있게 된 것인지, 아니면 벽이 막고 있는 것인지 까닭을 알 수 없습니다."

아난의 질문에 부처님의 대답은 이러했다.

"예를 들어 네모진 창을 통해서 하늘을 보는 경우, 하늘을 네모진 것이라고 단정할 수 있겠는가, 없겠는가. 만약 네모진 것이라고 단정하면 둥근 창을 통해서 보는 하늘은 둥글지 않아야 한다. 만약 하늘이 네모진 것이라고 단정하지 않는다면 네모진 창을 통해서도 둥근 하늘이 보여야 한다. 네가 묻는 것과 같이 방 안에서 견성이라고 하는 진리가 작게 압축되었다고 하면, 밖에 나가 해를 쳐다볼 때는 진리를 확대해서 태양에 닿도록 해야 할 것이나 당치 않다. 모든 사람은 무시이래無始以來로 자기를 잃고서 외부의 사물에서 자기를 보려 하고 본심을 잃고서 외부 사물의 지배를 받아 크다 작다 한다. 만일 자신이 사물을 지배할 수 있으면 여래와 한가지로 몸과 마음이 원명圓明해져서 이 도량을 나가지 않고도 하나의 털끝에 시방국토를 받아들일 수 있게 된다."〉

향곡이 스님들이 더 이상 논의할 수 없게끔 정리했다.

"생미역의 맛에 탐착하는 것은 본심을 잃고 사물의 지배를 받는 것이다. 그렇다면 견성이 어려울 것 아니겠는가."

향곡의 법문은 폭포수가 쏟아지는 것처럼 힘차고 장쾌했다. 경봉이 쉬운 우리말로 멋들어지게 법문한다면 향곡은 고준한 한자어의 문어체를 좋아했다. 훗날, 불법의 대의를 설법하는 향곡의 법문에도 고준함이 가득했다.

〈석가모니 부처님께서 영산회상에서 보광삼매에 드시어 실상무상이요, 불립문자요, 교외별전이요, 심심미묘한 최고무상의 정법안장과 열반묘심을 마하가섭에게 부촉하셨습니다. 그 뒤 거듭거듭, 고금의 헤아릴 수 없이 많은 큰 지혜의 성인들이 이 세상에 출현하여 스스로가 원만하게 갖춘 걸림 없는 큰 법을 자유자재하게 쓰셨습니다.

때로는 제왕의 집에 태어나기도 하고, 때로는 고관대작의 집에 태어나기도 하고, 때로는 장자의 집안에, 때로는 부귀한 집안에, 때로는 빈천한 가정에 태어나고, 때로는 여인의 몸을 받아 태어나 여러 번 부처가 되기도 하고 조사가 되기도 하였으며, 보살의 몸을 나타내어 세간 출세간에 머물렀습니다.

번뇌가 없는 큰 지혜와 원만히 통하고, 원만히 밝은 항하恒河의 모래알과 같이 많은 묘용과 자재하고 걸림 없는 백천법문과 무량한 삼매를 본래 스스로 갖추었습니다. 본래 스스로 원명하고 청정하고, 본래 번뇌가 없고, 생사가 없고, 본래 미함과 깨달음이 없으며, 본래 차례가 없고 본래 계급이 없고 본래 범부와 성인이 없고 본래 닦음과 얻음도 없는 것입니다.

만법이 원만하고 만법을 갖추었고 만법이 한결같고 만법이 청정 일여할 뿐만 아니라 본래 일이 없나니, 시방세계에 빛나고 인연 속에서 당당하게 머물며 삼계 속에서 안락하고 자재하며 걸림 없기 마련입니다. 때를 만나면 병에 따라 약을 주고 바람이 불면 풀이 쓰러지고 물이 넘치면 도랑을 이루나니, 자연히 못과 쇠를 끊고 수만 자루의 칼로 벽을 세우며, 쇠를 녹여 금을 이루고 금을 녹여 쇠를 이룸이 골수에 사무쳐 자재롭고 원통圓通합니다.

또 때로는 향상向上의 한마디를 나타내고 때로는 향하向下의 한마디를 나타내며 때로는 여래선과 조사선을, 때로는 최초의 한마디, 때로는 최후의 한마디를 합니다. 더불어 때로는 큰 기틀과 큰 작용을 보이고 때로는 죽이고 살리고 주고 빼앗으며, 때로는 선정에서 나와 마음대로 향하고 때로는 거두고 놓음을 자유롭게 합니다.

주고 빼앗음에 짝할 이 없으며, 비춤과 씀이 동시에 이루어지며,

방편과 진실이 자재하고 순順과 역逆에 걸림이 없고 응용이 무애한 것입니다. 네거리 한복판에서 마음대로 노닐고, 티끌 세상에 묻혀 오른쪽을 마주보며 왼쪽을 바로보고 왼쪽을 마주보며 오른쪽을 보나니, 전광석화로도 통할 수 없고 미치지 못하는 것입니다. 어떠한 티끌에도 물들지 않고 시방세계에 자취를 남김 없이 대자재 무애하며 크게 청정하고 크게 당당하고 크게 활발한 것입니다.

항하의 모래알처럼 많은 세계가 본래 대해탈의 보리세계요, 백천 항하사 모래알과 같이 헤아릴 수 없는 많은 세계가 본래 청정한 대적멸도량大寂滅道場입니다. 꽃과 풀들은 모두 제불께서 몸을 나타낸 것이며 모든 사람과 물건들은 일천 성인께서 정법을 제창함이며, 모든 국토 속에서 법을 잃고 법을 파하는 것은 도인께서 참된 법을 마음대로 수용하여 다함이 없는 것을 나타내고 있는 것입니다.

작용이 무궁하고 취함 또한 끝이 없어서, 영원토록 천하를 홀로 거닐고, 삿됨이 없음을 드러내며, 영원토록 자재하고 생사의 길에 빠지지 아니하며, 영원토록 고요하고 밝으며 한결같이 움직이지 않습니다. 또한 영원토록 뛰어나고 한가로우며, 영원토록 체體가 스스로 한결같으며, 영원토록 뚜렷이 밝고 고요히 비추며, 원만히 통하고 밝으며, 영원토록 장애가 없으며, 영원토록 광대하고 신령스럽게 통하며 밝게 빛납니다.

위음왕불 이전으로 한 걸음 나아가니

산은 밝고 물은 맑으며 해와 달은 영원하네.

천상천하 독보하며 짝할 이 없으니

천상과 인간 세상의 으뜸가는 법왕일세.〉

혜암은 향곡의 법문에 미소를 지었다. 견성한 각자覺者가 천상천
하 독보하며 짝할 이 없으니 천상과 인간 세상의 으뜸가는 법왕이
아닐 수 없었다.

3

　　혜암은 주로 효봉, 동산, 경봉, 성철, 향곡 같은 고
승들의 회상에서 안거를 났다. 앞으로도 서옹, 전강이 주석하는 절
로 가서 자신이 정진해 얻은 경지를 점검받고 싶었다. 그런 뒤, 상무
주암 같은 지리산 깊은 산중의 토굴로 올라가 홀로 보임할 생각이
었다.

　서옹은 어떤 스님보다도 혜암과 인연이 깊은 선지식이었다. 해방
전 일본의 한 절에서 혜암에게《금강경》한 권을 주며 조국으로 돌
아가 참선하라고 권했던 분이 바로 서옹이었던 것이다. 그런 까닭
에 혜암의 뇌리 속에는 늘 서옹 밑에서 정진해보겠다는 서원이 있
었다.

서옹은 도봉산 천축사에 머물고 있었다. 천축사 주지 정영淨暎이 우리나라 최초로 절 경내에 무문관을 세워 서옹을 조실로 추대하였던 것이다. 무문관이란 부처가 전정각산 유영굴에서 6년 동안 고행한 끝에 정각을 이룬 고행을 본받아 일정 기간 죽을 각오로 정진하는 수행 처소를 뜻했다. 달마가 인도에서 중국으로 건너와 9년 면벽한 숭산의 동굴도 무문관이나 다름없었다.

때마침 서옹을 조실로 추대한 도봉산 천축사 무문관에서는 20명의 수좌가 2년 결사에 들어 있었다. 결사한 수좌 모두가 새벽 세 시에 일어나 밤 열두 시까지 좌선하는 가행정진을 했다. 가행정진을 하다 견디지 못하고 무문관을 떠나는 것은 수좌들의 근기와 사정에 따라 자유였다.

혜암은 서옹을 만나기 위해 해인사를 떠나기로 작정했다. 은사 인곡이 입적했으므로 이제 누구도 상의할 사람이 없었다. 스스로 결정하고 무소의 뿔처럼 홀로 걸어갈 뿐이었다. 이따금 선방에서 친해진 수좌들이 걱정할 뿐 아무도 간섭하지 않았다.

"혜암 수좌, 무문관에 들어가 견디려면 아주 건강해야 한다고 합디다."

"걱정해주니 고맙습니다만 오대산에서 토굴살이를 이미 경험했으니 어려움은 없을 것입니다."

실제로 혜암은 오대산의 다섯 암자와 설악산 오세암에서 무문관의 고행과 같은 수행을 많이 해보았기에 전혀 부담이 되지 않았다.

"천축사 무문관 결사는 한 철이 아니라 2년이라고 하니 감옥과 같을 것입니다."

"2년이니 6년이니, 숫자에 매달릴 필요는 없다고 생각합니다."

"해제할 때까지 자유가 없는 고행이니까 그렇지요."

"하루를 묵언해도 6년처럼 정진할 수 있지 않겠습니까?"

"그렇다면 군이 왜 천축사로 가려고 합니까?"

"서옹 조실 스님을 뵈려고 합니다. 저와 인연이 깊은 노장님입니다."

그러자 수좌가 화제를 돌렸다.

"서옹 조실 스님과는 무슨 인연이 있기에요?"

"제가 출가하려고 해인사에 왔을 무렵 행자를 받지 않는다고 해서 이러지도 저러지도 못하고 있었습니다만, 그때 우리 은사 인곡 스님을 소개해주신 분입니다."

일본 임제종 총본산 묘심사妙心寺에서는 혜암에게 발심의 불을 지펴주었고, 해인사에서는 인곡을 소개해주었으니 결코 작은 인연이 아니었다. 귀한 비단에 아름다운 꽃을 얹는 지중한 인연이었다.

"그런 까닭이라면 할 수 없습니다만."

"그렇습니다. 제가 천축사로 가는 것은 무문관 때문이 아닙니다. 서옹 스님이 계시니까 가는 것입니다."

혜암은 만류하던 수좌와 함께 웃었다. 홍류동에 얼어붙었던 얼음장이 벌써 녹고 있었다. 흐르는 물소리가 속삭이듯 들렸다. 혜암은 가야산에 폭설이 내려 며칠 동안 선방에서 나와 눈을 쓸던 기억을

홍류동 물소리를 들으며 씻어냈다. 걷다가 뒤돌아보면 마음을 푸근
하게 했던 선방의 기억들이 눈처럼 쌓였다가 기억 저편으로 사라지
곤 했다.

서옹 석호西翁 石虎.

1912년 충남 논산 출생으로 속명은 이상순李商純. 일곱 살 때 아
버지를 여의고 고향에서 보통학교를 졸업한 뒤 열네 살에 서울로
올라가 열일곱 살에 양정고등보통학교에 진학했는데, 그해 어머니
와 할아버지가 별세하자 큰 충격을 받았다. 훗날 스님은 '어린 나이
에 하늘과 땅이 보이지 않을 정도로 막막했다.'고 회고한 적이 있다.
다행히 작은아버지의 도움으로 학업은 계속할 수 있었다.

당시 양정고등보통학교에는 무교회주의자인 김교신 선생과 위암
장지연 선생이 근무하고 있었다. 스님은 김교신 선생으로부터 간디
자서전을 추천받아 읽고는 감명을 받았다. 간디의 자서전을 읽다가
불교의 참맛을 알았고, 결국 머리를 깎기로 결심했다. 학교 담임선
생과 작은아버지는 우등생으로 졸업한 스님이 경성제대 예과에 진
학하기를 바랐다. 하지만 스님은 스물한 살에 중앙불교전문학교에
입학했고, 출가하기 위해 각황사(현 조계사)로 가서 주지 대은을 만
났다. 그러나 대은은 당시 백양사에 주석하고 있던 비구 선승 만암
의 제자가 될 것을 권유했다.

스님은 스물네 살 때 중앙불교전문학교를 졸업하고 백양사로 내

려가 강원에서 영어를 가르치는 외전 강사로 2년을 보냈다. 스물여섯 때는 참선 공부를 하고자 오대산 한암 회상으로 가서 2년간 정진했다. 그런 뒤 수행자 신분으로 1939년 스물여덟 살 때 일본 교토임제대학에서 공부하기 위해 유학을 떠났다.

스님의 대학 졸업논문 〈진실자기眞實自己〉는 일본 불교학자 다나베 하지메가 쓴 〈정법안장의 철학적 사관〉의 오류를 지적해 화제를 불러일으켰다. 일본의 대학자인 교토대학의 히사마츠 신이치 박사의 지도를 받아 쓴 〈절대주체도〉는 학생들의 교재로 채택되기도 했는데, 스님은 일요일마다 히사마츠 박사를 만나 다담을 나누며 토론하는 정복을 누렸다.

임제대학을 졸업한 스님은 일본 임제종 총본산인 묘심사에서 3년간 입승 소임을 보면서 정진하였는데, 이때 자신을 찾아온 혜암에게 《금강경》한 권을 주었다. 스님은 1944년(34세)에 귀국하여 백양사 선방과 목포 정혜원을 거쳐 부산 선암사 선방에서 정진하던 중 통영 안정사 천제굴로 가 성철을 처음 만나 동갑지기 도반이 되었다.

성철과 마음을 나눈 스님은 20여 년 동안 전국을 만행하며 선방 수행을 하다 1962년(51세)에 동국대 대학선원 선원장으로, 1964년(53세)에 천축사 무문관 조실로 추대되어 수좌들과 2년 결사에 들어갔다.

1971년에는 동화사 조실로 주석했는데, 그때 스님은 오도송을 읊조렸다.

상왕은 위엄을 떨치며 소리치고 사자는 울부짖으니
번쩍이는 번갯불 가운데서 사와 정을 분별하도다.
맑은 바람이 늠름하여 하늘과 땅을 떨치는데
백암산을 거꾸로 타고 겹겹의 관문을 벗어나도다.

이후 스님은 1974년(63세)에 조계종 제5대 종정에 올랐고, 1996
년(85세)에 백양사 고불총림 방장으로 추대된 뒤 수좌들에게《벽암
록》의 선지禪旨를 강설하며 '참사람 결사'를 제창했다. 참사람 결사
의 서원은 세 가지였다.

첫째, 무상무주無相無住의 '참나'를 깨달아 자비 생활을 한다.

둘째, 어디에도 걸림 없이 자유자재하여 세계 인류가 평등하고
평화스럽게 사는 세상을 창조한다.

셋째, 자기와 인류가, 생물과 우주가 영원의 유일 생명체이면서
각각 별개이므로 서로 존중하고 도와서 집착함 없이 진실하게 알고
바르게 행하며 아름다움을 사랑하는 세계를 건설한다.

서옹이 고불총림 방장으로 주석하자 이것을 가장 반긴 스님 중
한 분이 바로 당시 해인총림 방장이던 혜암이었다. 자신을 불문으
로 이끌어준 선승 서옹이 주석하는 백양사가 고불총림으로 승격되

고, 바로 그 서옹 선사가 방장으로 추대되는 겹경사였기 때문이다.

가을 단풍이 절정으로 치닫고 있는 백양사로 달려간 혜암은 방장 추대식 자리에서 다음과 같이 축사를 했다.

〈여름 삼복이 찌는 듯한 더위의 시절이 지나가고 호시절 가을이 오니 만산단풍이 방광을 하고 삼삼三三은 원래 구九입니다.

산명수려한 백양사는 내장사와 같이 추색 단풍이 절경이어서 주변 일대 전폭全幅이 그림이라 하겠고, 계루 물결과 풍치는 진세塵世를 초탈한 멋진 풍경이며, 밝은 달과 바람이 어울리고 산색과 수성水聲이 조화를 이루었으니 이를 일러 물외건곤物外乾坤이요, 호중천지壺中天地라고 하는 것입니다.

이 도량에서 특히 다수의 선지식이 출현하셨고, 만암 스님께서 해방 직후 불교 발전을 위해 호남고불총림을 창립하시어 전국 모범 사찰로 유지하다가 육이오동란을 당해 잠시 휴총休叢하다 근간에 부활해서 오늘 뜻 깊은 총림 방장 추대식을 하게 되었으니 시회대중과 사부대중이 축하하며 동시에 산도 춤추듯 기뻐하고, 물도 기뻐 소리치며, 벌 나비 춤추고 새들과 꼬꼬닭도 캉캉컹컹 짖는 개들도 모두 함께 추대식을 경축합니다.

본래무일물本來無一物인데 무엇이 추대식입니까如何是 推戴式. 오늘 추대식을 했다 하여도 참으로 옳지 못한 것이요, 설령 안 하였다 하더라도 참으로 옳지 못한 것입니다. 이러한 때를 당하여 시회대중은 어떻게 하시겠습니까.

　산 위에는 구름이 지나가고
　바위 밑에는 물 흘러가는 소리가 난다.〉

　서옹과의 오래된 인연 말고도 출가하기 위해 고향집을 나와 처음 들렀던 백양사이기에 감회가 더 무량했을 터였다. 방장 추대식의 축사 속에는 백양사의 단풍을 찬탄하는 구절에 이르러 다소 들뜬 혜암의 심정이 드러나고, 사부대중의 축하는 물론이고 산과 물 그리고 미물들도 춤춘다며 그 기쁨을 표현하고 있다.
　서옹은 고불총림 방장이 된 뒤 중국 임제 선사의 무위진인無位眞人 가풍을 '참사람 결사'로 지속시키는 한편, 승속이 운집하여 고승을 향해 공개리에 법을 묻는 '무차선대회'도 열었다. 그때 혜암과 진제 또한 무차선대회에 참석해 수좌들과 재가 불자들이 묻는 질문에 조사선의 종지를 여실하게 밝히기도 했다.

　1964년, 정영이 천축사 동쪽 미륵봉 아래에 무문관을 개설하자 그 반응은 뜨거웠다. 전국 선방의 수좌들이 서옹 조실 밑으로 모여들었다. 혜암은 서옹의 허락을 받고 1966년 여름에 무문관에 들었다. 그러나 결코 결사에 동참한 것은 아니었다. 자신은 어디에서나 무문관에 입실한 것처럼 고행해왔기 때문이었다.

무문관에 입실한다고 해서 모두가 해제할 때까지 남지는 않았다. 대부분 중도에 탈락했다. 2년 결사의 경우, 해제 때는 겨우 두세 명 정도 남는 게 고작이었다. 한 달 만에 묵언의 후유증으로 혀가 굳어 나오는 사람도 있고, 정신이 이상해져서 병원으로 실려 가는 사람도 있었다. 그런가 하면 한 소식을 체험한 고마움에 목이 메여 흐느끼는 사람도 있었다.

혜암은 무문관에서 시간 가는 줄 모르고 거뜬하게 여름을 보냈다. 서옹은 수좌들을 만날 때마다 '한 번 법을 일러보게.' 혹은 '좀 더 일러보게.' 하고 물었지만 혜암에게는 예외였다. 오래전부터 이심전심으로 계합되는 바가 적지 않았던 것이다.

꿈
속
의
꿈

지리산 상무주암

　　승용차가 진주 인터체인지를 지나자 시가지가 바
로 나타났다. 시가지를 허리띠처럼 두르며 흐르는 남강도 운전석
차창으로 들어왔다. 하늘도 강물도 모두 쪽빛이었다. 그러나 남강의
물빛은 무심한 하늘과 달리 2차 진주성 전투에서 죽어간 고혼들의
비통한 눈물처럼 가슴을 아리게 했다. 전사자의 핏빛 눈물이 푸른
빛깔로 변색해 슬프게 흐르고 있었다.

　고려시대부터 승군들이 머물렀던 호국사는 진주성 안에 있었다.
강가에 솟구친 누각 촉석루와 논개가 왜장을 안고 몸을 던진 의암
도 진주성 안에 있었다. 대연 거사는 시내로 진입하는 비좁은 도로
가에서 승용차의 시동을 껐다. 남강을 모르는 체 무심코 지나칠 수

는 없었다. 촉석루 난간에 선 사람들도 남강을 바라보고 있었다. 의암에 서서 사진을 찍는 남녀도 보였다. 이제 진주성은 공원 관광지로 변모해 사람들을 부르고 있었다.

대연 거사가 찾아가는 곳은 촉석루가 아니라 호국사였다. 대연 거사는 두 선지식의 흔적을 찾아가는 중이었다. 한 사람은 영혼의 스승이 된 혜암 스님, 또 한 사람은 내고乃古 박생광 화백이었다. 대연 거사는 쌍봉사 옆에 자리한 공방을 떠날 때부터 가슴이 설렜다. 그의 일기에는 대학 시절 스승이었던 박생광 화백에 관해 뒤늦게 스크랩해둔 메모도 있었다.

박생광 화백은 불우한 천재 화가임에 틀림없었다. 대연 거사가 다니던 대학의 시간강사 시절은 물론이고, 인생 말년인 일흔다섯을 넘어서까지도 화단의 주변을 맴돌 만큼 주목받지 못한 작가였다. 별세하기 전 마지막 5년이 아니었더라면 사람들은 그를 영원히 잊어버렸을 것이다.

대연 거사는 아침에 보았던 메모를 다시 떠올렸다.

〈박생광 화백은 1904년 경남 진주에서 태어났다. 14세 때 진주농고에 입학한 뒤 친구 이찬호(청담 스님)와 함께 호국사로 가서 입산한다. 그러나 다음 해인 1920년 진주농고 일본인 미술 교사의 추천을 받아 일본으로 유학을 떠난다. 1924년 일본 '선전鮮展'에서 동양화 부문에 입선하고, 1929년 '명랑미술전'에서도 입선해 일본 화단의 주목을 받기 시작한다. 1945년 귀국 후에는 진주에 정착해 작품 활동을 계속했고, 1960년부터 '동해일출도', '의랑순국도' 등 민족성 짙은 작품들을 천착해 그렸다. 특히 1982년(79세)에 인도 성지순례를 하고 나서부터는 불교 정신에 뿌리를 두고 1985년 82세의 나이로 별세할 때까지 '출가', '열반' 등 강렬한 색채의 불교적인 작품을 많이 남겼다.〉

호국사가 청담 스님과 인연이 있는 절이라는 것도 메모를 보고 나서야 떠올랐다. 그 전에는 어디선가, 아마도 박생광 화백의 강의 시간에 청담 스님과 진주농고 시절 친구였다는 얘기만 들었지 호국사로 함께 가 입산했다는 사실은 귀담아 듣지 않았던 것이다. 대연 거사는 작곡가 드뷔시의 말을 중얼거리며 승용차의 시동을 켰다.

'예술가란 죽은 뒤가 아니고는 유용성이 인정되지 않는 존재이다.'

박생광 화백은 노년에도 생활이 궁핍해 단칸방에서 살았다. 전세 방을 전전할 만큼 가난했던 사실보다 방이 좁아 천 호 같은 큰 그림을 작업할 때는 화선지를 조금씩 말아가며 그렸다는 사실이 제자들의 가슴을 아프게 했다. 노년의 지병으로 석불이 산재한 경주 남산을 화폭에 담지 못하고 별세한 것도 그의 그림을 좋아하는 사람들을 아쉽게 했다.

애석하기는 대연 거사도 마찬가지였다. 자신이 작업하고 있는 도예 작품을 박생광 화백이 단 한 번도 본 적이 없기에 평가를 받아보지 못한 것이다. 다만 도예를 하든 미술을 하든 '무엇이면서도 무엇이 아닌 것이어야 한다.'는 박생광 화백의 말을 두고두고 새길 뿐이었다. 실제로 박생광 화백의 후기작들은 불교적이면서도 불교적인 것을 초월했다는 것이 화단의 평가였다. 대연 거사로서는 참으로 도달하기 어려운 경지였다.

대연 거사는 호국사 주차장 끝에 승용차를 세워놓고 계단을 올라갔다. 계단 중간쯤에 있는 매표소에는 아무도 없었다. 관광객에게 표를 파는 진주성 관리직원도 없고, 신도들을 안내하는 호국사의 종무소 직원도 없었다. 평일 오전이라 그런지 호국사 경내에도 사람이 없기는 마찬가지였다. 대연 거사는 대웅전에서 나오는 보살을 발견하고 주지 스님이 어디에 계신지 물었다.

"성법 스님 계십니까?"

"어디서 왔십니꺼?"

"주지 스님과 전화로 약속하고 들렀습니다."

"기다려보이소. 주지 스님 방에 계실 낍니더."

잠시 사라졌던 보살이 나타나 성법 스님에게 안내했다. 주지 스님 방은 상담실처럼 신도들과 바로 얘기할 수 있도록 종무실과 붙어 있었다. 벽에 걸린 혜암 스님의 친필 액자와 성법 스님이 해인사 주지로 있을 때 촬영한 칼라 기념사진 액자가 눈에 띄었다. 대연 거사가 엎드려 인사하자 성법 스님이 군더더기 없이 시원하게 말했다.

"아침 일찍 전화하신 분이군요. 듣고 싶은 얘기가 무엇입니까?"

"혜암 큰스님의 맏상좌이신 줄 알고 있습니다. 큰스님을 언제 어떤 인연으로 뵀습니까?"

대연 거사도 용건을 바로 꺼냈다.

"제가 왜 출가했는지 그것부터 얘기를 해야겠지요."

성법 스님과 몇 마디 주고받지 않았지만 대연 거사는 스님의 성격을 직감했다. 단순하고 직선적인 데다 의리가 단단하여 외호外護를 잘하는 것 같았다.

"모친께서 불심이 깊은 분이었어요. 그런 인연으로 스님들이 저의 속가 집에 많이 찾아오셨습니다. 그래서 저는 천장 스님, 고봉 스님, 의현 스님을 어릴 때부터 보았지요. 저의 출가 동기는 이렇습니다."

학창 시절, 스님은 친구들하고 은해사 산내암자인 중암으로 올라갔다. 그때 낭떠러지 위에 자리한 중암에서 20대 후반의 한 스님을 만났다. 그런데 잠깐 동안 친구들하고 잡담도 하고 암자도 구경하는 사이에 스님이 보이지 않았다. 친구들 모두가 탈속한 분위기를 풍기는 그 젊은 스님을 찾았다.

젊은 스님은 어느새 중암을 내려가 낭떠러지 밑으로 난 산길을 홀연히 걷고 있었다. 불과 이삼십 초가 흘렀는데, 보통 사람이 이삼십 분 걸리는 거리에서 총총히 걷고 있었던 것이다. 친구들은 그 젊은 스님이 축지법을 쓰는 도인이라고 수군거렸다. 당시 고등학생이던 성법 스님은 그 젊은 스님이 부러웠다. 세상에서 복잡하게 얽혀 사는 것보다 그 스님처럼 출가해서 축지법을 익히고 여기저기 자유롭게 다니며 사는 것이 좋지 않을까, 하는 꿈을 꿨다.

'나도 출가해서 축지법을 쓰는 도인이 되고 싶다.'

스님은 고등학교를 졸업한 뒤, 친구 한 명과 함께 동화사로 출가
했다. 출가한 스님은 행자 20여 명과 함께 '치문'과 '사미율의'를 배
웠다. 동화사에서 한 해 정도 행자 생활을 하다 하안거가 해제되는
날 해인사로 갔다. 훗날 사숙이 된 건장한 봉주 스님을 따라간 것이
었다. 스님은 비로소 도인들을 만나러 가는구나 싶어 가슴이 부풀
었다. 봉주 스님이 해인사에는 도인들이 많다고 자랑하는 것을 들
었기 때문이었다. 그때까지도 스님은 도인이란 축지법을 쓰거나 공중
을 날아다니는 무예의 고수인 줄로 알았다. 심지어 백련암에 주석
하고 있던 성철 방장 스님도 그런 도인일 거라고 생각할 정도였다.

"일타 스님이 머물던 지족암에 노스님이 한 분 계셨는데, 그 노스
님의 아들이 봉주 스님이었어요. 거기서 하룻밤 잤지요. 그 이튿날
봉주 스님을 따라서 지금 총무원장을 하시는 지관 스님과 일타 스
님을 뵀어요. 사미계는 며칠 후 동화사에서 같이 온 행자 열댓 명과
함께 받았습니다. 7월 말쯤이었어요. 당시 우리 스님은 지리산 토굴
에 계셨습니다. '선방에서 공부만 하는 훌륭한 수좌 스님'이라며 은
사로 맺어주었지요. 성법이라는 법명은 우리 스님이 해인사에 안
계셨기 때문에 일타 스님이 대신 지어주셨습니다. 일타 스님께서
법명을 내리시며 '법을 깨달아라.'라는 뜻이다, 라고 말씀했지요."

수계한 뒤 성법은 곧바로 공양간으로 갔다. 강원을 가기 위한 수

순이었다. 당시는 산을 지키는 산감을 하거나 공양간에서 3개월 이상 살아야 강원에 방부를 들일 수 있었다. 스님은 행자 생활을 동화사에서 한 번 하고, 해인사에서도 한 번 지낸 셈이었다.

"같은 날 사미계를 받은 성한 스님은 밥 짓는 공양주를 하고, 나는 국 끓이는 갱두 소임을 보았지요. 그때 해인사 원주 스님은 종성 스님이었어요."

총림이 있는 해인사에서 스님이 되겠다고 전국에서 행자들이 모여드는 바람에 공양간에서 처리해야 할 밥과 국의 양은 엄청났다. 밥에 돌이 들어가거나 국을 잘못 끓이면 대중공사를 당하기도 했다. 일이 너무 많아 잠잘 시간조차 부족했다. 잠 한번 푹 자보는 것이 공양간 행자들의 소원이었다.

해인사에 온 지 한 달 만에 사미승 성한이 해인사를 떠나자고 은근히 꼬드겼다. 강원에는 다시 올 수 있으니 겨울이 되기 전에 따뜻한 부산으로 도망치자고 했다. 성법은 생각 끝에 유혹을 물리쳤다. 절 생활에 적응 못하고 이곳저곳 돌아다니는 행자 장돌뱅이가 되기는 싫었던 것이다.

"성한 스님은 그렇게 한 달 만에 떠났고, 저는 갱두보다 신경이 더 쓰이는 공양주를 맡게 되었지요."

그해 겨울이 되어서야 사미승 성법은 강원에 방부를 들였다. 강원 생활을 하는 동안 혜암 스님이 옥편 한 권을 보내주었다. 평생 동안 은사에게 받은 책 선물로는 처음이자 마지막이었다.

성법은 강원 생활을 남보다 열심히 했다. 뭐든 일등을 해야겠다고 마음먹던 시절이었다. 혜암 스님과 성철 스님에 대한 이런저런 얘기를 들으면서 불법에도 눈을 떴다. 도인이란 축지법을 쓰거나 공중을 날아다니는 사람이 아니라는 것도 깨달았다.

"우리 스님과 인연을 맺게 해준 모든 분들께 감사를 드리지요. 특히 봉주 스님을 잊을 수 없습니다. 봉주 스님은 1972년도에 해인사 주지를 지내셨는데, 별명이 '호랑이 주지'였어요. 호법신장 같은 분입니다. 대작불사를 한 만불사 주지 스님의 은사 스님이기도 하시지요."

봉주 스님이 '호랑이 주지'라는 별명을 얻게 된 것은 지금의 장경각 건물을 지켜낸 일화 때문이었다. 이른바 '핑퐁 외교'로 알려진 미국 닉슨 대통령의 중국 방문 때 모택동이 닉슨 대통령에게 자랑한 중국의 국보가 만리장성이었다. 박정희 대통령도 만약 닉슨이 한국을 방문하게 되면 무엇을 자랑할 것인지 참모들과 숙의했다.

그때 한 참모가 우리나라 국보 중에서 장경각의 팔만대장경판을 추천했다고 한다. 그런데 그 자리에서 목조 건물인 장경각의 보호 문제가 거론됐고, 급기야 정부는 화재를 예방하고 폭격에도 피해를 입지 않는 새로운 장경각을 짓자는 복안을 세우기에 이르렀다.

정부는 장경각 뒤편 수미정상탑 자리에다 지금의 장경각을 모방한 지하 1층 지상 1층 규모의 콘크리트 건물을 세우겠다며 해인사에 도면을 제시했다. 제시라기보다는 일방적인 통고였다. 얼마 후에는 공사 인력과 건설 장비를 투입했다. 대중공사를 벌인 스님들은 모두 반대했다. 노스님과 수좌들은 무엇보다 콘크리트 건물의 이질감을 부담스러워했다. 그리고 해인사는 행주형국行舟形局, 즉 배가 큰 바다로 움직이는 형국이므로 그 배 밑을 뚫을 수는 없다고 주장했다. 급기야 젊은 스님들이 건설 장비를 몸으로 막는 충돌 사태가 벌어졌다. 당시 총무원장이던 경산 스님이 중재를 하기 위해 서울에서 내려왔지만 해인사 대중 앞에서 말 한마디 꺼내지 못하고 돌아갔다. 이때 가장 강력하게 반대하고 나선 이가 바로 주지 봉주 스님이었다. 스님은 '아무리 정부 사업이라 하더라도 성역을 해치는 일은 용서할 수 없다.'며 관리들을 호통 쳤다. 뿐만 아니라 봉주 스님의 기를 꺾으려고 무장 경찰이 들이닥쳤을 때는 '우리 집안을 치려는 도둑놈들이 물러가면 문을 열겠다.'며 산문을 걸어 잠그기까지 했다.

결국 해인사 대중과 정부가 서로 양보해 극락전 터에 새로운 장경각을 짓게 되었는데, 그 콘크리트 건물이 바로 지금의 해인사 선방인 소림원이다.

강원에서 겨울을 보낸 성법은 바랑에 겨울 양말 한 켤레를 넣고 지리산 문수암으로 향했다. 어느 신도가 해제 날 대중공양으로 강원 학인들에게 한 켤레씩 나눠준 겨울 양말이었다. 성법은 자신이 신기보다는 아직 한 번도 뵌 적 없는 은사 혜암 스님께 그것을 선물하고 싶었다.

성법은 버스를 타고 함양으로 갔다. 버스가 함양에 도착하자 눈이 펑펑 내리기 시작했다. 성법은 함양에서 다시 시외버스로 갈아타고 마천에서 내렸다. 지리산은 이미 설국으로 변해 있었다. 성법은 시골 촌부들에게 물어물어 영원사 초입까지 눈길을 걸어갔다. 그곳에서 가파른 지름길을 타야만 상무주암을 거쳐 문수암에 이를 수 있다고 했다. 성법은 영원사 가는 길에 있는 마지막 산촌 마을에서 다시 길을 물었다.

"문수암은 어디로 갑니까?"

마침, 집주인은 영원사나 문수암으로 가는 우편물을 집배원에게서 받아두었다가 스님이 오면 전해주는 촌부였다. 집주인이 놀란 표정으로 말했다.

"스님, 오늘은 올라가지 못합니다. 눈이 오는 데다 날이 곧 어두워집니다. 더욱이 고무신을 신고서는 위험천만합니다."

"거사님, 저는 산길을 잘 탑니다. 걱정하지 마십시오."

성법이 완강하게 산길을 오르겠다고 하자 촌부가 고개를 저으면서 말했다.

"스님이 올라가겠다고 하니 별수 없습니다만, 산길을 잘 살피고 조심해야 합니다."

성법은 오직 혜암 스님만 생각하고 있었다. '참선 공부만 하는 수좌 스님'이라는 데 도대체 어떤 모습일까. 출가한 이후 등을 방바닥에 한 번도 대지 않는 장좌불와의 수행을 하고 있다는데, 과연 그게 가능한 일일까. 하루에 한 끼만 먹고 산다는데 그게 사실일까. 나를 제자로 인정해주실까. 성법은 궁금한 게 많아 견딜 수가 없었다. 한시라도 빨리 문수암으로 가서 혜암 스님을 친견하고 싶었다.

눈 쌓인 산길로 들어선 성법은 쉬지 않고 올라갔다. 밤이 되자 다행히 눈발이 그치기 시작했다. 손전등조차 갖고 있지 않은 성법은 모든 게 부처님 가피라고 믿었다. 밤하늘에 관세음보살 얼굴처럼 둥그런 달이 떠올랐다. 달빛이 눈 덮인 산길을 환하게 비춰주었다.

성법은 무서운 생각이 들면 반야심경을 큰 소리로 독경했다. 천수경도 외웠다. 그렇게 한참을 걷는데 이상한 느낌이 들었다. 상무주암은 보이지 않고 산길은 끝이 없었다. 쌓인 눈에 무릎까지 빠지곤 했다. 지리산 정상으로 갈수록 눈은 더욱더 많이 쌓여 있었다.

성법은 할 수 없이 오던 길을 되짚으며 자신의 발자국을 따라 내려갔다. 눈과 땀으로 젖은 장삼에는 살얼음이 끼었다. 몸을 조금만 움직이지 않아도 턱이 떨릴 정도로 추웠다. 다리에 힘이 빠지자 자꾸 넘어졌다. 고무신도 얼어 걸핏하면 미끄러졌다. 그제야 여기서 동사할지도 모른다는 공포가 엄습했다.

성법은 살기 위해 몸을 움직였다. 산길이 두 갈래로 갈라진 곳까지 뛰듯이 내려갔을 때는 기진맥진했다. 바랑에 든 양말 한 켤레가 바윗덩어리처럼 무거웠다. 한 발 한 발 내딛는 것조차 힘들어 바랑을 벗어 던지고 싶었다. 그러나 바랑을 벗을 수는 없었다. 그 안에 혜암 스님께 드릴 겨울 양말 한 켤레가 들어 있었기 때문이다.

성법은 그 겨울 양말을 신고 있는 혜암 스님의 모습을 떠올리며 힘을 냈다. 양말을 신은 혜암 스님이 웃고 있었다. 성법은 갈증 난 목을 눈으로 적시며 산길을 올라갔다. 마침내 상무주암 불빛이 희미하게 보였다. 문수암 불빛은 아직 보이지 않았다. 문수암은 상무주암 뒤편으로 뻗어 내려온 능선 너머에 있었다.

성법이 문수암에 도착했을 때는 밤 열한 시쯤이었다. 암자 마당 앞으로 가 합장하며 혜암 스님을 불렀다.

"큰스님."

그러나 조용했다. 눈 속에 갇힌 암자는 말 그대로 적막이었다. 부엌 뒤편 굴뚝에서 연기가 모락모락 피어오르고 있었다. 아마도 스님이 불을 때고 있는 듯했다.

성법은 부엌 쪽으로 갔다. 과연 혜암 스님이 부엌문을 열어놓은 채 불을 때고 있었다. 성법은 인기척을 냈다. 하지만 혜암 스님은 여전히 등을 돌린 채 아궁이에 썩은 나뭇가지를 넣었다. 마치 화부 같았다. 도깨비처럼 갑자기 나타난 성법 때문에 놀라지도 않을뿐더러 누구냐고 묻지도 않았다.

'아, 이럴 수가 있는가.'

성법은 말 한마디 없이 불만 때는 혜암 스님을 이해할 수 없었다. 도인은 저러는 건가 싶어 야속하기도 했다. 그러나 돌아갈 수 있는 산길이 아니었다. 천근의 바윗덩어리 같은 무게를 느끼면서 가져온 겨울 양말 한 켤레가 생각났다. 문득 성법은 스스로 묻고 답했다.

'그래, 나는 단 몇 시간 눈길을 헤맸지만 은사 스님은 이 엄동설한에 기운 여름 양말을 신고 정진하고 계시지 않은가. 내가 지금 은사 스님을 위해 할 수 있는 일은 부처님께 공양 올리듯 바랑 속에 든 따뜻한 겨울 양말을 신겨드리는 것이다.'

성법은 혜암 스님이 불을 다 땔 때까지 부엌문 밖에서 기다렸다.

지리산의 차가운 골바람이 어깨를 얼게 했지만 견뎌냈다. 그러고 보니 혜암 스님이 자신의 근기를 시험하는 것도 같았다.

'은사 스님께서는 지금 나에게 인욕바라밀을 가르치고 계신 것이다. 이것이 말씀 없는 가운데 말씀을 하는 무설설無說說의 법문이리라.'

30분이 지나갔다. 성법은 석등처럼 꿈쩍 않고 기다렸다. 이윽고 혜암 스님이 아궁이에 나뭇가지 하나를 던지고 일어섰다. 성법은 그때를 놓치지 않고 합장했다.

"스님, 해인사에서 온 성법입니다. 스님께 이미 사미계를 받았으나 처음으로 친견합니다."

그래도 혜암 스님은 아무 말 않고 부엌을 나와 인법당으로 들어갔다. 오라 가라 말은 없었지만 따라 들어오라는 느낌이 들어 성법은 인법당 토방에 고무신을 가지런히 벗었다. 눈이 다시 희끗희끗 내리기 시작했다. 거친 골바람에 눈송이들이 마루로 쫓겨 들어왔다.

성법이 정식으로 삼배를 하자, 그제야 혜암 스님이 말했다.

"참선을 해야 산 중이지."

혜암 스님이 장좌불와를 했기 때문에 성법도 잠을 자지 못했다. 혜암 스님은 가만히 앉아 좌선만 하는 것이 아니라 찾아온 제자에게 밤새 설법을 했다. 성법은 뜬눈으로 밤을 새우며 설법을 들었다.

"…이 공부는 세상 공부와 아주 다르다. 세상의 공부는 눈으로 하고 귀로 하고 코로, 입으로, 몸으로, 또 번뇌망상으로 하는데 이 공부는 그 반대로 한다. 이 공부는 상대가 끊어진 무심 공부이기에 지금까지 알았던 일도 다 잊고, 심지어 부처님 말씀도 다 버려야 된다. 전에 알았던 것을 조금만 들썩거려도 병이 되고 결국 공부가 되지 않는 것이다. 그렇기 때문에 묘한 공부라고 하는 것이다. 이것은 세상 공부하고 달라 눈으로 안 보이고 귀로 들을 수 없어서 재미도 없다. 길이 여러 가지가 아니라 딱 한 길만 있기 때문에 조금만 삐뚤어지면 그냥 물거품이 돼버린다. 길을 기웃거리면 고생만 하지, 이 공부하고는 관계가 없어져버린다. 답답한 한 군데를 잡아 '이 뭣고?'를 공부하되, 욕심을 가지고 급하게 해서도 안 되고, 몸에다 힘을 주고 해서도 안 된다. 그러면 병이 난다. 몸에다 힘을 준다던지 욕심 사납게 빨리 깨쳐야지 하고 공부하는 것은 헛공부일 뿐, 이 공부하고는 아무 상관이 없다. 용맹스럽게 화두 공부하라고 하니까 막 힘부터 내는데, 그것은 간절하게 정성껏 하라는 말이지 힘으로 하라는 말이 아니다. 그래서 미묘법微妙法이라고 한다. 이렇게 공부는 묘하게 하게끔 되어 있는데, 혼자서 하다가 병이 나는 사람이 많다. 아주 간절한 생각, 정성스러운 생각으로만 할 따름이지 급한 마음으로 욕심을 내서는 안 되는 것이다. 답답한 데다 대고 '이 뭣고?' 하는 공부를 지어가야 한다. 이 말은 답답한 공부를 하라는 말이 아니다. 답답한 데다 '이 뭣고?' 하라는 것은 딴짓거리를 못하게 하기 위해서, 알아듣기 쉽게 하기 위해서 하는 말이다."

"좌선이란 몸이 앉아 있는 것이 아니라 마음이 앉아 있는 것을 말한다."

"누구나 욕심만 없으면 과거, 현재, 미래, 이 삼세의 일을 다 알게 되는 숙명통을 얻는다. 욕심이 털끝만큼이라도 없다면 참선 공부를 안 해도 숙명통을 얻는다."

성법은 밤 열한 시 반부터 다섯 시간 동안 설법을 들었다. 얼었던 몸이 저절로 녹았다. 그러나 접힌 무릎은 다시 감각이 무뎌졌다. 그렇다고 밖으로 나가 다리 운동을 할 수도 없었다.

어느새 창호에 푸른빛이 돌기 시작했다. 성법은 겨우 말을 꺼냈다.

"스님, 아침 공양을 준비하겠습니다."

"나는 아침, 저녁 공양을 하지 않으니 너나 먹거라."

성법은 부엌으로 들어갔다. 양식이라곤 솔가루와 쌀가루에 이따금 스님들이 찾아오는지 곡식 통에 보리쌀이 조금 차 있는 게 전부였다. 반찬거리는 새끼줄에 달린 시래기 묶음이 있고, 냄비에는 멀건 된장국이 조금 남아 있었다.

잠시 후, 혜암 스님이 부엌으로 들어오더니 말했다.

"아침 공양을 왜 하지 않느냐?"

"낮에 먹겠습니다."

성법은 배가 몹시 고팠지만 아침 공양을 하지 못했다. 시래기와 찬 된장국을 보는 순간 입맛이 싹 가셨던 것이다. 성법은 돌샘에서 나오는 찬물만 한 그릇 비웠다. 찬물이 빈 뱃속을 내려가며 쪼르륵 소리를 냈다. 절로 진저리가 쳐졌다.

"지게는 암자 뒤에 있다. 아침 공양 때가 지났으니 나무를 하러 가야지. 여기서는 낮에는 일하고 밤에만 공부한다."

순간 성법은 눈앞이 아찔했다. 낮에 일하고 밤에 공부한다는 혜암 스님의 말에 겁이 더럭 났다. 그러나 혜암 스님의 말을 거역할 수는 없었다. 성법은 지게를 지고 눈 쌓인 산길을 걸어갔다. 하지만 혜암 스님과는 반대 길인 상무주암으로 향했다. 상무주암은 문수암과 달리 먹을 것이 풍부했다. 성법은 상무주암에서 보살이 주는 떡과 라면을 배불리 먹었다. 그러나 밤에 잠도 자지 않고 공부할 것을 생각하니 배는 불렀지만 소화가 되질 않았다.

'배고픈 것은 상무주암에서 해결하면 되겠지만 은사 스님 앞에서 어찌 잠을 잘 수 있단 말인가.'

혜암 스님을 일주일 정도 시봉하고 강원으로 돌아갈 계획으로 문수암에 왔지만 성법은 갑자기 자신이 없어졌다. 이튿날 밤에도 성법은 초저녁부터 밤 열두 시까지 혜암 스님의 설법을 들었다. 졸음이 쏟아져 무릎을 꼬집으며 견뎠다. 인법당에 마주앉아 좌선하고 있으니 꾀를 낼 수도 없었다.

할 수 없이 성법은 3일째 되는 날 아침에 보리쌀밥을 해 먹은 뒤 혜암 스님에게 거짓말을 했다.

"스님, 오늘은 해인사로 돌아가야 합니다."

"어서 가봐야지."

혜암 스님은 성법을 붙들지 않았다. 차비 3천원을 주면서 문수암을 떠나라고 했다.

3

대연 거사는 앞에 녹차가 있다는 것을 잊어버릴
만큼 성법 스님의 문수암 얘기에 빠져 있다가 겨우 한마디 했다.

"혜암 큰스님께서는 양말을 선물 받고 좋아하시던가요?"

"칭찬을 크게 받지는 못했습니다. 미소를 지으며 담담하게 받아
주셨지요. 어쨌든 지금 생각해보면 문수암에서의 이틀이 가장 추억
에 남습니다."

더 물을 말이 없어 잠시 침묵하자 성법 스님이 시계를 보며 양해
를 구했다.

"점심 공양은 호국사에서 하시지요. 저는 약속이 있어서 지금 시
내로 나가봐야 합니다. 공양간은 이 건물 지하에 있습니다."

"절을 한번 둘러보고 가겠습니다."

"호국사에서 하루 머무르셔도 좋고요."

"아닙니다. 오늘 해인사로 가봐야 합니다."

대연 거사는 해인사로 가 원각 스님과 함께 중봉암을 찾아보기로 이미 약속한 터였다. 혜암 스님이 마흔여덟 살 때 정진했던 해인사 위쪽의 토굴이 바로 중봉암이었다. 지금은 중봉암의 위치를 아는 사람이 몇 명에 불과했다. 1970년대 들어 해인사 저수지가 만들어진 뒤, 식수원을 보호한다는 명분으로 중봉암을 철거했던 것이다. 가야산 산길에 익숙한 사하촌의 약초꾼들마저 하나둘 죽고 중봉암 터가 울창한 숲에 가려 그곳에서 실제로 정진했던 원각 스님 같은 수좌들조차 위치만 대충 짐작하고 있을 뿐이었다.

대연 거사는 호국사를 서둘러 떠나지는 않았다. 점심 공양을 하면서 몽땅 틀니를 한 노스님을 만나 뜻밖에도 청담 스님에 대한 얘기를 들었다. 노스님은 점심 공양 후 진주성을 산책하면서 놀라운 사실을 하나 들려주었다.

"청담 스님의 속가 부인이 우리 고향분이었어. 부인이 살아 계신다면 올해로 아흔넷쯤 되실 거야. 이름은 기억이 안 나지만 성은 차씨였어."

노스님은 청담 스님과 호국사와의 인연을 소상하게 기억하고 있었다. 노스님이 포행 삼아 촉석루 쪽으로 걸으며 말했다. 틀니에 문제가 있는지 말할 때마다 발음이 샜다.

"일제시대, 그러니까 청담 스님이 진주농고를 다닐 때 처음으로 발심한 절이 이 호국사야."

"그때 호국사에는 어떤 스님이 계셨습니까?"

"금강산 유점사에서 출가하신 포명圃明 선사가 계셨지."

노스님은 기억이 잘 나지 않을 때는 입맛을 다시며 얘기했다. 진주농고 학생 청담이 호국사에 들러 샘물을 마시고 있을 때였다. 포명 선사가 지나가는 말로 '목마름이야 물로 다스릴 수 있지만 마음이 탈 때는 무엇으로 끌 수 있겠느냐?'라고 한마디 던졌는데, 청담은 그 말에 걸려들었다.

포명 선사가 던진 한마디는 청담을 발심케 했다. 집에서나 학교에서나 청담은 그 말에서 헤어나지 못했다. 마침, 일본말을 사용해야 하고 일본 교복을 입어야 하는 학교생활도, 궁핍한 가정생활도 만족스럽지 못한 때였다. 진주 시내에는 밤마다 살벌한 공기가 감돌곤 했다. 실제로 청담 또한 방과 후에 '일본말 안 쓰기', '일본 교복 안 입기' 등의 민족의식운동을 펴기도 했다.

그런 가운데서도 학생 청담의 발걸음은 늘 절로 향했다. 자신도 운수납자처럼 걸림 없는 자유인이 되고 싶었다. 더구나 친구 박생광은 1학년 때 용기를 내어 호국사로 입산한 터였다. 마침내 청담은 입산 출가하기로 작정하고 어머니에게 슬쩍 운을 뗐다. 그날로 집안이 발칵 뒤집혔다. 2대 독자인 청담이 출가하겠다고 하자, 자식에게 모든 기대를 걸었던 어머니는 하루아침에 집안이 망한 것처럼 눈물을 훔쳤다.

결국 청담은 자식을 세속에 묶어두려는 어머니의 강권에 못 이겨 열아홉 처녀 차점이와 강제 결혼을 하기에 이르렀다. 그러나 청담은 단호했다. 진주농고를 졸업한 뒤 1926년에 고성 옥천사를 찾아간 청담은 이듬해 5월 한영 스님을 은사로 출가해버렸다. 이후 청담은 한영 스님을 따라 전라도 장성 백양사로 가 무섭게 정진했다. 해인사로 가서도 목숨을 걸고 고행했다. 그리고 불과 몇 년 만에 전국의 절에서 초청 법사로 부를 만큼 유명해졌다.

1930년에는 고향 진주의 한 절에서도 청담을 불렀다. 낙성 법회에 법사로 초대를 받았던 것이다. 그때 속가 어머니가 소문을 듣고 찾아와 청담에게 매달렸다.

"시님, 가문 이을 씨앗 하나만 심어놓고 가이소."

청담은 어머니의 간청을 뿌리치지 못하고 속가 아내와 하룻밤을 보냈다. 불쌍한 어머니를 위해서라면 지옥엔들 가지 못하랴! 이런 마음으로 속가에 들렀던 것이다. 그러나 수행자로서는 파계가 분명했다. 청담은 죄업을 씻기 위해 기약 없는 참회와 인욕 수행을 거듭했다. 덕숭산 정혜사, 오대산 적멸보궁, 설악산 봉정암, 묘향산 보현사를 거쳐 수월 선사를 찾아 북간도까지 올라가 수행했다. 수좌들 사이에 '눈 위에 피 묻은 발자국이 있으면 청담 스님의 것'이라는 소문이 퍼진 때도 그 무렵이었다. 마침내 청담은 서른다섯의 나이에 견성의 노래를 불렀다.

　　모든 부처와 조사는 어리석기 그지없어
　　어찌 현학의 이치를 깨우쳤으랴.
　　만약 누가 나에게 한 소식 한 바를 묻는다면
　　길가에 서 있는 고탑이 서쪽으로 기울었다 하리라.

　　대연 거사는 노스님을 따라 촉석루까지 나갔다가 다시 호국사로 돌아왔다. 촉석루에는 남강을 배경으로 사진을 찍는 관광객이 서너 명 있을 뿐 진주성 전투의 비장한 그림자는 흔적도 없었다. 대연 거사가 호국사로 다시 돌아온 이유는 노스님이 보여줄 것이 있다고 했기 때문이었다.
　　"청담 스님이 속가 부인인 차씨한테 보낸 편지를 가지고 있어. 말씀이 절절하여 내 바랑에 넣고 다니지."
　　"진본입니까?"
　　"영인본이야. 진본이면 어떻고 사본이면 어때. 절절한 내용이 중요하지."
　　대연 거사는 노스님에게서 편지를 받아 읽었다. 내용은 길지 않았지만 아내를 불문으로 인도하려는 청담 스님의 마음이 잘 나타나 있었다.

〈부처님께 귀의합니다.

그동안 염불 공부 잘하셔서 죽을 때에 귀신들에게 끌려서 삼악도에 가지 아니하고 극락세계의 아미타불 회상으로 가실 자신이 섰습니까.

모진 병 앓고 똥이나 싸고 정신없이 잡귀신들에게 끌려가서 무주고혼이 되어서 밤낮으로 울고 천만 겁으로 돌아다니면서 물 한 그릇도 못 얻어먹는 불쌍한 도가비 귀신이나 면해야 할 것이 아닙니까.

다 늙어서 서산에 걸린 해와 같이 금방 쑥 넘어가게 될 형편이 아닙니까. 살림 걱정, 아이들 걱정, 이 걱정 저 걱정 다 해봐야 보살에게는 쓸데없는 헛걱정이오. 죄업만 두터워질 뿐이니 다 제쳐놓고 염불 공부나 부지런히 하시오. 앞날이 급하지 않습니까.

내나 보살이나 얼마 안 있어 우리들이 다 죽어서 업을 따라서 제각기 뿔뿔이 흩어지고 말 것이 아닙니까.

부디 쓸데없는 망상은 다 버리시고 염불만 부지런히 하셔야지요. 곧 떠나게 될 인간들이 제 늙은 줄 모르고 망상만 피우고 업만 지으면 만겁의 고생을 어찌 다 감당할 것이오.

극락세계만 가면 우리가 만날 사람은 다 만날 수 있을 것이 아닙니까. 다 집어치우고 자나 깨나 나무아미타불, 급합니다. 부탁입니다. 절하고 빕니다.

늙은 중 합장〉

"스님께서는 왜 청담 스님의 편지를 가지고 다닙니까?"

"청담 스님의 법문을 많이 들어봤어. 하지만 이보다 더 곡진한 스님의 마음을 본 적이 없지. 옛 아내에게 죄업 씻고 극락에서 만나자고 비는 편지 아닌가. 아내의 근기를 알기에 나무아미타불을 외라고 하지 않는가."

"청담 스님의 보살님은 언제 돌아가셨습니까?"

"오래전에 돌아가셨지. 속가 친구한테 들었어."

대연 거사는 갑자기 노스님의 과거가 궁금했다.

"스님께서는 출가하시기 전에 무엇을 하셨는지요?"

"상주에서 어린 나이에 한약방을 했지. 해방 되던 해에 출가했어."

"계기가 있었습니까?"

노스님이 틀니가 빠질 만큼 소리 내어 웃었다.

"허허허."

"스님, 왜 웃으십니까?"

"수행을 하면 다 알 수 있지. 깨친 수행자는 훤히 알고 있으니 물을 것도 없거든. 묻는 것이 많은 걸 보니 많이 어리석구먼."

그래도 대연 거사는 노스님의 과거를 알고 싶었다.

"스님께서는 아무래도 청담 스님과 인연이 있는 것 같습니다만."

"알고 싶다면 다 얘기해주지."

1943년 초파일, 청담 스님이 속리산 복천암에서 상주경찰서로 연행되었다. 기미년 독립운동에 앞장섰던 청담 스님이 수월 스님을 친견하러 북간도로 간 적이 있는데, 일본 형사들이 그때 독립지사들을 만났을 거라고 청담 스님을 의심했기 때문이다. 상주경찰서로 끌려간 청담 스님은 온몸이 피투성이가 될 정도로 모진 고문을 당했다.

고문의 후유증은 오래갔다. 그러나 속가 부인인 차씨의 정성스러운 병구완 덕분에 차츰 기력을 회복했다.

"그때 내가 청담 스님을 진맥하고 약을 지었어. 차씨 부인하고는 고향이 같은 데다 청담 스님의 인품에 반해 약값도 받지 않았지."

"그런 인연으로 청담 스님의 제자가 되었군요."

"그때는 청담 스님께서 상좌를 받지 않았어. 입산 출가하겠다고 말씀드렸더니 반대를 하시더군. 결혼해서 아내가 있었거든. 아내를 부처님처럼 받들고 살라고 하셨어."

"당시 태고종 스님들은 취처를 하지 않았습니까?"

"출가란 온몸으로 버리는 것이야. 남김없이 버리는 것이 출가야. 청담 스님께서는 반대를 하느라 방편으로 말씀했던 거지."

그래서 노스님은 꾀를 냈다며 또 웃었다.

"허허허. 청담 스님의 말씀이 마음에 걸려 걸망 속에 아내의 치마와 저고리를 넣고 입산 출가했지. 어느 날이던가, 그것도 부질없다는 생각이 들어 태워버렸어."

"청담 스님께서 왜 출가를 반대하셨는지 모르겠군요."

"내 마누라가 불쌍해서 그랬겠지. 청담 스님도 속가 부인 때문에 인간적으로 괴로웠을 거야. 아마도 그래서 반대하셨겠지."

　대연 거사는 노스님이 청담 스님의 편지를 바랑에 넣고 다니는 까닭을 어렴풋이 이해했다. 자신의 속가 부인을 사랑했지만 결국 출가하고 말았기 때문이다. 한편, 바랑에 넣고 다니던 치마와 저고리를 태워버린 것을 보면 속가 아내에게 무슨 일이 생겼거나 노스님이 한 소식을 했음이 분명했다. 대연 거사는 노스님께 삼배를 하고 헤어졌다.

4

　　대연 거사가 해인사 일주문에 도착한 것은 오후 네 시쯤이었다. 진주에서 고속도로를 타고 고령과 합천의 국도, 지방도로를 이용해 지름길로 달려 겨우 네 시쯤에 해인사 주차장에 도착한 것이다. 해인사에 올 때는 늘 홍류동 계곡가에 승용차를 대놓고 농산정으로 건너가 바위를 치며 흐르는 물을 바라보곤 했는데, 이번에는 그럴 마음이 안 났다.

　가야산은 이미 노랗고 붉은 단풍이 불붙고 있었다. 해인사 경내도 가을 냄새가 물씬 났다. 일주문 너머 어디선가 낙엽을 태우는 연기가 안개처럼 은밀하게 감돌았다. 대연 거사는 주차장에서 잠시 다리 운동을 한 뒤 승용차를 몰고 원당암으로 올라갔다.

원당암 주차장은 한산했다. 화장실 옆에 승합차 한 대와 지프차 한 대가 주차되어 있을 뿐이었다. 원당암의 공기가 맑고 차갑게 느껴졌다. 대연 거사는 심호흡을 두어 번 하고 종무소가 있는 요사채로 갔다. 원주 스님은 외출했는지 보이지 않고 컴퓨터 앞에 앉아 있던 여자 사무원이 아는 체를 했다. 사무원 역시 대연 거사와는 구면이었다.

"원주 스님이 안 계시네요?"

"물품 사러 가셨습니다. 곧 돌아오실 거예요."

"원각 스님은 계십니까?"

"큰스님은 절에 회의가 있어 내려가셨습니다."

원각 스님은 해인사 선원의 유나 소임을 보고 있기 때문에 원당암에 주석하면서 해인사 종무에도 관여하고 있었다.

"들어와서 기다리세요."

"괜찮습니다. 밖에 있겠습니다."

대연 거사는 혜암 스님의 토굴이었던 미소굴로 올라갔다. 혜암 스님의 영정사진이 걸려 있는 미소굴로 들어가 삼배를 하고 싶었던 것이다. 미소굴은 변함이 없었다. 미소굴 좌측에는 여전히 주장자처럼 생긴 커다란 나무기둥에 '공부하다 죽어라.'는 혜암 스님의 법어가 쓰여 있고, 황토로 지은 미소굴은 혜암 스님의 작은 체구처럼 단아했다.

미소굴 안의 분위기도 차분하긴 마찬가지였다. 토굴 안의 유품 또한 주장자와 《금강경》 한 권, 검은 테 안경 등 하나도 더해진 것 없이 그대로였다. 대연 거사는 삼배를 한 뒤 무릎을 꿇고 앉아 눈을 감았다.

그러자 혜암 스님과 함께 있다는 느낌이 들었다. 혜암 스님의 숨결이 여전히 묻어 있는 미소굴에 들어와 있기 때문일 터였다. 혜암 스님의 마음속으로 들어와 있다는 생각이 뇌리를 스쳤다. 문득 혜암 스님의 마음이 무언지 알 것도 같았다.

'아, 한결같이 견성의 길을 확신하고 일생을 일주일이라 생각하고 정진하셨던 분, 일주일을 넘기고서도 깨치지 못하면 태평양에 빠져죽겠다는 각오로 사셨던 분, 일주일이 지나면 또다시 일주일⋯. 그렇게 오늘이 마지막 날인 듯 오뚝이처럼 간절하게 정진하셨던 분, 어느 암자나 어느 선방이든 목숨을 내놓고 정진하는 무문관으로 여기셨던 분, 참선이야말로 이 세상에서 참으로 수지맞는 장사라고 자랑했던 분.'

대연 거사는 눈물을 주르르 흘렸다. 단 하루도 간절하게 살아보지 못한 자신이었기에 혜암 스님께 죄송했다. 단 며칠만이라도 하는 일에 목숨을 걸어보지 못한 자신이었기에 혜암 스님께 미안하여 참회했다. 그러자 혜암 스님의 유품들이 그런 대연 거사를 위로하는 듯했다.

'낙심하지 마라. 너는 이미 수행자같이 살고 있지 않느냐.'

대연 거사는 합장한 채 고개를 흔들었다.

'아닙니다. 아직도 작품을 잘 만들겠다는 욕망에 끄달리고, 타성에 젖어 살고 있을 뿐입니다. 내 자신이 누구인지도 모릅니다.'

'너는 나를 보고 있느니라. 네가 나와 한 몸이 될 때가 있을 것이니라. 그때의 시절인연時節因緣이 있을 것이니라. 네가 장좌불와를 멈추지 않고 하는 한 시절인연이 있으리라.'

미소굴 안의 고요하고 그윽한 분위기는 대연 거사를 편안하게 했다. 대연 거사가 흘린 참회의 눈물을 닦아주는 것 같았다.

대연 거사가 밖으로 나와 요사채로 다가가자 종무소 안에서 대화하는 소리가 들렸다.

"장좌불와를 한다는 거사님이 왔어요."

"나를 찾던가요?"

"네."

충청도 억양이 밴 원주 스님의 목소리였다. 대연 거사는 원주 스님을 다시 만나게 되어 반가웠다.

"원주 스님."

"아이고, 거사님이 오셨그만요."

대연 거사는 원주 스님 방으로 들어갔다. 원주 스님은 다탁을 끌어당긴 다음 발효차 통을 들고 우릴 준비를 했다.

"원각 스님은 큰절에 가셨다고요?"

"아마 저녁 늦게 올라오실 겁니다. 선방 욕실 공사 문제도 있고, 수좌간담회도 있거든요."

"스님께서는 그동안 잘 지내셨습니까?"

"나야 뭐, 만날 그렇지요. 원당암에서 하룻밤 주무셔야지요. 예전에 머무시던 방으로 가면 됩니다. 마침 비어 있네요."

원주 스님이 말하는 방은 달마선원 아래 있는 공양간 요사채 윗방으로 원룸 형식의 특실이었다. 원래는 원당암을 찾아와 머무르는 스님들이 쓰는 방이었다.

"지금도 장좌불와를 하시나요?"

"이제 앉아서 자도 불편하지 않고 그냥 습관이 됐습니다."

"오한이 들거나 아플 때는 어떻게 합니까?"

"이불을 뒤집어쓰고 앉아 보냅니다."

"달마선원에서도 용맹정진하는 동안 신도님들이 며칠씩 장좌불와를 합니다만, 거사님이야말로 진짜 혜암 큰스님의 제자이시네요."

"큰스님처럼 변함없이, 흔들림 없이, 걸림 없이 제가 하고 싶은 일을 하면서 살고 싶을 뿐입니다."

대연 거사는 차를 몇 잔 마신 뒤 방으로 들어가 쉬었다. 벽에 등을 기댄 채 다리를 뻗고 긴장을 풀었다. 내일은 반드시 혜암 스님이 정진했던 중봉암에 가보리라 생각했다. 큰스님이 견성한 이후 가야산에서 처음으로 정진했던 토굴이 아닌가. 마침 원각 스님이 안내를 해주겠다고 약속했으니 산속을 헤매지는 않을 것이다. 게다가 중봉암은 원각 스님이 약수암에서 대입시험을 공부하던 중 도림 스님의 권유로 머리를 깎고 행자 생활을 하다 혜암 스님의 제자가 된 곳이기도 했다.

통도사 극락암에서 동안거를 마친 혜암 스님이 중봉암으로 온 것은 1967년 초의 일이었다. 혜암 스님이 경봉 스님 회상에서 자주 안거를 난 것은 자신의 경계를 점검하기 위해서였다.

극락암 조실인 경봉 스님 회상에서 혜암은 수좌 신분으로 선객들을 지도하였다. 경봉 스님이 선방에 들 때도 있었지만 절 안팎의 일로 출타가 잦은 편이었다. 한 해를 마무리하는 세밑에도 불국사 석가탑에 사리 48과를 봉안하는 의식에 참석해 청담과 성철의 권유를 받고 설법하기도 했다. 그렇다고 공부하는 대중들을 등한시한 것은 아니었다. 가끔 선방에 들어 대중들의 경계를 점검하곤 했다.

"길에서 도인을 만나면 말하지 말고 침묵하라 했으니 어찌 대하면 좋겠는가?"

대중이 아무도 나서지 않자 혜암은 자리에서 일어나 선방이 쩌렁쩌렁 울릴 만큼 할을 했다.

"아악!"

그러자 경봉 스님이 공부에 대한 각자의 소감을 말해보라고 했다. 다시 혜암이 나서서 대답했다.

"언어문자는 학습하기 쉬우나 도를 통하는 것은 천상천하에 제일 쉽고도 어렵습니다. 그러니 몸을 잊고 법을 구하는 용맹정진밖에 무엇이 더 있겠습니까."

경봉 스님은 마지막으로 대중에게 봉통홍중공峰通紅中空이라는 운자韻字를 주어 선시를 짓게 했다. 대중이 모두 머리를 조아리는 동안 혜암은 그 자리에서 게송을 지어 올렸다.

영산회상의 영축봉이여

구름 한 점 없으니 만리에 통했도다.

세존께서 들어 보이신 한 송이 꽃은

천겁이 다하도록 길이 붉으리.

꽃을 들 때 내가 참석하였다면

한 방망이로 때려 죽여 불속에 던졌으리.

본래 한 물건도 없으니 언어마저 끊겼는데

진실한 본래의 성품은 공하되 공하지 아니하도다.

靈山會上靈鷲山　萬里無雲萬里通

世尊拈花一枝花　歷千劫而長今紅

拈花當時吾見參　一棒打殺投火中

本來無物亡言語　天眞自性空不空

경봉 스님이 크게 고개를 끄덕였다. 혜암의 선지禪旨가 뛰어났기 때문이었다. 어느새 조실인 자신의 경계에 와 있었던 것이다. 경봉 스님은 즉시 대중들에게 지시했다.

"모두 혜암 수좌에게 절을 올리거라."

그해 안거 때도 경봉은 해제송을 지어 대중들에게 나누어주었다.

1966년 동안거 때는 특별히 혜암을 위해 해제송을 따로 지어 격려했다.

심기 잊고 한가로이 축서봉에 앉으니
온 누리가 한눈에 탁 트이네.
강물은 모여 흘러 창해에 푸르고
해는 봄기운에 어려 태허공에 붉구나.
매화는 삼동의 찬 눈 속에서도 피어나고
도는 세상만사 중에 있다네.
오묘하고도 깊어 말하기 어렵거늘
문자로 부질없이 유무공有無空 말들 마소.

忘機閑坐鷲棲峰　眼豁乾坤法界通
江得溪流滄海碧　日和春氣太虛空
梅開雪上三冬裡　道在世間萬事中
妙妙玄玄難可說　莫言文字有無空

혜암은 극락암을 떠나면서 경봉 스님의 마음을 이심전심으로 간파하고 미소를 지었다. 갈 곳은 이미 정해져 있었다. 훗날 전강 스님의 법맥을 잇게 되는 상좌 도림에게 해인사 뒤편 중봉암에서 정진할 것이라고 지시해둔 터였다.

5

　　대연 거사는 앉아서 졸다가 이른 아침에 눈을 떴
다. 기왓장을 때리는 빗소리가 꿈결처럼 의식 속으로 파고들었던
것이다. 밖으로 나가 보니 비의 촉감이 가냘프게 전해지는 가랑비
였다. 수은등 불빛도 촉촉하게 느껴졌다. 가랑비가 부나비처럼 흰
불빛에 달려들고 있었다. 대연 거사에게는 달갑지 않은 비였다. 빗
방울이 더 굵어지면 원각 스님과 함께 중봉암 터를 찾아가기로 한
계획이 취소될 수도 있기 때문이었다. 다행히 지금 내리는 비의 기
세는 우산이 필요할 정도는 아니었다.
　　문득 떠난 집과 도예공방 생각도 났다. 늦가을에 가마 불을 때려
고 장작더미를 햇볕에 말려두고 왔던 것이다. 가을비를 맞으면 잘

말랐던 장작이 금세 젖어버려 낭패를 볼 수도 있다. 그렇다고 공방 주변에 천막을 쳐줄 이웃도 없었다. 그러나 대연 거사는 공방 일은 아예 잊어버리기로 했다. 원당암에 와 있으니 혜암 스님만 생각하고 집중하기로 했다.

날이 밝자 법당을 오가는 보살들이 더 분주해졌다. 비가 거의 그쳐 우산을 쓴 사람은 아무도 없었다. 대연 거사는 해인사 쪽으로 산책을 나섰다. 새벽에 내린 비로 가을이 더 깊어진 느낌이었다. 절 마당에도 냉기가 일렁였다. 어깨가 움츠러들고 일교차 때문에 기침이 나오려 했다. 원각 스님이 있는 염화실은 벌써 문이 활짝 열렸고, 빗자루를 든 젊은 시자가 보였다.

시자가 대연 거사를 발견하고는 잰걸음으로 다가왔다. 시자는 갓 학교를 졸업하고 출가한 듯 얼굴이 앳되어 보였다.

"어디 가십니까? 곧 큰스님이 찾으실 텐데요."

"산책 좀 하려고요."

"늦지는 마십시오. 큰스님께서 아침 공양 하시고 바로 중봉암으로 가신다고 했습니다."

"알겠습니다."

대연 거사는 아침 공양을 하지 않으므로 그 시간에 해인사까지 내려갔다 올 요량이었다. 산길은 가랑비에 젖어 걷기에 안성맞춤이었다. 먼지가 씻긴 단풍도 한층 선명했다. 서늘한 기온은 의식을 더 맑게 헹궈주었다. 대연 거사는 무생교 다리 위에서 걸음을 멈추었다. 그때 문득 의식 저편에서 혜암 스님이 떠올랐다.

무생교無生橋.

무생이란 생사해탈해 윤회하지 않는 삶을 뜻한다. 윤회의 고통이 사라진 삶이 무생이니, 무생교는 생사해탈의 서원이 깃든 다리였다. 예전에는 무심코 지나쳤는데, 혜암 스님의 흔적을 찾아 나선 지금은 다리 이름이 자못 의미심장하게 다가왔다.

생사해탈이란 무엇인가. 혜암 스님이 가장 많이 남긴 글씨이기도 했다. 대연 거사는 생사해탈의 의미를 곱씹었다.

우리는 이 세상에 태어나는 것을 생生이라 하고, 숨이 끊어지는 것을 사死라고 한다. 이것을 불가에서는 일기생사一期生死라고 부른다. 그러나 수행자들은 일기생사보다 찰나생사刹那生死의 해탈에 더 의미를 두고 정진한다.

찰나생사란 한 생각이 일어났다가 한 생각이 사라지는 것을 뜻한다. 찰나생사의 생멸은 찰나에서 찰나까지다. 깨닫지 못한 사람은 한 생각 자체가 무명번뇌이고, 그 무명번뇌를 계속 반복하면서 산다. 이러한 상태를 선가에서는 윤회라고 한다. 그러니 선가에서의 생사해탈은 순간순간 무명번뇌로부터 벗어남을 뜻한다. 본래의 내 마음, 즉 청정한 마음으로 깨어 있음을 뜻한다. 죽음을 뛰어넘어 불사조가 된다는 것은 결코 아니다. 부처님도 죽었고, 달마 조사도 죽었고, 육조 혜능 대사도 죽었던 것이다.

혜암 스님도 원당암을 오르내리면서 이 무생교를 건넜으리라. 대연 거사는 스스로 무생교에서 원당암까지의 산길을 '혜암 스님의 길'이라고 명명했다. 원각 스님께 건의해 조그만 이정표라도 세우고 싶었다. 만약 원각 스님이 허락한다면 이정표를 자신의 도예 작품으로 만들어 보시할 용의도 있었다.

일주문 주변에서는 등산객들이 줄을 지어 장비와 인원을 점검하고 있었다. 가야산 정상에 오르기 위한 등산 모임 같은데, 그들의 옷차림도 만산홍엽처럼 울긋불긋했다. 대연 거사는 등산객들의 소란스러움을 피해 해인사 선방인 소림원 아래 한적한 산길을 이용해 지족암까지 갔다가 다시 무생교 쪽으로 돌아왔다.

원당암에 이르자 염화실 시자가 가다렸다는 듯이 말했다.

"큰스님께서 보자고 하십니다."

"방에 가방이 그대로 있는데 괜찮겠지요?"

"걱정 마십시오. 아무도 들어가지 않을 겁니다."

대연 거사는 묵었던 방의 방문을 잠그지 않고 바로 염화실로 갔다. 시자 스님 말대로 원각 스님이 기다리고 있었다. 염화실 마루에서 서성이던 원각 스님이 환하게 웃으며 대연 거사를 맞이했다.

"차를 한잔하겠습니까, 그냥 올라가겠습니까?"

"스님 좋으실 대로 하십시오."

"중봉암으로 갑시다. 차는 나중에 마시기로 하고."

가야산 봉우리에는 비구름 몇 가닥이 얹혀 있었다. 가야산 너머로 물러선 가을비가 다시 올 징조였다. 그런데도 원각 스님은 우산을 들지 않고 나섰다. 원각 스님이 운전하는 차를 타고 용탑선원 아래 주차장까지 간 대연 거사는 거기서부터 걷기 시작했다. 좁은 산길은 벌써부터 가야산 정상을 오르내리는 등산객들로 붐볐다. 두 사람은 등산로를 따라 30분쯤 걷다가 물이 졸졸 흐르는 도랑을 건너 오른편 산자락으로 들어섰다.

"중봉암을 철거한 지 30년 만에 찾아가는데, 이번이 두 번째군요."

산자락으로 들어서자 산길이 낙엽에 덮여 희미했다. 흐릿한 산길마저 잡목이 우거져 이내 사라지곤 했다. 비가 다시 부슬부슬 내리는 바람에 두 사람은 발걸음을 재촉했다. 다행히 숲속이라 큰 나무들이 우산처럼 비를 가려주었지만 가시덤불이 산행을 방해했다. 산자락에는 유난히 억센 산죽이 지천이었다. 산죽에 묻은 빗물이 바짓가랑이를 적셨다.

대연 거사는 앞서 가는 원각 스님에게 물었다.

"스님, 무슨 화두를 드십니까?"

원각 스님은 다소 생뚱맞은 질문에 웃기만 하다 산자락 너머 가파른 곳에 드러난 산길을 보며 대답했다.

"성철 방장 스님께 삼천배를 하고 '마삼근麻三斤' 화두를 받았는데, 나중에 '이 뭣고?'로 바꾸었습니다. 화두는 밖에서 해답을 찾지 않고 근본 바탕에서 찾게 하는 것이지요."

원각 스님은 자신의 대답이 허전했는지 몇 걸음 앞서 걷다가 다시 말했다.

"사람들은 갈등이 생기면 자신의 내면보다는 밖에서 해결하려고 합니다. 재산이 없으면 재산을 벌면 해결된다고 믿습니다. 지위가 낮으면 높은 데로 가면 해결된다고 믿습니다. 그러나 재산을 더 많이 모으고 지위가 더 높아진다 해도 근본적으로 갈등이 해결되는 것은 아닙니다. 상대적이고 일시적인 만족감이 생기더라도 또 다른 욕망과 갈등이 생깁니다. 그러나 참선은 자성을 깨닫게 하여 인생 문제를 근본적으로 해결해줍니다. 나와 남이, 나와 우주가 둘이 아니라는 도리를 깨달음으로써 집착과 욕망을 버리게 합니다. 돈도 벌지 말고 높은 자리에도 올라가지 말라는 말이 아닙니다. 본래심의 근본 바탕에서 생활하면 걸림 없는 자유가 생긴다는 겁니다. 그렇게 사는 삶이 진정한 행복 아니겠습니까."

"스님, 근본 바탕이라고 말씀하시는 본래심은 무엇입니까?"

"말이나 글로 표현할 수 없는 자리입니다. 자성이니, 부처 성품이니, 마음자리니, 하고 표현하지만 이름이 붙을 수 없는 자리입니다. 선도 악도 붙을 수 없는 근본 성품 그 자리를 잃지 않고 생활해야 활발발하고 자유로운 것입니다. 그 자리를 확연히 깨달아서 생활해야 인생의 문제가 근본적으로 해결된다는 것입니다."

"근본적으로 해결된다는 것은 무슨 뜻입니까?"

"상대를 벗어난다는 뜻입니다. 너와 나, 절대자와 나, 주종관계나 상대가 있는 곳에서는 해결이 되지 않습니다. 이론적으로 알려고 하지 마십시오. 확연히 깨쳐야 합니다. 칼로 목을 치더라도 생사라

는 상대를 벗어나 있기에 두려움이 없지요. 안팎이 명철하고 확연
해지면 미혹이 사라집니다.

생사가 없는 것을 알고
생사가 없는 것을 체달하고
생사가 없는 것을 쓴다.
知無生死
體無生死
用無生死

생사가 본래 없는 것을 깨달아서 쓸 때 죽어도 죽는 게 아니라는
것입니다. 공부해서 조금도 흔들림이 없게 되면 지혜는 저절로 분
명해집니다. '진공묘유'를 그대로 쓰는 겁니다. 깨달아 수용하면 활
발발해집니다.”

대연 거사는 심오한 경계를 쉽게 풀어내는 스님의 법문에 취해
중봉암 터로 간다는 생각을 잠시 잊었다. 원각 스님이 발걸음을 돌
린 뒤에야 대연 거사는 자신이 산속을 헤매고 있다는 사실을 깨달
았다.

“저쪽 분지에 중봉암이 있었는데, 그 사이 숲이 너무 많이 울창해
져 찾을 수가 없군요.”

“이 산길이 맞습니까?”

"이 길도 확신이 서지는 않습니다. 마을 약초꾼 노인들도 다 돌아가시고 없습니다. 그분들을 데리고 오면 금방 찾을 수 있겠는데…."

가야산 정상에 얹혀 있던 비구름이 어느새 내려와 산자락을 덮고 있었다. 두 사람의 산행을 거부하듯 굵은 빗방울이 떨어졌다.

"스님, 다음에 오시죠."

"한 번은 원융 스님과 함께 저수지 왼편으로 올라갔지만 찾지 못했습니다. 중봉암 터는 꽤 넓었지요. 도림 스님이 넓은 밭을 일궈 약초를 많이 재배했으니까요."

원각 스님은 아쉬운 듯 계속 사라진 산길을 두리번거렸다. 그러나 대연 거사는 중봉암 터를 찾지 못할 것 같은 예감이 들었다. 중봉암 터는 자연으로 완벽하게 돌아가버린 듯했다. 혜암 스님이 둥지를 튼 가야산의 첫 토굴, 광명화 보살이 혜암 스님을 시봉하기 위해 올랐던 중봉암. 이제 중봉암은 가야산에 없었다. 그 터마저도 찾을 길이 없었다.

"스님, 중봉암은 이제 스님 마음속에 있는 것 같습니다. 그러니 찾아도 찾지 못할 것입니다."

"허허허."

대연 거사도 마찬가지였다. 낙엽이 수북하게 쌓인 산속을 헤매는 동안 중봉암이 자신의 마음속으로 들어와버린 듯했다.

"스님, 중봉암 인법당에 관세음보살님을 모셨습니까?"

"석가모니 부처님을 모셨습니다."

대연 거사는 산길을 내려오면서 홀연히 어둔 마음속에 불이 하나 켜진 듯한 느낌에 사로잡혔다. 중봉암 터를 찾지 못했건만 조금도 허전하지 않았다. 마음속에 중봉암의 석가모니 부처님이 이미 들어와 있었다.

그러고 보니 중봉암으로 가는 산길을 지워버린 낙엽조차도 제행무상諸行無常을 설법하는 부처님이었다. 낙엽이 무설설無說說의 법문을 하고 있었다.

'사라진 것을 아름답게 추억하라. 아쉬워하지 말라. 모든 것은 변해간다. 변하지 않으려고 상相을 내는 것이 바로 집착이다!'

한 걸음 더

지리산 문수암

혜암이 가야산 중봉암에 자리를 잡은 이유는 해인
사가 가까우면서도 인적이 드물어 정진하기가 좋기 때문이었다. 중
봉암은 오대산의 토굴처럼 가야산 분지에 비밀스럽게 감추어져 있
는 암자였다. 약초꾼들이 가끔 들를 뿐 가야산을 오르는 등산객도
어디 있는 줄 모르고 지나치는 암자였다.

두 칸의 암자에는 인법당과 부엌 그리고 부엌에 딸린 골방이 하
나 있었다. 움막 같은 화장실은 인법당과 좀 떨어져 있었다. 혜암은
인법당에서 제자와 함께 공부했고, 창고로 쓰이던 골방은 시봉하는
보살이 찾아와 머물곤 했다. 소종小鐘은 마루 끝 처마 밑에 달려 있
었는데, 청아한 종소리가 가야산의 적막을 깨우곤 했다.

중봉암을 찾는 보살 중에는 인곡 선사를 시봉해온 광명화 보살도 있었다. 입적한 인곡을 10년 동안 시봉한 광명화 보살은 이어서 혜암을 스승으로 모셨다. 마산에서 살던 보살은 천 조각을 모아 집에서 손수 법복을 만든 뒤, 중봉암으로 올라 혜암에게 삼배를 올렸다.

광명화 보살이 혜암을 시봉하기로 작정한 것은 나름대로 까닭이 있었다. 혜암이 인곡의 가풍을 이었다는 사실은 모든 문도가 알고 있었는데, 인곡을 가까이에서 시봉해온 보살 눈에도 무언가가 보였던 것이다.

'나는 인곡 스님이 어떤 분인지 안다. 내 눈을 속일 수는 없다. 분명 인곡 스님의 법을 이은 분은 혜암 스님이다. 그러니 나는 인곡 스님을 모시듯 혜암 스님도 모실 것이다.'

보살은 때를 맞춰 중봉암을 오르내렸다. 짐이 많을 때는 갓 출가한 사미승이 해인사까지 내려와 지게를 지기도 했다. 밤중에 산길을 오르다 길을 잃고 자정 무렵에야 겨우 중봉암을 찾은 일도 있었다.

그런데도 처음엔 혜암이 방문을 열어주지 않았다. 인법당 문에 어린 그림자는 분명 좌선하고 있는 혜암이었다. 하지만 그림자는 전혀 움직이지 않았다. 가을의 산중 날씨는 싸늘했다. 금세 땀이 식자 온몸이 떨리기 시작했다.

보살은 다시 한 번 스님을 부르고는 아무런 기척이 없자 부엌으로 발걸음을 돌렸다. 시자 원각마저 큰절에 내려갔는지 보이지 않았다. 보살은 부엌으로 들어가 골방 문을 열었다. 골방에는 초여름에 캔 감자가 아직도 굴러다니고 있었다.

'큰스님 공부를 방해하지 말아야지. 오늘 밤은 여기서 자고 내일 아침 일찍 스님께 인사드리자.'

보살은 호롱불을 켠 뒤 먼지 낀 방을 마른 걸레로 훔쳤다. 누울 공간이 생기자 이부자리를 폈다. 그러나 잠이 오지 않았다. 밤새 잠도 자지 않고 정진하고 있을 스님을 떠올리자 편히 누울 수가 없었다. 할 수 없이 보살은 인법당 문을 열었다.

"큰시님, 산길을 잃고 죽을 뻔했습니다."

보살은 위로받고 싶어서 앞뒤 사정을 얘기했지만 혜암이 보살의 말을 잘랐다.

"지금 말하고 있는 사람이 누구요?"

보살이 할 말을 잃고 쩔쩔매자 혜암이 미소를 지으며 말했다.

"자지 않고 왜 왔소?"

"풀벌레 소리가 시끄러버서 왔십니다."

"시끄러운 소리에 끄달리지 말고 풀벌레 소리를 듣는 놈이 누군지, '이 뭣고?'를 해보시오. 화두가 들리면 조용해질 테니."

보살은 정신이 번쩍 들었다. 주저하지 않고 혜암에게 삼배를 올린 다음 가부좌를 틀었다. 호흡을 가다듬고 혜암이 시키는 대로 화두를 들었다. 산길을 끌고 다닌 몸뚱이의 주인은 누구인가, 하고 시선을 안으로 돌렸다.

그러나 보살의 자세는 오래가지 못했다. 산길을 헤매느라 너무 힘들었기에 눈꺼풀이 납덩어리처럼 무거웠다. 보살은 졸음을 견디지 못했다. 그때였다. 혜암이 죽비로 보살의 등짝을 내리쳤다. 보살이 소스라치게 놀라자 혜암이 밖으로 내쫓으며 말했다.

"보살, 신장님이 부르네. 어서 나가봐!"

혜암이 방문을 잡아당기니 보살은 밖으로 나가지 않을 수 없었다. 잠시 후, 혜암은 인정사정없이 방문을 닫아버렸다.

'시봉하러 온 사람한테 박수는 못 쳐줄망정 쫓아내다니.'

보살은 분한 마음이 들어 잰걸음으로 마당 끝까지 달려갔다. 그러나 더 이상은 한 발짝도 내딛지 못했다. 밤눈이 어두워 해인사로 내려갈 수도 없고, 그렇다고 다시 방으로 들어갈 수도 없었다.

순간, 보살은 하늘을 보았다. 주먹만큼 큰 별들이 하늘에서 뚝뚝 떨어질 것만 같았다. 바로 머리 위에서 별이 반짝였다. 별똥별이 중봉암을 향해 날아오기도 했다. 보살은 홀연히 두 눈이 상쾌해지는 것을 느꼈다. 싸늘한 냉기 속에서 졸음을 쫓았다. 온몸에서 소름이 돋을 때쯤에야 혜암의 목소리가 들렸다.

"보살, 잠 깼으면 들어오소."

혜암은 보살에게 좌선을 시키는 대신 법문을 시작했다. 어려운 상황에서 공부가 더 잘된다는 내용의 법문은 새벽까지 이어졌다.

〈오대산 한암 스님 밑에서 살 때를 회고해보면 정말 꿈속의 일 같습니다. 태백산이나 오대산 같은 데를 가니까 사람이 짐승같이 생활하고 있어요. 나무를 베어가지고 움막에 흙을 바르고 사는데, 흙도 많이 붙이질 않고 나무 틈새만 막고 살아요. 흙이 떨어진 곳은 헝겊이나 솜 부스러기로 막아놓고 사는데, 마치 돼지 굴속처럼 생겼어요.

아, 애들이고 어른이고 할 것 없이 신발 없이 맨발로 다니고, 밥을 굶어 얼굴이 하얗게 떠 있어요. 배가 딱 붙어가지고 불쌍해요. 그래도 그런 생활에 익숙하니 탈이 안 납디다. 근데 나는 그런 불편하고 살기 힘든 산중에서 공부가 더 잘돼요. 나도 똑같이 밥도 안 먹고 넉 달을 살아봤어요. 그때 나는 한 끼를 생잣잎에다 콩을 열 개나 일곱 개 먹었어요. 숫자를 세어 정확하게 먹었어요. 삼동에는 잣나무 가지를 분질러서 방에 두고 씹어 먹으며 물을 마셨지요.

나는 공부하는 사람이니까 시험을 한번 해본 것이지요. 누가 양식을 가져와도 안 받고 쌀밥, 보리밥은 한 끼도 안 먹고 네 달을 사는데 몸이 날아갈 것 같데요. 목에 칼이 들어와도 무섭지 않을 것 같고 정신만 남아 몸뚱이가 없는 것 같아요.

봄이 돌아와 무슨 씨앗인가를 심으려고 괭이질을 하는데 마음과 달리 허리가 뚝 끊어지려고 해요. 그래, 아픈 허리 나으려고 민가로 찾아가서 쌀 한 홉을 얻어와 갈아서 국물처럼 마시니까 언제 아팠냐는 듯 나아버려요.

얼마나 그때는 춥던지, 아침에 방을 나오면 사람 키보다 눈이 많이 내려 있어요. 눈도 오고 바람도 불지만 누구에게 옷을 달라 할 수도 없고, 눈에 산길이 막혀 오고갈 수도 없었지요. 그러니 공부가 안 될 수가 없어요. 내가 도 닦으러 왔지 잘 먹으러 왔냐는 생각이 드니 더 잘돼요. 그냥 기쁜 생각만 나고 고생스럽다거나 싫은 생각은 저절로 없어져버려요.

옛날 스님네들은 다 이런 고생을 하는 가운데 도를 닦아서 도인이 됐는데, 나 역시 도 닦으러 온 사람이 어찌 이런 어려움을 이겨내지 못하랴 싶어 그냥 용맹심이 나옵디다. 도 닦으려고 왔다는 생각 하나만 내면 바로 마음이 편안해지고 바로 용맹심이 나와요.

얼마 되지 않은 일인데 몇백 년 전 옛날이야기 같잖아요. 내가 조금이라도 보탠 이야기가 아닙니다. 한 번쯤 들어볼 만한 이야기 같지 않습니까.

부처님 말씀에 수행하는 스님들은 가난부터 배우라고 했습니다. 상삼常三이 부족해야 한다고 했어요. 세 가지가 항상 부족해야 한다, 이 말이에요. 집과 옷, 먹을 것이 부족해야 공부하고 싶은 마음이 난다는 거예요. 그러니까 공부하는 사람은 가난을 원망해서는 안 돼요. 공부하다가 안 되면 고생을 사서라도 공부 환경을 만들어야 해요.

그런데 이것과 반대되는 이야기가 있어요. 신심 있는 보살이 어떤 스님을 공부시키려고 집을 지어준 다음 아주 영양가 있는 맛난 음식을 날마다 해주었어요. 아무것도 하지 말고 오직 공부만 하라고 넣어주었던 거지요. 그런데도 스님은 공부가 안 돼요. 방 안이나 주위에 공부를 방해하는 것이 하나도 없는데 말이에요.

그렇게 1년, 2년, 3년이 지나고 난 뒤에야 방 안의 스님은 꾀를 냈대요. 도인이 되라고 방 안에 화장실도 만들어주고 끼니마다 밥을 넣어주었건만 공부가 안 되니 그런 것이지요. 어느 날 보살이 밥을 가지고 오자 스님은 '야, 이년아, 한 번 보듬고 자자.' 이렇게 소리를 질렀대요. 보살이 그 일을 처사에게 일러바쳤지요. 처사가 마누라 얘기를 듣고는 당장 스님을 내쫓았는데, 스님은 좋다고 춤을 추면서 나왔다는 얘깁니다.

이 공부는 이상해요. 그냥 가만히 있다고 되질 않아요. 이 마음이 참 이상한 놈입니다. 옛날 사람들도 애를 쓰고 몸부림을 치면서 이 공부를 했어요.〉

보살은 자신도 모르게 눈물을 흘렸다. 벌써 날이 밝고 있었다. 집에서는 정신없이 자고 있을 시간인데 이상하게도 혜암의 법문을 듣자 수마가 달아났다. 몸은 피곤하지만 신심이 솟구쳤다.

그런 날에는 세상이 달리 보였다. 어제 보았던 것들이 새롭게 태어났다. 자신도 묵은 허물을 벗고 부처님께 한 걸음 더 다가선 느낌이었다. 혜암을 시봉해 생긴 정복淨福이 있다면 바로 그런 것이었다.

부엌으로 나온 보살은 조왕신에게 합장했다. 그런 뒤, 쌀을 한 줌 꺼내 솥에 넣었다. 아침은 죽이었다. 혜암이 하루 한 끼 낮에만 공양하므로 아침은 물만 마시는 기분으로 죽을 쑤어야 했다. 상좌나 보살들이 아침 공양을 해도 혜암은 무김치나 동치미 국물에 멀건 죽만 먹는 게 다였다.

"보살, 아침에 일 좀 하고 내려가시오."

"큰시님, 무신 일인디요?"

"배추밭에 물 좀 주시오."

"마산도 비가 안 와 채소가 누렇게 타고 있십니더."

"가을 가뭄이 길어진 것은 잠자는 수행자가 있어서 그래."

"큰시님, 날씨가 이러면 올해는 맛있는 무김치나 동치미를 못 드시겠십니더."

"그것보다는 이러지도 저러지도 못할 일이 하나 생겼소."

"무신 일입니꺼?"

혜암은 대답 대신 양동이를 들고 샘터로 갔다. 혜암이 망설이고 있는 것은 다음 달에 개설하는 해인총림에서 유나 소임을 맡아달라는 성철의 부탁 때문이었다. 해인총림을 이끌 초대 방장으로 성철이 추대되었는데, 선원의 초대 유나를 누구에게 맡길지 아직 결정되지 않았던 것이다.

혜암은 선원의 유나를 하기 위해 가야산으로 들어온 것이 아니라고 반대했지만 성철은 강력하게 권유했다.

"혜암 시님, 내가 방장할라꼬 중 됐는지 아나. 봉암사서 부처님 법대로 살자꼬 결사한 마음으로 해인총림을 개설한 거 아이가. 해인총림이 살아야 한국 불교가 산데이. 그러니 혜암 시님이 유나를 맡아야 하는 기라. 나도 묵언을 깨고 법당에서 백일법문을 할 끼다.

그러니 혜암 시님, 내 부탁을 들어줘야 하는 기라."

결국 혜암은 1967년 10월 15일(음력) 개설될 해인총림의 선원 유나를 받아들이기로 했다. 규모가 작은 선방에서 소임을 맡아 선객들과 함께 정진한 적은 있지만 총림에서 방장을 보필하는 소임은 처음이었다. 혜암은 성철에게 조건을 달았다.

"불편하면 언제든지 자유롭게 떠나겠습니다. 스님께서도 사람 못 된 게 중 되고, 중 못 된 게 도인 된다고 하지 않았습니까. 저는 소임이나 보려고 중 된 것이 아니니까 공부하기가 불편하면 언제든지 떠나겠습니다."

"혜암 시님 고집을 누가 막겠노."

혜암은 해인사 선원에서 두 철을 보낸 뒤 중봉암을 떠나려 했다. 성철 방장 스님 밑에서 유나 소임을 맡고 지도자의 위치에서 정진해보았으나 대중들의 근기가 들쑥날쑥해 선원 분위기가 썩 좋지 않았다. 선원에 대중이 많다보면 반드시 이런저런 문제가 발생하기 마련이었다. 청규를 지키지 못하고 낙오하는 사람이 있는가 하면 상기병上氣病이 생겨 뒷방으로 물러나는 사람도 있었다.

혜암은 오랜만에 중봉암을 찾은 광명화 보살에게 종이 한 장을 내밀었다.

"큰시님, 이걸 왜 주십니꺼?"

"나 없더라도 이걸 스승 삼아서 공부하소."

"큰시님 글씨 아닙니꺼?"

"큰 부자가 될 수 있는 수표와도 같은 거요."

내민 종이에는 혜암이 꾹꾹 눌러쓴 볼펜 글씨가 선명했다.

"큰시님, 중봉암을 떠나실라고 그랍니꺼?"

"지리산으로 갈 거요. 보살은 더 따라오지 말고 이걸 의지해서 공부해요. 오대산 한암 스님도 이걸 좌우명 삼아서 공부했어요."

광명화 보살은 혜암이 어디로 가든 시봉을 계속하고 싶었다.

"큰시님, 공양주 보살 하면서 복덕을 짓겠십니더. 그러니 막지 마이소. 큰시님께서 가시는 데가 어디라도 따라가겠십니더."

"그거야 보살 마음이제. 어쨌든 나는 혼자 떠나니 그리 아시오."

혜암은 광명화 보살에게 종이 한 장을 남기고 해인사를 떠났다. 지리산에는 혜암이 정진할 빈 암자가 하나 있었다. 바로 고려시대 때 보조국사가 깨달음을 얻은 상무주암이었다.

광명화 보살은 할 수 없이 혜암이 준 종이 한 장을 들고 마산으로 돌아갔다. 종이에는 중국의 천목중봉天目中峰 선사가 제자들에게 당부한 수행지침이 쓰여 있었다. 중봉 선사는 《선요》를 집필한 고봉원묘高峰原妙 선사의 제자이기도 했다.

도 닦는 마음을 견고히 하여 모름지기 반드시 견성할지어다.

화두를 꼭 붙들고 생철을 씹듯이 하라.

좌복 위에 길이 앉아 옆구리를 땅에 대지 말라.

불조의 말씀을 잘 읽어서 항상 스스로 부끄러워하라.

계의 몸을 청정하게 해서 몸과 마음을 더럽히지 말라.

행동거지는 조용히 하여 욕정과 사나움과 어지러움이 없어야 한다.

말을 적게 하고 음성은 낮추며 장난치고 웃는 일을 좋아하지 말라.

비록 다른 사람이 믿어주지 않더라도 남의 비방은 받지 말라.

항상 빗자루를 들고 다니며 집 안의 먼지들을 쓸어내라.

도를 닦는 행에 게으름이 없으며 음식을 배불리 먹지 말라.

道心堅固　須要見性　捉着話頭　如咬生鐵

長坐蒲團　莫脇着席　看佛祖語　常自慙愧

戒體淸淨　莫穢身心　威儀寂靜　莫恣暴亂

小語低聲　莫好戱笑　雖無人信　莫受人謗

常携笤箒　掃堂舍塵　道行無惓　莫飽飮食

　혜암이 지리산 상무주암으로 떠나자 해인사 대중 중에는 섭섭해하는 사람도 있었다. 성철 방장 스님을 보좌해 해인총림을 이끌어야 할 책임을 회피한다는 말도 돌았다. 그러나 혜암은 어느 자리에서나 잘사는 것이 성철을 도와주는 일이라고 생각했다. 더구나 상무주암은 지리산에 자리하고 있을 뿐 해인사에 속한 암자였다. 그러니 혜암은 해인사를 떠나지 않은 셈이었다.

　상무주암에 도착한 혜암은 곧바로 삽과 곡괭이를 들었다. 그리고 지난해 폭우로 끊어진 산길을 닦았다. 틈틈이 땔나무도 지게로 져 날랐다. 산길을 닦고 지게질하는 노동이 혜암에게는 낮 동안의 정진이었다. 마음 닦는 공부는 밤에만 해도 부족하지 않았다.

그러는 동안 혜암은 상무주암으로부터 1킬로미터쯤 떨어진 산중에서 동굴 하나를 발견했다. 동굴 주위를 살펴보니 옛 수행자가 살았던 기운이 느껴졌다. 혜암은 환희심을 내고는 암자를 하나 짓기로 작심했다. 기둥과 서까래로 쓸 굵은 재목들은 상무주암 주변 산자락에 널려 있었다.

부지런한 영산靈山이 힘 좋은 처사와 번갈아가며 벤 소나무들을 지게로 져 날랐다. 혜암은 낫을 갈아가며 하루 종일 소나무 껍질을 벗겼다. 한편으로는 암자 터의 잡목을 베고 계곡에서 주춧돌과 반반한 구들장 돌을 찾아 모았다. 잔일을 돕는 일손이 늘 부족했다. 그래서 혜암은 상좌 원각에게 해제하면 상무주암으로 올라오라는 편지를 보냈다.

이윽고 혜암은 하동으로 가서 목수를 만났다. 상무주암에 가끔 올라오는 함양 사람에게서 하동에 산다는 정 목수를 소개받았던 것이다.

"암자를 하나 지어주시오."

"시님, 저는 마실에서 조그만 초가밖에 지어보지 않았십니더. 그러니 다른 목수를 찾아보이소."

"소문을 듣고 왔소. 칙간 목수는 함양 마천에도 많소. 큰 절을 짓는 것도 아니니 인연을 맺어봅시다."

"큰 절이 아닙니꺼?"

"그렇소. 손바닥 만한 암자요."

정 목수는 작은 암자라는 말에 안도하는 표정을 지었다.

"시님, 암자 이름이 뭡니꺼?"

"문수암이오."

"대들보나 기둥은 단단한 지리산 소나무를 최고로 칩니더."

"껍질까지 다 벗겨놓고 그늘에 말려놓았소. 지붕으로 쓸 함석만 마천에서 지게로 올리면 되오."

그제야 정 목수는 혜암에게 공손히 합장했다.

"시님, 문수암 상량신을 잘 모시겠으니 걱정하지 마이소."

"얼마나 걸리겠소?"

"상량은 추워지기 전에 올라가야 할 낍니더. 추울 때 흙벽을 바르면 봄에 흐물흐물 부서지고 맙니더."

정 목수는 품삯도 많이 요구하지 않았다. 혜암은 그의 약속을 받고 돌아왔다. 정 목수를 도울 일꾼들은 이미 마천에서 구해놓은 터였다. 시멘트와 모래 등은 일꾼들이 마천에서 지게로 져 날라야 했던 것이다.

그러나 문수암 불사가 순조롭게 진행된 것만은 아니었다. 마천 마을 사람 중 누군가가 상무주암 주변의 소나무를 베었다고 혜암을 고발했기 때문이다. 혜암은 난데없이 거창지검으로 불려가 조사를 받았다. 당시 산림법과 국립공원법은 엄중해서 누구든 지리산의 소나무를 단 한 그루라도 무단으로 벨 수 없었다. 다행히 혜암은 한 신도의 도움으로 벌금을 내고 겨우 풀려났다.

혜암은 상무주암으로 돌아와 다시 삽을 들었다. 정 목수는 아침부터 저녁까지 일꾼들과 함께 기둥과 서까래를 치목했다. 혜암의 편지를 받고 온 원각도 자신보다 서너 살 많은 영산과 함께 일꾼들의 새참과 밥을 지게로 져 날랐다. 그런데 영산은 지게질만 하는 생활이 힘들었는지 이내 상무주암을 떠나려고 했다. 하루는 영산이 원각에게 말했다.

"아무래도 선방으로 가야겠소."

"문수암을 보고 동안거 때 가시지 그럽니까?"

"고생하는 혜암 스님을 더 도와드리지 못해 죄송하지만 이제는 떠나고 싶소."

"스님께 말씀은 드렸습니까?"

"어제 솔직히 말씀드렸습니다."

"뭐라 하시던가요?"

"아무 말씀 없으셨지만 허락하신 것 같았습니다. 원각 스님은 이곳에서 계속 머물 생각입니까?"

"저는 우리 스님께서 오라 하면 오고 가라 하면 갈 뿐입니다. 우리 스님이 가시는 길을 믿고 따를 뿐입니다."

혜암은 고된 노동으로 밤이 되면 끙끙 앓을 때도 있었다. 그럴 때마다 원각은 안타까운 마음이 들어 방에 군불을 더 들이고 공양을 정성스럽게 올렸다.

"스님, 영산 스님을 왜 붙잡지 않았습니까?"

"난 영산을 부른 일이 없다. 그런데 왜 붙잡겠느냐."

혜암의 말은 사실이었다. 영산은 어느 날 상무주암으로 왔다가 갈 때가 되자 흰 구름처럼 눈앞에서 사라진 것뿐이었다.

"지나간 것에 마음을 두지 말거라. 지금 하는 일에만 마음을 두어라. 그것이 공부다."

원각은 영산이 하던 일까지 곱으로 맡다보니 더욱 고되고 힘들었다. 날마다 일꾼들의 밥과 새참을 지게에 지고 가파른 산길을 탔다. 일손이 바쁠 때는 마천에서 올라온 모레와 시멘트까지도 지게로 져 날랐다.

어깨에 멍이 들고 발바닥에 물집이 생겼지만 혜암을 원망하는 마음은 조금도 나지 않았다. 은사 스님이 시키는 일이니 묵묵히 해야 한다는 마음뿐이었다. 그런 마음이었기에 한 가닥 요령이나 잡념도 끼어들 틈이 없었다. 누구에게 칭찬받을 생각도 없었고, 무엇이 편한 것인지 생각하지도 않았다. 자신에게 길을 열어준 고마운 분이 시키는 일이니 무심코 할 뿐이었다. 그 사이 암자 터에 기둥과 들보가 세워지고 상량식 때는 단에 떡과 과일을 올렸다. 혜암은 목탁을 치며 반야심경을 외웠다. 문수암 불사는 정 목수가 약속한 대로 첫 눈이 내리기 전에 회향되었다. 그제야 혜암은 원각을 불러 말했다.

"너는 해인사 선방으로 돌아가거라. 나는 문수암에서 나 처사와 함께 겨울을 날 것이다."

원각은 새 암자인 문수암에서 정진하고 싶었지만 혜암의 지시대로 즉시 문수암을 내려왔다. 나 처사는 혜암보다 나이가 더 많았는데, 출가 수행자가 되려고 문수암을 찾아온 불자였다. 은사를 두고 해인사로 돌아가는 원각의 발걸음은 그래도 무겁지 않았다. 나 처사가 동안거 동안 혜암을 잘 시봉할 거라는 믿음이 있었기 때문이다.

그러나 동안거가 해제되자마자 문수암으로 올라간 원각은 두 사람의 모습을 보고 놀라지 않을 수 없었다. 두 사람의 몰골은 3개월 전과 전혀 딴판이었다. 머리는 봉두난발에다 수염은 산적처럼 길었고, 옷은 누더기가 다 되어 남루했다.

"지난해 네가 고생한 공덕으로 문수암에서 겨울을 잘 보냈다."

"저는 고생한 일이 없습니다. 고생은 스님께서 다 하셨지요."

그러던 어느 날 혜암은 갑자기 문수암을 내려가기로 했다. 문수암에서 정진하고 싶다는 스님이 한 분 나타나자 미련 없이 넘겨주기로 한 것이다. 새 암자에 대한 집착이 털끝만큼도 없었기 때문이다. 혜암은 문수암에서 겨울 한 철을 흡족하게 용맹정진한 것으로 만족했다. 그러니 단 한 철 겨울을 나기 위해 9개월 동안 온갖 고생을 다 한 셈이었다. 혜암은 한 걸음을 더 내딛기 위해 전강 회상으로 떠났다.

3

　　혜암은 전강을 한 번도 만난 적이 없지만 늘 가까이 있는 듯 느꼈다. 통도사 극락암 선방에서 정진할 때 경봉에게서 들은 전강의 일화가 이따금 생생하게 떠올랐기 때문이다. 경봉은 법문할 때마다 전강의 행장을 곧잘 소개하곤 했다.

　혜암은 경봉에게서 전강을 통도사 보관선원의 조실로 초빙한 애기도 여러 번 들었다. 불도佛道의 세계에서 세속의 나이는 중요하지 않다. 도력이 비슷하면 세속의 나이를 초월해서 도우道友가 되는 법이다. 경봉과 몇 살 아래인 전강의 관계도 도우지간이었다.

　혜암은 전강의 행장을 누구보다 잘 알고 있었다. 더불어 전강의 법문을 직접 들은 것처럼 절절하게 음미하곤 했다.

〈황앵상수일지화黃鸎上樹一枝花요

백로하전천점설白鷺下田千點雪이로다.

주장자를 들어서 대중에게 보인 도리는 '노란 꾀꼬리가 나무에 오르니 한 떨기 꽃이요' 법상을 친 도리는 '백로가 밭에 내리니 천 점의 눈이니라.'

또 주장자를 들었다가 법상을 치고 이르되 '사자는 사람을 무는데 한나라 개는 흙덩이를 쫓는다.' 했으니 그만하면 알 것이지 거기에다 또 무엇을 첨부해 말한 것인가.

그러나 알수록 그 허물이 많고, 우리 중생의 알음알이가 모르는 것보다 더 허물이 많아 법문을 듣고 알음알이를 내는 학자學者에게 는 방棒을 내릴 것이니라. 아무리 알아보았자 분별식으로 아는 것은 번뇌망상만 더하고, 차라리 모르는 것은 아무것도 모르니까 알음알이가 없느니라.

우리 중생들은 분별망상 때문에 생사고生死苦를 받느니라. 그러니 아는 것이 모두 망상이고 업業인데, 이런 소견으로 법문을 들어보았자 소용이 없는 것이다. 그래서 모르는 것은 한 방망이요, 아는 것은 두 방망이라 하느니 도대체 이것이 무슨 도리인고.

언하言下에 도인은 마음을 취하고, 범부는 경계를 취하니라. 또 사자는 짐승 중의 왕이니 흙덩이를 던지면 사람을 물고 개는 흙덩이를 쫓는다. 도인은 마음을 취한다고 하니 어떤 것이 마음인가. 마음을 쫓아 들어가도 마음이 아니며, 부처도 아니며, 모든 색상이 끊어진 자리인데 어떤 것을 마음이라 할 것인가.

도인이나 사자도 색견色見과 상견相見에 떨어지거늘, 하물며 경계를 취하고 흙덩이를 쫓나니 그 얼마나 어긋난 일인가. 우리 불법의 해탈도리解脫道理는 부처와 부처가 서로 보지 못하며, 천성千聖도 알지 못하였고, 석가도 오히려 알지 못하였느니라. 그 생사 없는 근본당처根本當處에 들어가서는 무일물無一物이니 유일물有一物이니 하여도 맞지 않는 말이다.

그러니 어떻게 일러야 하겠는가. 이 생사해탈법이 언하에 있는 것인데, 언하를 여의고는 참으로 얻기 어려우니 언하에 대오大悟해야 하느니라. 즉, 법문을 듣다가 깨닫는다는 말이다.

지금으로부터 40여 년 전, 서울 선학원에서 만공 스님과 용성 스님 두 선지식이 서로 법담을 하시게 되었다.

용성 스님이 만공 스님에게 말씀하시기를 '어묵동정語默動靜을 여의고 이르시오.' 하시니 만공 스님은 아무 말씀도 없이 계셨다.

그러자 용성 스님은 만공 스님에게 '양구良久(침묵)를 하시는 겁니까?' 하고 물으니 만공 스님이 '아니오.'라고 대답하셨다.

이 법거량의 내용을 들은 내가 용성 스님을 뵙고 '두 큰스님께서는 서로 멱살을 쥐고 흙탕에 들어간 격입니다.' 하고 말하니 용성 스님께서 '그러면 자네는 어떻게 하겠는가?' 하고 물으셨다. 내가 '스님께서 한 번 물어주십시오.' 하였더니 용성 스님께서 말씀하시기를 '어묵동정을 여의고 일러라.' 하셨다. 내가 대답하기를 '어묵동정을

여의고 무엇을 이르라는 말씀입니까?' 하니 용성 스님은 '옳다. 옳
다.' 하시었다.

불법이란 이렇게 한 번 방망이를 업고 들어가서 뒤집고 살아가는
도리이니라. 근세 한국 불교에서 선의 중흥조이신 경허 대선사의 오
도송悟道頌을 한 번 읊어보겠다.

忽聞人語無鼻孔하고
頓覺三千是我家로다.
六月燕巖山下路에
野人無事太平歌로다.
홀연히 콧구멍 없다는 말을 듣고
문득 삼천세계가 나의 집인 줄 깨달았도다.
유월의 연암산 아랫길에
들사람이 일없이 태평가를 부르는구나.

아무리 부처님이라도 허물이 있으면 한 번 방棒을 쓰고 들어가는
법이다. 부처님께서 탄생하셔서 일곱 걸음을 걸으신 뒤 사방을 돌
아보시고 한 손으로 하늘을 가리키고 한 손으로 땅을 가리키며 '천
상천하 유아독존天上天下 唯我獨尊이라.' 하셨는데, 그 후 운문 선사가
나와서 말하기를 '내가 당시에 만약 보았더라면 한 방망이로 타살

하여 개에게 주어 천하를 태평케 했으리라.' 하였다. 이것이 유명한 '운문끽구자雲門喫狗子'라고 하는 선문중禪門中의 '척사현정斥邪顯正' 공안이다.

나도 경허 큰스님의 오도송에 대하여 일방一棒을 쓰고 한마디 하겠느니라. 우리 선가禪家에는 참선해서 견성하는 법을 소에 비유해 말한 것이 있는데, 만약 중이 시주의 은혜만 지고 도를 닦아 해탈하지 못하면 필경 죽어서 소밖에 될 것이 없다는 말을 어떤 처사가 듣고 '소가 되더라도 콧구멍 없는 소만 되어라.'고 말하였다. 이 말을 전해 들은 경허 큰스님은 언하에 대오하였다.

《유마경》에서 문수보살은 말로써 이를 수가 없다고 하였는데, 유마 거사는 묵묵히 말이 없음으로써 이르니 유마 거사야말로 불이법문不二法門을 가장 잘 설했다고 찬탄받았던 것이다. 그러니 도는 승속에 관계없는 것이니라.

경허 큰스님은 단 한마디 '콧구멍 없는 소'라는 언하에 대오하였느니라. 견성하여 생사해탈법을 얻어 삼천세계가 그대로 나의 집인 줄 깨달았으니 무슨 일이 있으리오.

'유월의 연암산 아랫길에 들사람이 일없이 태평가를 부르는구나.'

참으로 훌륭하고 거룩한 오도송이라고 여러 큰스님들이 모여서 찬탄하시기에 내가 경허 큰스님의 제자 보월 스님 앞에서 '무비공無鼻孔에는 없다無는 허물이 있고, 돈각시아가頓覺是我家에는 깨달았다는 각견覺見의 허물이 있으니, 이런 것이 붙어서 생사묘법生死妙法을 못 보고 또 제구 백정식白淨識을 못 건너가게 딱 가로막고 있어서 그곳에서 넘어지게 되는 것이니 학자를 바로 지시해야겠습니다.'라고 하니 보월 스님이 말씀하시기를 '그 사람 참 공연히 말을 제멋대로 하네.' 하셨다.

그때 만공 스님께서 '그러면 자네가 한번 일러보소.' 하셨다. 내가 '예, 참, 저보고 일러보라고 하시니 참말로 감사합니다. 천하에 없는 해탈 보배를 바로 주신들 그 위에 더 반갑겠습니까. 큰스님께서 한 번 청해주십시오.' 하니 만공 스님께서 물으시기를 '그러면 경허 큰스님의 '무비공 도리'나 '각견 도리'나 '무사태평가 도리'를 어디 한 번 제쳐버리고 일러보소.' 하셨다.

내가 말하기를 '유월연암산하로까지는 경허 큰스님이 송하신대로 두고, 제가 외람되지만 큰스님 송의 끝 구절 야인무사태평가 도리만 이르겠습니다.' 하고서 농부가를 부르듯이 '여여 여여로 상사 뒤여.' 하고 일렀다.

그랬더니 만공 스님이 있다가 '아, 이 사람아, 노래를 부르는가. 여여로 상사뒤여는 노래가 아닌가. 노래를 부르니 무슨 일인가.' 하시었다. 그래서 내가 '스님이 재청하시면 다시 한 번 이르지요.' 하고는 보기 좋게 춤을 추면서 곡조를 붙여 다시 '여여 여여로 상사뒤여.' 하니 '적자 가운데 농손嫡子弄孫일세.' 하고 만공 스님께서 점검하셨다.〉

마침내 혜암은 인천 용화사에 이르렀다. 그 무렵 전강은 용화사 법보선원 조실로서 찾아온 선객들을 지도하고 있었다. 혜암은 곧장 조실채로 올라가 인사를 드렸다. 전강은 혜암을 구수한 전라도 곡성 사투리로 반갑게 맞았다.

"얼릉 오시게."

"스님 회상에서 정진하러 왔습니다."

"잘 왔당께. 자네가 선덕 禪德을 맡아줄랑가?"

전강은 한 번도 같이 정진해본 적이 없는 혜암에게 선덕 소임을 맡겼다. 그만큼 혜암의 선기 禪機가 빼어남을 알고 있었다는 방증이다. 혜암은 하안거 동안 전강의 기대를 저버리지 않았다.

혜암의 정진은 한결같았다. 하루 한 끼만 먹는 일좌식 一坐食에다 눕지 않는 장좌불와의 두타행을 조금도 어기지 않았다. 대중공양이 들어와 모두가 별미를 즐기는 날에도 혜암은 어울리지 않았다. 열대야가 기승을 부리는 한밤중에도 좌선을 흐트러뜨리는 법이 없었다.

용화사 선원의 대중이 혀를 내둘렀다. 그러면서도 혜암의 한결같은 정진에 재발심을 하고 신심을 냈다. 반 半살림이 지나면서부터 느슨해지던 선방 분위기가 사뭇 팽팽해졌다. 어느새 좌선 중에 졸던 사람도 저절로 없어지고 요령을 피우려는 사람도 보이지 않았다. 대중의 눈빛이 가을 논물처럼 맑아지고 허리가 작대기처럼 꼿꼿해졌다.

전강은 혜암이 선방의 중심을 잘 잡아주기 때문이라 믿고 고마워했다. 전강이 대중에게 즐겨 주는 화두는 '어떤 것이 달마 대사가 서쪽에서 온 뜻인가?'라는 물음에 조주 선사가 '앞니에 곰팡이가 생겼느니라板齒生毛.'고 답한 것이었다.

혜암은 전강과 선문답을 자유자재로 했다. 서로가 어떤 때는 할을 하고, 또 어떤 날에는 침묵과 미소로 마음을 전했다. 전강은 법문 중에 대중들에게 말했다.

"혜암 수좌는 배우러 다니는 사람이 아니다."

대중들이 이해를 못하자 전강은 단호하게 말했다.

"혜암은 나 같은 조실을 가르치러 다니는 사람이다."

대중들이 몹시 놀랐지만 전강은 그런 반응에 개의치 않고 혜암을 수시로 조실채로 불러 차를 마시며 격려했다.

"혜암 수좌, 불편한 점은 없는가?"

"조금도 없습니다. 다만 한 가지 부탁이 있습니다."

"무엇인디?"

"대중 앞에서 저를 부끄럽게 하지 말아주십시오."

"조실을 가르치는 사람이라고 해서 그런겨?"

"지나친 칭찬이십니다."

혜암은 마음속으로 전강의 칭찬이 부담스러웠다. 대중 가운데 일부가 혜암을 가리켜 전강 못지않은 도인이라고 수군댔기 때문이었다. 자신을 도인이라고 단 한 번도 생각해본 적이 없는 혜암이었기에 당황스러울 때도 있었다.

혜암은 산중암자를 떠난 자신을 자책했다. 지리산 상무주암과 문수암에서 그랬듯 다시 자신을 누에고치처럼 가둬야 한다고 생각했다. 결국 혜암은 하안거 해제 전날에 전강 회상을 떠나기로 했다. 그리고 해인사 퇴설당에서 적명寂明, 현우玄宇, 일타日陀 등과 3년 결사로 자신을 담금질하기로 했다. 자신을 가두는 보임保任이 광대무변한 법계에 한 걸음 더 다가서는 일이라고 믿었던 것이다.

4

　　해인사 퇴설당에는 태백산 도솔암에서 깨달음을
얻은 일타가 이미 와 있었다. 혜암은 일타의 오도송을 좋아했다. 정
진하여 득도한 사람만이 공감할 수 있는 게송이었다. 일타의 오도
송은 시비와 열뇌熱惱를 떠난 안락한 극락의 공간이나 마찬가지였
다. 마음속이나 마음 밖이나 새가 날고 꽃이 피어나 광명이 넘치는
세계였다.

몰록 하룻밤을 잊고 지냈으니
시간과 공간은 어디에 있는가.
문을 여니 꽃이 웃으며 다가오고

광명이 천지에 가득 넘치는구나.

　단숨에 읊조린, 물이 흐르는 듯 꽃이 피어나는 듯한 게송이었다. 혜암은 일타의 타고난 자비와 재주를 늘 인정했다. 반면 일타는 혜암의 한결같은 정진력을 부러워했다. 그래서 두 사람은 자신이 무엇을 탁마해야 하는지 알게 해주는 도반이었다. 두 사람의 성품대로 퇴설당의 정진 분위기는 서로가 따뜻한 기운을 주면서도 법을 궁구할 때는 가차 없이 차가웠다.

　혜암은 참으로 오랜만에 정진의 기쁨을 누렸다. 참선이 마음을 한없이 충만하게 했다. 마음이 순일하고 무잡無雜한 경지에 올라 있었다. 세상의 오욕락과는 비교할 수 없을 정도로 행복했다.

　포행 시간에는 일타와 함께 백련암 오르는 산길을 산책하기도 했다.

　"일타 스님, 스님의 오도송을 나는 사모곡이라 생각해요."

　"혜암 스님, 사모곡이라고 했습니까?"

　"스님의 어머께서 스님을 중 만들려고 내원사 추금 스님한테 보냈다고 하지 않았습니까. 그러니 어머니 은혜에 보답하는 일이 뭐 있겠습니까. 공부해서 대오하는 것이 크게 효도하는 일이지요. 그런 이치로 스님의 오도송은 사모곡이 되는 겁니다."

　"내 게송을 사모곡이라고 하니, 속가 어머니인 성호 스님이 좋아할 것 같습니다."

"스님의 출가 내력을 알고 있으니 그런 생각이 듭니다."

백련암에는 성철이 주석하고 있었다. 성철은 그 산길을 이용해 백련암을 오르내리곤 했는데, 산길에서 마주친 성철이 하루는 이렇게 토로했다.

"두 수좌만 해인사에 있어도 절이 가득 차 보이는데, 법전 수좌까지 합친다면 어떠하겠나. 서로가 밀고 당기고 탁마하는 사이 여기까지 이른 기라. 이 세상에 세 수좌 같은 도반들도 없데이. 나는 부럽구마."

"방장 스님께서도 세 도반이 있지 않습니까?"

"그기 누구고?"

"묘관음사에 계시는 향곡 스님, 도선사에 계시는 청담 스님이 있잖습니까?"

"하하하. 발밑이 어둡다더니 나만 몰랐네."

"염주를 목에 걸고 염주를 찾는 격입니다. 하하하."

"마음에 맞는 세 사람의 도반만 있어도 못할 일이 없지. 혜암, 일타, 법전 수좌가 우리 해인사를 이끌어갈 기라."

혜암이 즉시 반박했다.

"중이 가는 길은 혼자 가는 길이라고 말씀하시지 않았습니까? 그런데 세 사람이 어쩐다는 말씀입니까?"

"지금은 모르겠지만 세월이 지나보면 알 기라. 세월이 얼마나 빠른지 아나. 지금 그것이 눈앞에 있는 기라."

성철이 세 사람을 두고 해인사를 이끌어간다고 한 말은 해인사 주지가 된다는 뜻이었다. 실제로 혜암은 3년 결사를 풀 수밖에 없는 사건에 부딪쳤다. 타오르는 불길처럼 한참 솟구치던 선풍이 갑자기 차갑게 식었다. 방장이던 성철도 전면에 나설 수 없는 불미스러운 사건이 발생했던 것이다. 누군가가 나서서 어수선한 선방과 해인사를 다잡고 되돌려야 했다.

백련암으로 올라간 혜암은 난감했다. 성철이 혜암더러 해인사 주지를 맡아달라고 강권했던 것이다.

"절 분위기를 수습할 사람은 혜암 수좌밖에 없다 카이."

"제가 나설 것이 뭐 있습니까. 세월이 가면 잘 해결될 것입니다."

"지월 스님이 주지를 사퇴했어도 분위기가 뒤숭숭하지 않나. 배에 선장이 내리니 그런 기라. 그러니 혜암 수좌가 주지 해라."

"해인사를 떠나겠습니다. 일타 스님이나 법전 스님도 있지 않습니까?"

"허허. 그것은 책임을 전가하는 말 아이가. 지금은 강단 있는 사람이 나서야 어수선한 분위기가 가라앉는데이. 나도 책임을 지고 방장을 사퇴할 기다. 주지도 사퇴했는데 무슨 낯으로 가만있겠노."

"그건 안 됩니다. 더 소용돌이치고 말 것입니다."

소위 '구들장 사건'은 해인사를 뒤흔들었다. 사판승事判僧인 삼직三職 스님들과 이판승理判僧인 일부 수좌들의 마찰은 급기야 주지와 방장의 사퇴로까지 확산되었다. 사건의 단초는 일부 수좌들의 불만에서 비롯되었다.

'구들장 사건'은 지월이 주지를 맡고 있던 1970년 동안거 중에 일어났다. 선방 정진만 하던 지월은 주지 같은 소임에는 흥미가 없었으므로 총무 스님에게 절 살림을 일임하다시피 했다. 지월의 상좌인 총무 도성은 원칙대로 절 살림을 하라는 지월의 지시를 충실하게 따랐다. 그런데 총무 스님은 수좌를 우대하고 배려하는 해인사 선방 풍토에 반기를 들었다. 어려운 절 살림을 꾸려나가려면 수좌들이 한 발 양보해야 한다는 생각 때문이었다. 공양 음식도 강원과 율원 그리고 선방 구분 없이 공평하게 했다. 선방이라고 해서 예전처럼 떡이나 과일 등의 특식을 올리지 않았다. 공양 때의 반찬도 가짓수를 줄이는 등 검박하게 바꾸었다.

그러자 선방에서 불평이 쏟아져 나왔다.

"주지 스님 상좌가 총무를 맡더니 주지 행세를 하는구먼."

수좌들에 대한 삼직 스님들의 불만도 컸다.

"성질내는 내가 따로 있고, 도 닦는 내가 따로 있는 것인가. 도 닦는 사람들이 음식을 가지고 불평하다니 부끄럽지 않은가."

이윽고 해인사 전 대중이 모여 회의를 여는 대중공사가 벌어졌다. 그러나 보고 생각하기에 따라 갈등의 주체가 달라질 수 있고, 모두에게 명분이 있었으므로 서로가 물러서지 않았다. 대중공사가 무위로 끝나자 선방 수좌 몇몇이 분기탱천했다. 주지를 믿고 선방 수좌들을 박하게 대한다며 총무 스님을 겨냥했다. 몇 명의 수좌가 곡괭이를 들고 총무 스님 방으로 들어가 구들장을 파내버렸다. 구들장을 파낸 것은 해인사를 떠나라는 최후통첩인 셈이었다.

그러자 지월이 대중 앞에서 모든 허물은 자신으로부터 비롯되었다며 눈물을 흘리고는 바로 주지직을 사퇴했다.

"부덕한 소승이 주지를 맡는 바람에 이런 사건이 났습니다. 제가 큰 허물을 지었습니다. 제가 사퇴하겠습니다. 총무도 해인사를 떠나도록 하겠습니다."

그런데도 '구들장 사건'의 여진은 오래갔다. 동안거가 지나갔지만 대중들은 모이기만 하면 의견이 분분했다.

"중 벼슬 닭 벼슬(볏)만도 못하다는 옛 스님들의 말도 듣지 못했는가. 삼직이 어떻게 공부하는 수좌를 무시할 수 있다는 말인가."

"참선하는 수좌들만 공부하는 것인가. 부산으로 가는 길도 길이요, 서울로 가는 길도 길이 아닌가. 도에 이르는 길이 어디 하나만 있는 것인가."

"삼직 스님들이 잘못한 것이 뭐가 있나. 부처님께서 탁발하는 동안 음식을 타박한 적이 있나. 살림이 궁핍하니까 전 대중이 골고루 어려움을 나눠 가져야지."

"수좌가 자신들만 도 닦고 있다는 상相에 사로잡혀 있는 것이 가장 큰 문제지."

사건의 후유증이 가시지 않는 것은 주지가 공백인 것과도 무관하지 않았다. 결국 혜암은 성철의 권유를 뿌리치지 못했다. 수좌들을 대표하는 유나 소임을 맡고 있었기에 자신도 '구들장 사건'에서 자유롭지 못했던 것이다.

혜암은 산철과 하안거까지 5개월만 주지를 맡기로 하고 먼저 성철 방장 스님 체제부터 다시 군건히 다졌다. 방장 스님을 바로 모셔야 선풍이 고양되고 총림에 기강이 서기 때문이었다. 그렇게 되면 선객들은 저절로 모이게 될 터였다.

어느 날 일타가 혜암을 위로했다.

"혜암 스님, 주지를 맡는 것도 하화중생의 일이니 그리 섭섭해하지 마십시오."

"그렇다면 일타 스님이 주지를 하시는 게 어떻겠소?"

"아이구, 스님. 저는 공부할 것이 더 남아 있는 사람입니다. 절대로 그런 말씀 마십시오."

그러나 1년 뒤, 해인사 대중들은 일타를 그대로 두지 않았다. 성철의 묵인하에 해인사 주지로 선출해버린 것이다. 혜암이 주지를 그만두는 바람에 다시 공백이 생긴 1971년의 일이었다. 그때 일타는 즉시 백련암으로 올라가 고사했다.

"방장 스님께서는 늘 '공부만 하는 중노릇을 해야지 사람노릇을 위해 중노릇하지 말라.'고 하지 않았습니까?"

"혜암 스님도 주지를 마다하고, 일타 스님도 마다하면 이 해인사는 어찌 되겠노?"

"스님, 저는 달아날 주走 자, 갈 지之 자 주지를 하겠습니다."

"말 한번 잘한데이. 하하하."

그날로 일타는 해인사를 떠났다. 이튿날, 성철이 일타의 상좌 혜국을 불렀다.

"느그 스님이 달아났다. 해인사 주지 안 할라꼬 도망갔다. 갈아입을 옷이나 갖고 갔겠나. 챙겨서 갖다드려라."

혜국은 사방을 수소문해 일타가 간 곳을 알아냈다. 일타는 도봉산의 한 토굴로 들어가 정진하고 있었다. 혜국이 찾아가 인사를 하자 일타가 말했다.

"내가 오대산에서 연비할 때의 심정은 한 세상 안 태어난 셈치고 이 한 목숨 부처님께 바친다는 것이었다. 그래서 중노릇하는 데 심지가 세워졌던 것이야. 이 공부는 끝이 없는데, 큰스님이니 주지니 하는 이름이 붙기 시작하면 장애가 될밖에. 헛이름이 나면 무엇하나. 내 공부를 마쳐야지."

결국 일타는 해인사 주지가 결정된 다음에야 돌아왔다. 지족암에 머물면서 안거 때는 퇴설당에서 정진하고 산철에는 전국의 여러 사찰을 돌아다니며 법문하는 것으로 회향했다.

해인사를 떠나 봉암사 백련암으로 간 혜암은 다음 해 여름까지 숨어 지냈다. 아무에게도 알리지 않았는데, 광명화 보살이 찾아와 공양주를 했다. 그러나 그때 광명화 보살은 담석 때문에 몸도 가누지 못하고 밥도 제대로 먹지 못했다. 오히려 혜암이 광명화 보살의 공양을 챙기곤 했다.

　그러던 어느 날 혜암이 광명화 보살을 매몰차게 채근했다.

　"보살, 뜰 앞의 풀을 뽑으소."

　"시님, 몸이 이 지경인데 어찌 풀을 뽑을 수 있겠십니꺼?"

　광명화 보살이 섭섭해하며 투덜거리자 혜암이 불벼락을 내렸다.

　"보살, 몇 푼어치나 아픈가!"

　순간 광명화 보살은 몸이 가뿐해지면서 뭔가가 머리를 스쳤다. '몇 푼어치나 아픈가!'란 언하言下에 '이 뭣고?'가 들렸다. 마당으로 나가 풀을 뽑는데도 '이 뭣고?'가 사라지지 않았다. 비로소 보살은 혜암을 시봉하는 것도 수행이라는 걸 깨달았다.

지리산

지리산 도솔암

대연 거사는 혜암 스님이 머물렀던 지리산과 태백
산 중에서 어느 곳을 먼저 갈까 망설였다. 지리산에는 혜암 스님이
정진한 세 곳의 암자가 있었다. 보조국사가 깨달음을 얻었던 상무
주암과 혜암 스님이 천신만고 끝에 창건한 문수암, 일찍이 조선시
대 중기에 청매 조사가 주석했던 암자를 복원한 도솔암 등이었다.
그리고 태백산에는 선객들이 최고의 명당으로 쳤던 각화사 동암이
있었다. 동암은 금봉암이라 불리기도 했다.

그런데 대연 거사는 왠지 지리산으로 마음이 끌렸다. 자신의 공
방에서 거리가 가까운 이유도 있었지만 그보다는 지리산의 유장한
산세가 늘 눈에 어른거렸기 때문이다. 더욱이 며칠 전 강진 백련암

으로 가서 혜암 스님의 상좌 여연 스님을 만나 차를 몇 잔 마시며 이야기를 나눈 적이 있는데, 그때 여연 스님과 나눈 다담 중에 혜암 스님의 가르침을 받으며 상무주암에서 수행했던 처절한 일화가 잊히지 않았던 것이다.

대연 거사가 마천면 농협마트 마당에 도착한 것은 오전 아홉 시 삼십 분이었다. 산길을 안내해주기로 한 정견 스님과 만나기로 이미 약속을 해둔 터였다. 정견 스님은 아직 보이지 않았다. 농협마트 마당에는 주차된 차가 한 대도 없었다. 불화를 그리는 도행 스님의 소개로 만난 정견 스님 역시 혜암 스님의 상좌였고 도솔암을 복원할 때 엄청나게 고생을 많이 한 선객이었다.

대연 거사는 정견 스님을 기다릴 겸 농협마트 안으로 들어갔다. 문득 암자 불단에 과일이라도 올리고 싶은 생각이 들어서였다. 과일을 고르고 있는데 어느새 정견 스님이 다가와 말했다.

"안녕하십니까? 많이 사지 마십시오."

"정견 스님, 불단에 올리려고 하는데 무슨 과일을 사야 됩니까?"

"산길을 오르기 힘드니까 사과나 배 같은 것으로 몇 개씩만 사십시오."

세 군데 암자 불단에 올리려면 적어도 사과나 배를 아홉 개씩은 사야 했다. 정견 스님이 랩으로 포장한 사과와 배를 골라 계산대로 가지고 갔다. 그 사이에 대연 거사는 스님께 드릴 음료수로 요구르트 묶음을 서너 개 샀다.

밖으로 나오자 도행 스님이 환하게 웃고 있었다. 정견 스님이나 도행 스님이나 사륜구동을 운전하는 것을 보니 '지리산에 사는 스님들이구나!' 하는 느낌이 새삼스럽게 다가왔다.

대연 거사와 도행 스님은 정견 스님의 차에 탔다. 마천에서 영원사 입구까지는 길이 잘 닦여 자동차를 이용할 수 있었다.

"스님, 상무주암에는 지금 누가 살고 계십니까?"

"현기 스님이 정진하고 계십니다. 상무주암에 계신 지 10년도 넘었습니다. 산중암자에만 사시는 분으로 세상에 잘 나서지 않는 선지식입니다."

옆에서 가만히 앉아 있던 도행 스님이 말했다.

"암자가 살기는 좋지요. 부처님 법음 같은 바람소리만 듣고도 하루가 지루하지 않습니다."

정견 스님도 한마디 했다.

"혜암 스님께서는 절대로 혼자 살지 말라고 했습니다. 서너 명 뜻 맞는 사람끼리 정진하기에 암자처럼 좋은 곳도 없지요."

산길은 가파른 데다 낙엽이 덮여 미끄러웠다. 초입부터 경사가 심해 대연 거사는 금세 숨이 차고 다리가 뻑뻑했다. 산사람이 다 된 정견 스님과 도행 스님은 비호처럼 앞서 올라갔다. 대연 거사는 뒤처진 채 걸었다. 며칠째 비가 오지 않은 날씨 탓에 골짜기의 물은 말라 있었다. 목을 축이고 싶었지만 옹달샘도 바닥이 드러났다. 앞서 가던 정견 스님이 대연 거사가 따라오길 기다렸다가 말했다.

"원래 상무주암 쪽은 물이 많은 곳이 아닙니다. 비가 오지 않으면 산길에 흙먼지가 날릴 정도죠."

산 위로 올라갈수록 가을 가뭄이 더욱 심했다. 솔잎이 푸른빛을 잃고 잣나무 잎처럼 흰빛을 띠고 있었다. 아직 떨어지지 못한 활엽수들은 하나같이 오그라들었다.

"스님, 이곳은 가뭄이 심한 모양입니다."

"눈이나 비가 좀 와야 합니다."

도행 스님은 달리 말하며 호탕하게 웃었다.

"가뭄 탓도 있지만 나무들은 겨울 날 준비가 끝난 것 같습니다. 자기 몸 안의 수액을 뿌리로 내려버리거든요. 비워버린다 이겁니다. 사람도 비워야 합니다. 욕심을 채우려고만 하다가는 재앙을 만나거든요. 하하하."

상무주암 마당 앞의 샘도 말라 있기는 마찬가지였다. 암자로 들어가 불전에 사과와 배를 놓고 먼저 두 스님이 삼배했다. 대연 거사도 뒤따라 삼배를 드리고 암주인 현기 스님께 절을 올렸다. 정견 스님이 현기 스님에게 말했다.

"스님, 날이 좀 가문데, 상무주암 형편은 어떻습니까?"

"무를 묻으려고 사람 키만큼 땅을 파보았지만 땅속에 물기가 없어요. 이런 가뭄이 계속된다면 재앙이 오지 않겠습니까."

현기 스님은 생태계의 파괴를 염려하며 산에서 자라는 나무들의 고사枯死를 걱정했다.

이번에는 대연 거사가 말했다.

"스님, 말씀 많이 들었습니다."

"기잡니까? 기자들은 나한테 무슨 말을 들으러 오지만 나는 탐탁지 않습니다. 내 얘기를 글로 쓰지 말아야 합니다. 글이란 그림자에 불과합니다."

대연 거사는 현기 스님이 왜 자신을 기자로 보는지 의아했다.

"저는 도예갑니다. 스님께서 어느 책에선가 '상무주'란 부처님도 발을 붙이지 못한다는 뜻이고, 나무는 한 생이지만 숲은 영원한 생명이라고 말씀한 것이 생각납니다."

"내가 그런 말을 했던가요? 지금 생각해보니 틀린 말입니다. 언어는 성색을 좇습니다. 성색이란 그림자입니다. 그러니 언어로 표현한 것은 여여한 것이 아닙니다. 숲은 여여일 뿐입니다."

유발상좌인 듯 머리를 깎지 않은 젊은 거사가 차를 돌렸다. 공양주 보살이 떡과 과일도 내왔다. 대연 거사는 차를 마시며 말했다.

"스님, 스님께서 과거에 하신 말씀을 지금 정정하시니 그것만으로도 여기 온 보람이 있습니다."

"자꾸 과거를 들먹이지 마세요. 과거는 이미 사라지고 없는 것입니다. 기억도 마찬가지입니다. 잊어버리면 사라지는 것입니다. 우리가 지금 있는 이 자리에 앞뒤가 어디 있습니까."

일행은 잠시 침묵했다. 현기 스님이 자꾸 대화를 잘라버렸기 때문이다. 더욱이 스님의 말씀에 일행은 주눅이 들어 대꾸도 못했다.

현기 스님은 꼿꼿한 자세로 앉아 어느새 법문을 하고 있었다.

"성색을 좇지 마세요. 언어만 성색이 아니라 권력, 명예 같은 것도 성색입니다."

현기 스님은 상무주암 창문에 나무 그림자가 어리면 새들이 자꾸 날아와 낙상하는데, 새가 나무 그림자를 좇는 것과 사람이 성색을 좇는 것은 다르지 않다고 경책했다.

일행은 비로소 바르게 앉아 스님의 법문에 귀를 기울였다.

"관음 신앙을 제대로 알아야 합니다. 불문문不聞聞, 무설설無說說이 관음 신앙입니다. 보지 않고도 보고, 설하지 않고도 설하는 것이 관음 신앙입니다. 도는 밖으로 구해서 얻어지는 것이 아닙니다. 바로 그 자리에서 얻을 수 있습니다."

현기 스님은 옛 스님의 얘기를 예로 들었다.

암자에 사는 한 노승이 자신을 찾아온 학인에게 '무엇하러 왔느냐?'고 물었다. 학인이 '스님을 뵈러 왔습니다.'라고 대답하자, 노승은 '왜 신발을 닳게 하느냐?'고 꾸짖었다고 한다.

"옛 스님이 하고 싶은 말은 학인의 신발을 닳지 않게 하려는 데 있습니다. 즉 무설설 불문문을 말하고자 한 것입니다. 도는 밖에서 구하지 않고 설하지 않는 설함에, 듣지 않는 들음에 있다는 것입니다."

대연 거사는 깔깔한 현기 스님의 정곡을 찌르는 법문에 빠져들었다. 현기 스님 또한 고개를 끄덕이며 듣는 대연 거사의 태도가 흡족한 듯했다.

"믿으면 부처님이 있고, 믿지 않으면 부처님은 없습니다. 부처님이 없는 세상을 말세라고 합니다."

현기 스님만의 독특한 해석이었다. 말세를 시간의 개념으로 말하지 않고 믿음이 있느냐 없느냐의 문제로 해석한 것이다. 선禪도 마찬가지라며, 스님은 법문을 계속했다.

"선이란 특별한 것이 아닙니다. 믿음에서 바로 들어가는 것이 선입니다. 수행이란, 자세히 들여다보면 믿음의 순도를 높여가는 것입니다."

유발상좌가 맞장구를 쳤다.

"믿음의 순도가 100퍼센트라면 깨달음의 필요충분조건은 이미 갖추어진 것이겠습니다."

대연 거사도 묻지 않을 수 없었다.

"스님, 믿음의 순도를 높이는 방법은 무엇입니까?"

"빼기를 하십시오. 참선은 빼기입니다. 불교의 지혜는 빼기입니다. 자꾸 더하니까 문제가 생기는 것입니다. 빼기는 곁가지를 자르는 것이기도 합니다. 살인검 활인검이듯 자르고 죽이는 것이 불교의 지혜입니다."

묵묵히 듣고만 있던 정견 스님도 질문했다.

"믿음에서 바로 들어가는 것이 선이라면 교敎는 무엇입니까?"

"교는 닦고 난 뒤에 받는 것입니다."

현기 스님의 대답은 단호하고 명쾌했다. 그러나 대연 거사는 솔직히 알쏭달쏭했다. 스님이 구사하는 용어는 현란하지 않고 쉬웠으나 그 뜻은 심오하기만 했다. 현기 스님이 다시 말했다.

"수행자나 예술가는 천애고아가 되어야 합니다. 더 뺄 것이 없는 고독한 사람이 되어야만 수행하는 데 고생을 덜합니다."

도행 스님이 화제를 바꾸었다.

"스님, 태백산 동암에서 혜암 스님과 정진하셨다는 얘기를 들었습니다만."

"1970년대 중반이었을 겁니다. 혜암 스님을 모시고 살았습니다. 큰스님은 깔끔한 분이셨지요. 신도들을 좋아했고, 신도들도 스님을 따랐습니다. 신도들이 오면 큰방에 들게 해서 밤새 법문을 했습니다. 사실 뒷방으로 물러난 우리 후배들은 불편했습니다. 하지만 큰스님은 우리가 수행을 잘할 수 있는 것은 신도들이 뒷바라지를 하기 때문이라고 말씀했습니다. 지금 생각해보면 큰스님은 경제를 아셨던 것 같습니다."

"동암을 금봉암이라고도 부른다지요?"

"각화사 서암에서 동암을 보면 봉황이 알을 품고 있는 것처럼 보입니다. 산자락이 봉황이고 암자가 그 알처럼 보이지요. 금봉이란 도를 깨친 것을 상징합니다. 저녁 햇빛이 비치는 아름다운 동암을 보노라면 옛 도인들이 자리를 참 잘 잡았구나, 하는 생각이 절로 들지요. 허나 지금은 불사를 하면서 암자 위치를 바꿔 그윽한 맛이 없습니다. 아쉬운 일입니다."

일행은 현기 스님이 찻잔을 밀치자 약속이나 한 듯 일어섰다. 현기 스님은 문밖까지 나와서 합장하며 일행을 배웅했다.

정견 스님은 상무주암 앞에 있는 30년생 소나무들을 보더니 잠시 걸음을 멈추었다. 혜암 스님이 심었다는 소나무였다. 그리고 말없이 걷다 상무주암에서 문수암으로 가는 길로 들어서자 문득 입을 열었다.

"우리 스님께서 신도들을 맞이한 이유를 오해해서는 안 됩니다. 경제적으로 고마워서만 그랬던 것이 아닙니다. 신도들을 데리고 밤새 법문하신 까닭은 어떻게 해서든지 공부를 시키려고 한 것이지, 살림살이를 걱정해서 그런 것은 아닙니다."

아마도 혜암 스님에 대한 얘기 중에서 그 부분이 마음에 걸렸던 모양이다.

　　　　도행 스님이 문수암으로 넘어가는 고갯마루에 올
라서자 웃으며 말했다.

"암자 생활이 좋긴 한데 혼자서 오래 살다보면 말하는 것이 싫어
지고 괴팍해져요. 자기도 모르게 말이 떨어져버린다니까요. 하하하.
그러나 중이 수행하는 것은 자신만 잘살고자 하는 것이 아니고 사
람들에게 무언가 돌려주기 위해서지요."

　정견 스님도 동감했다.

"깊은 산중암자에서 혼자 살다보면 괴각으로 변합니다. 수행은
원만해지기 위해 하는 것인데 오래 살다보면 둥글지 못하고 모가
납니다. 실제로 제가 혼자 살아보니 사람이 싫어집디다. 저잣거리

사람들은 오신채五辛菜를 먹으니 냄새가 나 가까이 오는 것도 싫어지고요. 그러나 모가 나는 것은 수행이 아닙니다. 그래서 저는 산중 토굴에 살다가도 모가 날 때쯤이면 대중 생활을 하러 산 아래 큰절로 내려갑니다."

두 스님의 얘기에 대연 거사는 부러움을 느꼈다. 그러고 보니 두 스님의 언행에는 뾰족한 모가 보이지 않았다. 비바람에 오랫동안 깎인 돌부처처럼 편안하고 원만했다. 정견 스님이 문수암 가는 길에 놓인 돌계단을 가리키며 말했다.

"우리 노장님께서 40대에 원각 스님과 함께 놓은 돌계단입니다. 그리고 저 건너편 응달 산자락에서는 산삼을 캔 사람도 있지요."

지리산의 돌멩이 한 개와 풀 한 포기에까지 정을 듬뿍 가진 순박한 말투였다. 그래서 정견 스님을 잘 아는 도반들이 지리산 마을에서 태어나고 성장한 스님을 '지리산 반달곰'이라고 부르는 듯했다.

"지리산 벽송사 아랫마을에서 태어나고 자랐으니 이곳을 떠나본 적이 없어요. 열아홉 살에 머리를 깎고 상무주암으로 온 것은 늦여름이었습니다. 그때 노장님께서는 사형인 여연 스님을 비롯해 서너 명을 데리고 정진 중이셨지요."

대연 거사는 여연 스님을 떠올리며 상무주암을 돌아보았다. 그러나 산등성이에 가려 상무주암은 보이지 않았다. 대연 거사는 문득 몸을 떨었다. 지리산 허공에 떠 있는 구름 한 조각처럼 생긴 상무주암같이 수행자들의 심혼心魂에 불을 붙이는 처절한 토굴도 없을 것

같았다.

강진 백련암 다실에서 들은 여연 스님의 얘기가 대연 거사의 심혼에도 불을 댕겼다. 가슴을 뜨겁게 하는 얘기였다.

"제가 1978년 강원을 졸업하고 난 뒤의 일입니다. 우리 스님은 남해 용문사에서 대중을 지도하시다 태백산 동암으로, 거기서 다시 해인사 극락전으로, 그곳에서 다시 칠불선원으로 가셨지요."

여연 스님이 기억하는 은사 혜암 스님의 행장은 정확했다.

쉰셋에 남해 용문사로 들어간 혜암 스님은 출가 후 처음으로 회상을 열어 운수납자들을 지도했고, 쉰네 살 때는 해인사에서 하안거를 마친 다음 각화사 동암으로 올라가 2년 동안 현우, 현기 수좌 등과 함께 두문불출 용맹정진을 했다.

이후 1975년 겨울에는 송광사 선방에서 동안거를 나고 이듬해에는 지리산 백장암을 거쳐 칠불암에서 하안거와 동안거를 마쳤는데, 이때 함께 정진한 대중은 현우, 활안, 성우, 현기, 인각, 원융 수좌 등 20여 명이었다.

칠불선원에서는 특히 중국 백장 선사의 '하루 일하지 않으면 하루 먹지 말라—日不作 —日不食.'는 청규를 철저히 지켰다. 혜암 스님은 모든 대중에게 지게를 하나씩 지급하며 낮에는 울력을 하고 밤에는 공부를 하도록 했다. 대중들은 외부에서 공양물이나 보시 정재淨財가 들어오면 쌍계사 입구까지 내려가 하루에도 몇 번씩 지게질을 했다. 비바람이 부는 날에도 예외 없이 지게를 지고 오르내렸다.

그해 겨울, 대중이 칠불암의 운상선원을 중수하고 있을 때 혜암 스님은 먼지 속에서 홀연히 나타난 백의노승을 만났다. 노승은 혜암 스님에게 다음과 같은 게송을 전해주었다.

때 묻은 뾰족한 마음을 금강검으로 베어내서

연꽃을 비추어보아 자비로써 중생을 섭화해 보살피라.

塵凸心金剛剴

照見蓮攝顧悲

그런 뒤 백의노승은 혜암 스님에게 '취모검을 들지어다 拈起吹毛劍.' 라는 말을 남기고 사라졌다.

"칠불 운상선원에서 종교적 체험을 하셨던 겁니다. 백의노승의 게송 중에 '중생을 섭화해 보살피라.'는 부분은 하화중생의 시절인연 이 도래했음을 보여준 것이라고 생각해요. 아무튼 그건 우리 스님 일이고, 저는 스님이 동암에 계실 때부터 인사를 드리러 다녔어요."

여연은 해인사 강원 시절, 해제를 하면 반드시 혜암 스님께 인사 를 드리러 갔다. 각화사 동암까지 버스를 타기도 하고 차편이 없는 먼 길은 걸어서 가기도 했다.

"스님한테 인사를 가는 게 너무 힘들었어요. 대구에서 봉화, 영주 가 엄청 먼 거리거든요. 당시 해인사에서 대구까지 나가는 데 네 시간 반이 걸렸습니다. 거기서 또 영주로 가려면 차편이 마땅치 않아서 김천까지 나가 봉화 가는 버스를 갈아타야 했어요. 춘양부터는 걷는 수밖에 없고요. 지금 무여 스님이 살고 계신 축서사를 지나 산길을 돌고 돌아야 했지요. 한 번은 각화사에 도착하니 캄캄한 밤이었어요. 그런데 무슨 생각이 들어서 그랬는지 각화사 주지 스님이 자고 가라며 만류하는데도 촛불을 켜들고 호랑이가 어슬렁거린다는 동암으로 혼자 올라갔습니다."

여연이 동암에 도착한 것은 밤 열한 시쯤이었다. 그때까지도 혜암 스님을 비롯해 네다섯 명의 수좌들은 큰방에서 가부좌를 튼 채 정진하고 있었다. 여연은 문득 허기를 느꼈다. 촛불을 들고 산길을 걸을 때는 오직 은사 스님만 생각했는데, 마침내 스님을 뵙게 되자 비로소 배가 고팠던 것이다.

식당에 들어가 음식도 제대로 사먹을 줄 모르던 학인 시절이었다. 오신채가 든 음식을 먹지 못하던 때였다. 한 번은 자장면이 생각나 중국집에 들어갔다가 주인에게 이것 빼라 저것 빼라 간섭하다 쫓겨난 적도 있었다.

여연은 대중 정진이 끝날 때까지 마당에서 기다렸다. 혜암 스님이 죽비를 치자 그제야 수좌들이 가부좌를 풀고 밖으로 나왔다. 여연은 혜암 스님께 합장하며 고개를 숙였다. 그러나 혜암 스님은 말없이 화장실로 가버렸다. 한 스님이 여연을 보더니 부엌으로 들어가 석유곤로를 피우고 밀가루 반죽을 만들었다. 이북에서 내려와 출가한 현우 스님이었다.

"현우 스님은 세상에 나타나지 않은 도인입니다. 상을 내지 않는 훌륭한 도인이신데, 그때 저에게 수제비를 끓여주셨지요. 점심 이후엔 아무것도 드시지 않는 우리 스님은 그걸 모른 체하시는 것 같았습니다."

여연은 정신없이 수제비를 먹었다. 현우 스님이 끓여준 수제비를 다 먹어치웠다. 하루 종일 쫄쫄 굶었던 터라 자신도 모르게 과식을 했다. 피곤한 데다 과식까지 하니 몸이 천근처럼 가라앉는 것 같았다. 결국 이튿날 몸에 두드러기가 났다. 한꺼번에 너무 많은 수제비를 먹은 탓이었다. 한 스님이 민간요법을 썼다. 온몸에 물푸레나무를 태운 재를 발라주었다. 혜암 스님이 여연의 불룩한 배를 보더니 '저 음식 귀신 봐라, 저 귀신!' 하듯 혀를 찼다.

"동암에서 우리 스님께 힘들게 인사드리고 해인사로 돌아왔다가 강원을 졸업하고 상무주암으로 갔습니다. 사실은 송광사에 살고 싶어서 미리 방부를 들여놓고 인사를 갔던 것인데 우리 스님께 붙잡혀 상무주암에서 정진하게 된 것이지요."

혜암 스님은 상좌들에게 늘 지리산의 3대 토굴로 함양의 금대와 상무주암 그리고 남원의 백장암을 지목했다. 금대는 3일 만에, 백장암은 5일 만에, 상무주암은 7일 만에 도를 깨닫는 명당이라고 했다. 여연은 할 수 없이 7일이면 도를 깨닫는다는 상무주암에 붙잡혀 송광사 선방으로 가지 못했다. 햇중 정견도 그곳에 와 있었다.

"힘이 장사인 내 사제 정견 스님도 그곳으로 왔지요. 젊은 우리가 얼마나 밥을 많이 먹을 때입니까. 그러나 은사 스님이 소식을 하시니 바루를 펴놓고 마음대로 먹을 수가 없었어요. 눈치만 보았지요."

혜암 스님의 정진 가풍은 밥을 적게 먹는 것이었다. 그러나 처음에는 혜암 스님 혼자 하루에 한 끼만 먹는 일종식一種食을 할 뿐 다섯 명의 대중에게는 강요하지 않았다. 대중이 하루에 세 끼를 먹어도 내버려두었다.

이윽고 한 달이 지나자 대중을 다잡았다. 혜암 스님이 대중을 모아놓고 말했다.

"중은 식탐이 많으면 안 된다. 오늘부터는 하루 한 끼만 먹는다."

여연과 정견은 일종식을 견디지 못했다. 그래서 부엌에 들어가 남은 밥을 몰래 먹었다. 비구니가 사는 문수암으로 가 허기를 달래기도 했다. 그러나 그것도 잠시였다. 두 사람이 밥을 훔쳐 먹는다는 것을 알고 혜암 스님이 음식을 먹을 만큼만 내주고는 부엌문에 자물쇠를 채워버린 것이다. 게다가 문수암으로 가지 못하게 금족령까지 내렸다.

날이 갈수록 정진의 강도는 더해졌다. 가난하고 고생스러운 데서 도가 익는다며 날씨가 추워져도 방에 불을 때지 못하게 했다. 잠을 못 자게 하기 위해서였다. 나무를 아껴야 한다며 목욕물도 많이 데우지 못하게 했다. 벌벌 떨면서 몸에 미지근한 물을 한두 번 끼얹는 것이 상무주암에서의 목욕이었다. 대중이 투덜거리기 시작했다.

"아, 독하다, 독해! 장작이 얼마나 든다고 방에 불도 때지 못하게 하시나."

두 달 후에는 용맹정진과 단식을 시켰다. 잠을 자지 않고 장좌불와하는 것이 용맹정진인데, 거기에다 단식까지 보탠 것이다.

"해인사에서도 1년에 두 번씩 용맹정진을 했습니다. 그런데 우리는 아무것도 먹지 않는 단식용맹정진이었지요. 일주일이 지나니까 죽을지도 모른다는 생각이 들더군요. 10일째에는 정말 괴롭고 괴로웠어요. 망상이 막 들어요. 영감을 죽일 수는 없고 어디다 밀어뜨려버릴까 하는 망상이 들었습니다. 그러나 이틀 정도 망상을 하다가 정신이 돌아와 포기했지요. 망상으로 이틀을 버티었으니 얼마나 기막힌 망상입니까."

단식용맹정진에 들어간 지 14일째부터는 자신감이 생겼다. 가끔 물을 마실 뿐 아무것도 먹지 않았건만 몸에 힘이 생기고 만사가 개운했다. 혜암 스님이 대중의 변화를 눈치 채고 말했다.

"우리가 여기까지 왔으니 아예 20일을 채워버리자."

대중 누구도 부담스러워하지 않았다. 담담하게 20일을 채웠다. 모두가 심신의 변화를 체험했다. 여연은 단식용맹정진을 끝냈다는 생각보다는 깊은 동면에서 깨어난 기분이 들었다. 눈을 뜨고 보니 세상이 눈부셨다. 지리산의 모든 생명이 투명하게 빛나고 있었다. 자신의 모습도 눈이 부셨다. 거울에 비친 창백한 자신의 모습이 아름답기만 했다.

"내 모습이 이러했던가. 이럴 수 있을까. 발레리의 상징적인 시들이 막 스쳐가는 겁니다. 소위 깨달음이라는 암호가 풀어질 것 같아 황홀했습니다. 지견知見 같은 것이었지요. 그걸 계속 밀고 나갔어야 했는데 아쉬워요."

해제를 15일 남겨둔 날부터는 백팔참회문을 외게 하면서 절을 시켰다. 일주일 동안 만팔천배를 하게 했다. 문수암에 사는 두 명의 비구니도 만팔천배에 동참했다. 단식을 한 뒤였기에 죽도 먹지 못하고 미음을 겨우 넘기면서 절을 했다. 일주일 동안 대중 모두가 만팔천배를 마쳤다.

누가 먼저랄 것도 없이 모든 대중이 울었다. 자신의 무한한 능력에 감동했고, 새롭게 태어나도록 해준 혜암 스님이 고마워서 감사의 눈물을 흘렸다.

3

상무주암에서 동안거를 마친 여연은 혜암 스님께 삼배를 하고 일어섰다. 혜암 스님이 준 차비를 들고 상무주암을 떠났다. 함양에서 바로 해인사로 돌아간 것은 아니었다. 지리산에 대한 아쉬움이 남아 산청 쪽으로 가서 대원사를 참배했다. 대원사는 성철 스님이 출가 전에 머물렀던 도량으로 비구니 대중이 정진하고 있었다.

여연은 대원사에서 아무도 만나지 않고 오롯이 참배만 했다. 곧장 남강의 지류를 따라 강변길을 걸었다. 버스가 오지 않아 무작정 기다리다 강변으로 내려가 무심히 돌멩이들에게 눈을 주었다. 강돌 하나를 줍자 문득 다른 강돌들이 슬퍼하는 것 같은 느낌이 들었다.

자신이 강돌을 분별하는 동안 선택받지 못한 강돌들이 아파하고 있었다. 강돌들이 무생물인 줄만 알았는데 자신과 하나의 뿌리로 연결되었던 것이다.

여연은 잘생긴 강돌 하나를 주웠다가 제자리에 놓았다. 그러자 그 강돌은 여연이 버림으로써 버려지는 강돌이 되었다. 분별과 선택에 따라 자신과 강돌의 관계가 달라졌다. 그것이 운명이고 삶이었다. 순간 여연은 분별심이란 이런 것이라고 이해했다. 분별심이란 남에게 상처를 주는 마음이라는 걸 깨달았다.

해인사로 돌아온 여연은 성철 스님의 간화선풍看話禪風에 흥미를 느끼지 못하고 부산 석남원으로 떠났다. 부산 석남원에는 대학에서 성악을 전공한 시명과 백만배 기도를 마친 혜인이 와 있었다. 여연은 시명의 피아노가 있는 석남원에서 자신이 좋아하는 클래식 음악을 마음껏 들었다. 목마름을 적시듯 음악에 빠졌던 여연은 혜암 스님이 예순한 살의 나이로 해인총림 유나에 임명되자, 다시 해인사로 돌아와 원당암에서 스님을 모셨다. 혜암 스님이 도회지로 출타할 때도 여연은 스님을 그림자처럼 시봉했다. 그러나 여연은 시봉하는 데 익숙지 못했다.

클래식 음악에 심취해 있다가 원당암에서 살자니 적응도 잘 되지 않았다. 어렵사리 새 전축을 구한 여연은 그것을 원당암으로 가지고 들어와 틈만 나면 클래식 레코드를 틀었다.

하안거에 든 지 얼마 지나지 않았을 때였다. 혜암 스님의 가풍대로 원당암 대중들은 낮에는 울력하고 밤에만 참선 공부를 했는데, 여연은 울력에 나가지 않고 방에 드러누워서 전축만 틀었다.

한 번은 혜암 스님이 풀 뽑는 울력에 나오지 않는 여연을 문밖에서 서너 번이나 불렀다. 음악에 취해 있던 여연은 혜암 스님의 목소리를 듣지 못했다.

"여연아!"

방 안에서는 음악 소리만 들려왔다. 여연은 당시 바흐와 모차르트가 작곡한 음악에 빠져 있었다. 드디어 분기탱천한 혜암 스님이 호미를 든 채 문을 열고 들어왔다. 순식간에 전축의 턴테이블이 박살났다. 혜암 스님이 호미로 턴테이블을 내리친 것이다. 여연은 놀라서 걸음아 나 살려라, 하고 산으로 뛰었다.

"전축은 박살이 났고, 나는 후닥닥 산으로 도망쳤지요. 젊은 나를 따라잡지 못할 거라고 계산한 겁니다. 그런데 그게 오산이었습니다. 우리 스님은 산이 전문 아닙니까. 몇 십 걸음 만에 딱 걸려버렸지요. 순간, 변명하지 않고 잘못했다고 용서를 빌었습니다. 그랬더니 불같이 화를 내던 스님께서 금세 누그러지는 거예요. 그러곤 나도 호미를 들고 풀을 맸지요."

전축은 다행히 턴테이블 뚜껑만 깨졌다. 하지만 여연은 신도들 보기가 민망하고 부끄러워 원당암을 떠나기로 했다. 일꾼을 시켜 전축을 지게에 지우고, 자신은 책이 든 보따리를 들고 풀이 죽은 채 원당암을 떠났던 것이다.

여연은 나중에야 혜암 스님께 '지금도 음악 듣느냐?'는 순경계의 경책을 받고 깊이 자책했다. 전축을 박살낸 역경계의 경책 때는 오기가 발동했지만 '지금도 음악 듣느냐?'는 부드러운 경책에 은사 스님의 깊은 마음을 알아차렸던 것이다.

일행은 문수암까지 갔다가 이내 되돌아서야 했다. 문수암은 휑하니 비어 있었다. 토방에 등산화 한 켤레가 단정하게 놓여 있을 뿐이었다. 정견 스님이 아쉬운 듯 발길을 쉽게 돌리지 못했다.

"사형 되는 도봉 스님이 계신데 출타하셨나봅니다. 도봉 스님도 노장님 상좌지요."

출타한 스님의 꼼꼼한 겨울 준비 손길이 눈에 띄었다. 동굴 입구 그늘에는 시래기 재료인 무청이 가지런히 널려 있었다. 대연 거사는 주인이 없어 문을 열지 못했다. 불단에 과일 몇 개라도 올리고 싶었기에 아쉬움이 컸다.

"노장님을 시봉한 시자들 모두가 고생을 했지만 희한한 것은 지금 모두가 노장님을 닮아가고 있다는 겁니다. 그것이 바로 노장님께서 잘 사셨다는 방증 아니겠습니까."

"고생을 했다니요?"

대연 거사가 의아해하자 정견 스님이 설명하는 투로 말했다.

"시봉하느라고 노장님을 따라 저잣거리에 나갈 때가 있었습니다. 산에서만 살다가 도시로 나가면 마치 외출 나가는 군인처럼 홀가분

한 기분이 들지만 기대는 곧 허물어지고 말지요. 부산이나 진주로 가시면 간혹 참선 공부하는 보살님 댁에서 머무르기도 하셨습니다. 그런데 시자들은 음식에 대한 기대는 아예 하지도 못했어요. 노장님이 드시는 수제비는 물하고 간장만 들어가기 때문에 끓여도 맛이 없거든요. 거기다가 노장님하고 방을 같이 쓰게 되니 잠을 잘 수가 있어야지요. 노장님께서 장좌불와를 하시니 시자가 어떻게 잠을 자겠습니까. 고문도 그런 고문이 없지요. 밤새 잠 귀신에게 시달릴 수밖에요. 그래서 어떤 시자는 노장님이 도시로 출타하실 때면 따라가지 않으려고 꾀를 내기도 했지요. 아마도 사형인 여연 스님도 자유분방한 성격 때문에 노장님 시봉할 때 꽤나 몸이 쑤셨을 겁니다."

그때 도행 스님이 말했다.

"나는 이만 절에 가봐야겠어요. 탱화를 보러 누가 오기로 했거든요. 이거 함께 동행을 못해서 미안합니다. 하하하."

"도행 스님, 바쁘면 여기 오시지 않아도 됐는데, 고생하셨습니다."

"아닙니다. 상무주암에 한 번 오르고 싶었어요. 와보니 참 좋네요. 문수암도 좋고. 산중암자는 다 좋다니까. 하하하."

도행 스님은 말끝마다 크게 웃었다. 스스럼없는 말투와 너털웃음은 상대를 편하고 기분 좋게 해주었다.

영원사 입구에 다다를 즈음, 도행 스님은 마침 절에서 나오는 빈 택시를 타고 돌아갔다. 도솔암으로 가는 산길은 왼쪽 산자락에 붙어 있었다. 상무주암으로 가는 길과 반대편이었다. 이정표가 없는

산길이라 지리를 잘 아는 등산객이 아니라면 도솔암을 찾아갈 수
없을 것 같았다.

"중 돼서 노장님하고 처음으로 함께 산 곳이 상무주암이었어요.
제 나이 열아홉 살 때였지요. 늦여름에 상무주암으로 와서 노장님
을 시봉하며 정진했지요. 그런데 그때 상무주암에서는 청매 조사가
사시던 토굴 터가 보였어요. 어느 날인가는 노장님께서 청매 조사
토굴 터가 참 좋으니 한번 가보라고 하셨지요. 그 당부의 말씀을 듣
는 순간 귀가 확 뚫리면서 가보고 싶은 생각이 들었습니다."

상무주암에서 첫 동안거를 보낸 정견은 혜암 스님을 따라 해인사
로 갔다. 혜암 스님은 조사전에서 3년 결사를 시작했고, 정견은 몇
개월 동안 스님을 시봉하며 보냈다.

그러다가 갑자기 청매 조사 토굴 터가 생각났다. 당장 가보고 싶
어 견딜 수가 없었다. 지리산에서만 살았던 정견인지라 해인사 대
중 생활이 은근히 불편하고 그럴수록 더욱더 지리산에 대한 그리움
이 솟구쳤다.

정견은 혜암 스님에게 말씀을 드릴까 말까 망설였다. 하지만 말
씀드리면 가지 못하게 할 수도 있었다. 결국 정견은 첫서리가 내릴
무렵 도망치듯 해인사를 떠났다. 천막 하나와 일주일분의 양식을
챙겨 들고 청매 조사 토굴 터로 올라갔다. 다행히 산길은 희미하게
나마 한 사람이 겨우 다닐 만큼 나 있었다.

토굴 터 마당에는 자생하는 머루가 새까맣게 열려 있었다. 오미

자 열매도 줄기에 듬성듬성 맺혀 있었다. 터 앞쪽에는 나뭇가지와 산죽으로 얼기설기 지은 띳집이 반쯤 허물어진 채 방치되어 있었는데, 수행자들이 살았던 흔적이 역력했다. 정견은 머루와 오미자를 따먹으며 일주일을 그곳에서 살았다. 마음이 꼭 고향집에 온 것처럼 편안하고 행복했다.

혜암 스님이 청매 조사 토굴 터에 도솔암을 짓기로 마음먹은 것은 스님의 나이 예순세 살 때였다. 정견이 토굴 터에서 일주일을 지내고 3년이 지난 후의 일이었다.

"해인사 조사전에서 3년 결사를 마치고 영원사에서 얼마간 사실 때 결심하셨지요. 신도분과 함께 올라와 먼저 고사를 지냈어요. 허가는 1987년 7월 7일에 났지만 사실은 노장님께서 허가가 나기 전에 지어보자고 하셨어요. 하루라도 좋은 토굴에서 정진하시고 싶었던 겁니다. 그래서 나무를 다듬어 산 입구에 쌓아놓고 일꾼들이 지게로 지어 올리기 시작했습니다. 그런데 국립공원 직원들이 불법이라며 지어 올린 나무들을 다 갖고 내려갔어요. 결국 허가를 낸 뒤 짓기로 하고, 노장님이 서울로 올라가 당시 요직에 있던 허문도 씨를 만나 부탁했지요. 허문도 씨는 노장님께 걱정 말고 내려가시라고 했는데, 서류를 내도 허가가 나지 않는 겁니다. 세 번이나 서류를 냈는데 거절당했지요. 참 어려운 불사였어요. 노장님도 당신이 원을 세우면 다 됐는데 도솔암은 참 힘들다고 하시면서 안색이 안 좋았

습니다. 그때 노장님 연세가 60대 중반쯤이었어요. 근심 어린 노장
님 얼굴이 생생해요. 나중에야 허가를 받게 되었는데, 해인사 승려
대회가 끝난 뒤 1200명이 진정서를 작성해 중앙에 올린 거예요. 이
것이 해결의 실마리를 푸는 계기가 됐지요. 중앙에서 도와 군에 지
시해 검토해보니 국립공원 안이지만 허가가 날 수 있는 조건이었지
요. 토굴 터가 사사지社寺地로 되어 있었거든요. 그런데 그때까지 국
립공원 측이 산불 날 염려가 있다, 산을 훼손할 염려가 있다는 등의
이유를 들어 반대했던 것이지요. 결국은 국립공원 측에서 도장을
찍어 허가가 났습니다. 그때 노장님께서 얼마나 기뻐하시던지. 그만
큼 마음고생을 많이 하셨거든요."

정견 스님은 작은 소리로 진솔하게 얘기했다. 정진하기 좋은 터
에 암자 하나를 짓는 데 얼마나 고생이 심했는지, 마음속에 묻어둔
우여곡절을 상세하게 들려주었다.

"허가가 나오자 일의 속도가 빨라졌습니다. 마을 사람들이 모래
나 시멘트 등을 이고 지고 산을 오르내렸죠. 그런데 산길이 좁아 기
다란 기둥이나 대들보는 지게로 옮길 수가 없었어요. 할 수 없이 내
가 단안을 내렸죠. 내가 책임질 테니 산길 가에 거치적거리는 나무
를 시원하게 베어버리라고 한 겁니다. 허가 내줄 때 감정이 상했던
국립공원 직원이 또 올라와서는 비행기도 지나가겠다며 나를 구속
시키겠다고 협박했지요. 결국 불려가서 조사를 받은 다음 벌금 7만
원을 내고 나왔습니다. 그렇다고 그 모든 일을 내가 다 했다는 것은

아닙니다. 경제적인 문제를 비롯해 노장님이 안 계셨다면 내가 어떻게 그걸 다 해결했겠습니까. 노장님께서 원력을 세우셨기 때문에 가능한 일이었지요. 나는 그저 노장님이 시키는 대로 심부름을 한 것밖에 없어요. 노장님이 안 계셨으면 어림도 없는 불사였지요."

대연 거사는 정견 스님의 얘기를 결코 자신의 공을 자랑하는 공치사로 듣지 않았다.

도솔암 가는 길은 상무주암에 비해 경사가 완만했다. 가파른 경사가 나타나기도 했지만 흙길이어서 감촉이 부드럽고 힘들지 않았다.

"도솔암을 짓고 나서 칭찬을 많이 들었겠습니다."

"칭찬은 못 들었습니다. 1977년에 해인사로 들어가 이듬해에야 계를 받았는데, 노장님께서는 그런 나를 보고 늘 어림하다고 하셨지요. '순진한 정견아, 그렇게 어림해가지고 어떻게 세파를 이겨낼 것이냐?' 하시며 걱정을 많이 하셨어요. 상무주암에서 살 때는 종종 야단을 치기도 하셨지요."

정견은 상좌들 중에서 잠이 가장 많았고, 힘이 장사인 만큼 배고픈 것을 참지 못했다. 일은 다른 상좌가 나무 한 짐을 할 때 다섯 짐을 했지만 정진은 서툴렀다.

한 번 수마에 사로잡히면 정신을 차리지 못했다. 상무주암에 살 때는 가부좌를 튼 채 졸다가 뒤로 벌렁 넘어져 혜암 스님은 물론 대중 모두를 웃게 하기도 했다. 혜암 스님이 혈액순환 장애가 온다고 차가운 벽에 등을 기대지 못하게 하니 졸다가 뒤로 나동그라지곤

했던 것이다. 그래도 혜암 스님은 어린 정견을 아꼈다. 단식용맹정
진을 끝내고 나서는 걸어야 좋다며 어린 정견을 데리고 영원사까지
포행을 나가기도 했다.

4

　　도솔암에 오르는 동안 정견 스님은 대연 거사를 마치 속가 친구처럼 스스럼없이 대해주었다. 대연 거사는 그런 정견 스님에게 호감을 느꼈다. 스님의 심성이 옹달샘의 물맛처럼 순수하고 시원했다.

"절도 지리산에 있고 속가도 지리산에 있는데, 왜 굳이 출가하셨습니까?"

"그냥 절이 좋았어요. 중학교 2학년 때 스님이 되고 싶어서 절에 갔더니 졸업하고 오라더군요. 속가 부친도 절하고 인연이 깊었어요. 스님들이 좋아 죽겠더라고요. 라디오에서 염불 소리가 나면 끝까지 들어야 했고, 스님들이 탁발하러 오면 저분은 어떤 분일까 하고 막

궁금했어요. 속가가 벽송사 밑에 있는 마을이어서 어렸을 때부터 스님들이 낯익었지요. 함양 이쪽에 사는 친척들도 대부분 불자입니다."

이윽고 도솔암에 도착하니 비쩍 마른 젊은 스님 한 분이 정견 스님을 맞이했다. 미리 휴대폰으로 연락을 한 듯 젊은 스님은 마당 앞까지 나와 기다리고 있었다.

"스님, 늦었지만 점심 공양 준비 좀 해주시겠습니까."

"네. 저도 먹지 않고 기다리고 있었습니다."

젊은 스님이 공양을 준비하는 동안 대연 거사는 도솔암 경내를 이리저리 산책했다. 대롱으로 물을 받는 수각은 인법당 왼쪽에 있고, 혜암 스님이 주석한 토굴도 보였다. 대연 거사는 정견 스님과 토굴 툇마루에 앉아 잠시 쉬었다. 작은 산자락이 인법당을 부드럽게 감싸고, 눈앞에는 활처럼 둥그런 지리산 능선 안으로 거대한 허공이 하나 들어와 있었다.

대연 거사는 자신도 모르게 도솔암의 풍광에 감탄했다.

'청매 조사께서는 어떻게 이런 정상에다 암자 터를 잡을 생각을 했을까!'

산 정상에 자리 잡은 암자는 대부분 마당이 비좁아 마음이 급해지는데 도솔암은 그렇지 않았다. 마당이 넉넉해 발걸음을 한가롭게 했다. 그런가 하면 멀리 솟아 있는 지리산의 유장한 능선들이 두 눈을 맑게 해주었다. 능선 안에 담긴 일원상—圓相처럼 크고 빈 허공은 무엇에나 걸림이 없는 듯했다.

누군가가 토굴 한쪽에 붙여놓은 청매 조사의 시가 절로 이해되었다.

구름 없는 가을 하늘 둥근 거울이여
외기러기 날아가며 흔적을 남기는구나.
남양의 저 노인네는 이 소식을 알았으니
꽃바람 천리 사이 말없이 통해지네.
雲盡秋空一鏡圓　寒鴉隻去偶成痕
南陽老子通消息　千里東風不負言

청매 조사가 지리산의 산중암자에서 구름 한 점 없는 가을 하늘을 보다 외기러기가 날아가자 문득 중국의 옛 선사들이 생각나 지은 게송이었다.

어느 날 마조도일馬祖道一이 일원상을 그려 경산도흠徑山道欽에게 보내자, 경산도흠이 마조도일에게 점을 하나 찍어 되돌려 보냈다. 이를 전해 들은 남양혜충南陽慧忠이 '흠, 경산이 마조의 속임수에 그만 넘어갔구나.'라고 말했다는 일화이다.

청매인오青梅印悟.

조선 중엽에 서산 대사의 회상에 들어가 법을 얻은 다음 임진왜란이 일어나자 서산 대사를 따라 승병장이 되었다. 3년 동안 왜군과

싸워 공을 세웠고, 그림에도 뛰어나 광해군 때는 왕명으로 벽계정심碧溪淨心, 벽송지엄碧松智嚴, 부용영관芙蓉靈觀, 서산휴정西山休靜, 부휴선수浮休善修 등 5대 선사들의 영정을 그렸으며, 선시에도 뛰어나 '십이각시十二覺詩'와 '십무익송十無益頌' 등을 지어 승속 간에 교화를 펼쳤다.

전쟁이 끝나자 스님은 변산반도 월명암으로 올라가 암자를 중수해 지냈고, 훗날 지리산 도솔암으로 숨어 들어가 정진했는데, 공부는 고요한 데서 하는 것이 아니라며 남원 등지에 장이 서면 암자에서 산죽으로 만든 조리를 들고 사람들이 모이는 장터로 나갔다. 하지만 조리 장사를 하는 것이 아니라 시끄러운 곳에서 참선을 했다. 소란스러운 장터에서도 화두가 잘 들리면 '오늘은 장사를 잘했다.' 하고 화두가 순일하지 못하면 '오늘은 장을 잘못 보았다.'면서 가지고 간 조리를 사람들에게 모두 나누어주고 도솔암으로 돌아오곤 했다.

입적은 연곡사에서 했는데, 스님이 똥을 싸서 벽에 발랐다. 구린 내를 풍기니 모든 대중이 스님을 피해 달아났다. 마지막까지 간병하던 부목負木마저 떠나려 하자 스님이 말했다.

"너는 도인이 열반하는 마지막 모습을 지켜보아라."

스님이 열반에 들자 똥칠했던 방 안에서 향기가 진동했다. 연곡사 대중들이 스님의 이적에 신심을 내어 부도를 조성했으나 그곳에 세우지 않고 도솔암으로 옮겼다. 이후 조선왕조의 쇠락과 함께 도솔암도 허물어지고 스님의 부도만 잡초 속에 남게 되었는데, 일제

강점기에 도솔암 쪽에서 산불이 난 듯 불길이 한동안 나타났다. 불을 끄려고 마을 사람들이 산 위로 올라갔으나 불난 흔적이 없었다. 한 번을 더 허탕치고 세 번째에는 영원사 스님들과 함께 올라가 보니 부도에 봉안된 스님의 사리가 빛을 뿜고 있었다. 스님의 사리가 빛을 뿜는다는 소문이 나자 전국 각지에서 사람들이 몰려들었다. 이에 일본인이 부도를 영원사로 옮겨버렸다. 오르기 힘든 도솔암에 두느니 영원사로 옮기는 것이 관광에 도움이 되리라 계산했던 것이다. 그러나 영원사로 온 스님의 부도는 다시는 방광放光을 하지 않았다. 이를 두고 사람들은 왜군을 물리친 승병장이었던 스님이 일본인들의 장삿속을 알고 자취를 감췄다고 수군거렸다.

스님이 남긴 '십이각시'는 이러했다.

깨달음은 깨닫는 것도 깨닫지 않는 것도 아니니
깨달음 자체가 깨달음이 없어 깨달음을 깨닫는 것이네.
깨달음을 깨닫는 것은 깨달음을 깨닫는 것이 아니니
어찌 홀로 참된 깨달음이라 하리오.
覺非覺非覺　覺無覺覺覺
覺覺非覺覺　豈獨名眞覺

점심 공양 뒤, 대연 거사는 정견 스님의 안내를 받아 도솔암 주변을 산행했다. 도솔암 바로 앞에도 왕릉처럼 생긴 산봉우리 하나가

볼록 솟아 있었다. 산봉우리는 헬기가 착륙할 수 있을 만큼 넓게 닦여 있었다.

"스님께서는 무슨 화두를 받았습니까?"

"출가했을 때 노장님께서 만법귀일萬法歸一을 주셨습니다."

"만법귀일이 무엇입니까?"

대연 거사가 스스럼없이 묻자 정견 스님이 웃었다.

"잘 모르겠습니다. 다만 화두를 들면 집중이 잘 되지요. 집중이 끊이지 않게 애를 쓸 뿐입니다. 선방을 다니고 하는 것이 다 집중이 끊어지지 않도록 매진하기 위해서입니다. 일념으로 들어가면 번뇌 망상이 지워지고 희열이 생깁니다. 일여하게 가니까 확신이 들고요. 내 자신이 부처라는 확신 말입니다. 노장님께 고마울 뿐입니다."

정견 스님은 혜암 스님이 그리운 듯 눈시울을 붉혔다.

"큰스님과 정이 많이 드신 것 같습니다."

"노장님하고는 열여덟 살에 만나 제자가 되었지요. 상무주암에 살 때 점심 공양 마치고 나면 노장님이 '정견아, 빨리 나와라. 길 고치러 가자.'고 하셨죠. 그러면 곡괭이 들고 나가 길을 고쳤습니다. 밥 먹었으면 길을 고쳐야 한다. 그게 꼭 사람 다니는 길이 아니라, 다른 깊은 뜻이 있는 말씀 같았어요. 그때는 남이 편안하게 잘 다닐 수 있는 길을 만드는 게 정진이었던 셈이죠."

어느새 정견 스님은 자신이 보고 경험한 혜암 스님의 가풍을 이야기하고 있었다.

"노장님은 어느 정도 길이 고쳐지면 나무를 하라고 시켰지요. 도솔암에서는 나무를 참 많이 했습니다. 각안 스님도 나무 꽤나 했지요. 땔나무가 충분한데도 노장님은 각안 스님과 나에게 '이놈들아, 나무는 많이 해놓고 밥값은 해야지. 나무를 많이 해놓으면 뒷사람들에게 도움이 되지 않겠느냐.'고 하셨죠. 노장님은 천년만년 살 것처럼 나무를 틈나는 대로 쌓아놓고는 또 미련 없이 암자를 떠나버리곤 했습니다. 나무를 하는 데는 원칙이 있었죠. 암자에서 먼 곳부터 하라고 시켰습니다. 그래야 뒷사람들이 가까운 곳에서 쉽게 나무를 하니까요."

그런데 요즘 산중암자에서는 옛 스님들의 전통이 사라지고 있다며 정견 스님은 쓸쓸한 표정을 지었다.

"사람마다 달라요. 뒷사람을 위해 양식과 땔나무를 쌓아놓고 가는 사람이 있는가 하면 자기가 쓴 것만 채워놓고 가는 사람이 있고, 뒷사람이 오건 말건 그냥 가버리는 사람도 있어요. 오죽하면 옛 스님들이 도 닦지 말고 사람 되라고 했겠습니까."

"스님께서는 혜암 큰스님의 어떤 모습이 가장 기억에 남습니까?"

"노장님께서 승려대회에서 호령하시는 모습도 아니고, 해인사 큰법당에서 사자후를 토하시는 모습도 아닙니다. 한밤중에 홀로 정진하는 노장님이 내 마음속의 노장님입니다. 출가해서 계를 받은 지얼마 되지 않았을 때 일입니다. 암자에서 노장님과 한방을 쓰던 때였지요. 좁은 방을 이리저리 헤매고 자다가 소변이 마려워서 새벽에 일어났는데, 노장님께서 앉은 채 정진을 하고 계셨어요. 화두일 념. 그게 딱 보였어요. 그때 노장님 모습은 밤하늘에 반짝이는 별 같 았습니다. 수좌의 생명은 정진이지요. 그게 없으면 수좌라고 할 수 없어요."

"큰스님께서 입적하셨을 때는 충격이 컸겠습니다."

"그때 저는 칠불선원에서 정진하고 있었습니다. 칠불선원에 방부 를 들인 지 3일 만이었어요. 꿈속에서 노장님이 나타나 빨리 오라고 하는 거예요. 꿈속이지만 그냥 갈 수는 없었지요. 노장님께 뭐라도 드리고 싶은 마음에 칠불의 약수라도 떠가려 했는데 흙탕물이 나와 애를 태웠지요. 그러다가 꿈을 깼는데, 노장님께서 입적하셨다는 연 락이 왔습니다. 흙탕물이 나온 게 노장님께 더 해드릴 것이 없는, 나 와의 인연이 다했다는 뜻이지 않나 싶어요."

대연 거사는 갑자기 도솔암에 남아 정진하고 싶은 충동을 참지 못하고 정견 스님에게 말했다.

"스님, 재가 신자도 도솔암에서 정진할 수 있습니까?"

그러나 정견 스님은 도솔암의 형편을 말하며 양해를 구했다.

"미안합니다. 여러 대중이 정진하기에는 식수도 그렇고 방사도 마땅치가 않습니다. 이곳에 전기만 들어와도 난방이 해결되니까 재 가 신자 몇 명은 받을 수 있을 겁니다. 어쨌든 승속을 떠나 참선 공 부는 사람을 새로 태어나게 하는 데 매력이 있는 것 같습니다. 단식 용맹정진을 마치고 백장암에 갔더니, 어디서 왔냐면서 마치 다른 세계에서 온 사람 같다고 하더군요. 참선을 통해서 심신이 맑아졌던 것이지요."

"정말 도솔암에 오니 신심이 나고 마음이 격동됩니다. 이런 데라면 절로 도가 닦여질 것 같습니다. 혜암 큰스님께서 마음고생을 크게 하시면서도 왜 이런 곳에 토굴을 지으려고 하셨는지 이해가 됩니다."

정견 스님은 누구보다도 은사를 존경하는 마음으로 이야기를 마무리 지었다. '공부하다 죽어라.' 이것은 은사 스님에게서 늘 들은 말이지만 지금도 절절하고 새롭게 느껴진다고 했다. 특별하게 애를 쓰고 정진한 분의 말씀이라 늘 가슴에 와 닿는다고 했다.

장군죽비

해인사 퇴설당

갓 스님이 된 학인들이 지대방에 모여 제일 많이 하는 이야기는 늘 정해져 있었다. 누가 가장 훌륭한 큰스님이고, 누가 도인인지 입담 좋은 학인이 다담茶談을 이끌어가기 일쑤였다. 어떤 학인은 현재 큰스님은 자기 은사 스님이라고 자랑하기 바쁘고, 또 어떤 학인은 과거로 거슬러 올라가 경허와 만공의 파격적인 무애행을 이야기하며 그분들이야말로 진짜 도인이라고 주장했다.

젊은 학인들이 큰스님을 흠모하는 것은 당연했다. 자신들도 수행을 잘해 도인이 되고 싶고, 거칠 것 없는 대장부가 되어 상대가 설령 조실 스님이라 하더라도 할을 하고 주장자를 내리치며 바랑 하나 메고 구도의 길을 활달자제하게 걷는 것이 꿈이었기 때문이다.

학인들에게 도인의 모습은 머릿속에 그려져 있게 마련이었다. 우람한 체격에다 음성이 우렁우렁하고, 두 눈이 부리부리한 호랑이 모습을 연상했다. 실제로 경봉, 향곡, 성철 등이 모두 장수와 같은 영웅호걸형에 속했다.

그런데 혜암은 달랐다. 평생 일종식을 해서 깡마른 체구에다 키는 아담했다. 그해, 그러니까 1991년 일흔둘의 나이에 지리산 도솔암에서 겨울을 나고 온 혜암의 눈빛은 더없이 맑고 피부는 어린아이처럼 깨끗했다. 해인사 선방에 방부를 들인 젊은 학인들은 혜암의 그런 모습을 보고 놀랐다.

'저분이 바로 한국 수좌계를 대표하는 큰스님이신가!'

해인사 해인지海印誌를 만드는 학인들은 신년이 되면 혜암을 찾아가 법문을 듣고 사보에 싣곤 했다. 혜암은 학인들의 청을 거절한 적이 없었다. 학인들이 법문을 청하면 한두 마디로 끝내는 것이 아니라 '수행은 목숨을 걸어야 한다.'며 다관의 찻물이 마를 때까지 간절하게 설했다.

〈내가 처음에 《육조단경》을 강의하면서 외람되게 《육조단경》을 버릴 때 견성하는 것이요, 육조 스님의 종노릇만 한다면 언제 견성성불할 수 있는가, 라고 말한 적이 있습니다. 비법秘法이라는 것이 육조 스님이나 부처님에게만 있는 것이 아닙니다. 이것도 몰라서 무슨 공부를 하겠습니까. 개개인에게 비밀법이 있는 것입니다.

그런데 어째서 강의를 받아야 하느냐. 구경각의 노정기路程記를 다 알았으면 필요 없는 것입니다만 노정기를 모르니까 알아야 하고 또 병통에 걸릴 수 있으니 병을 고치려고 부처님의 말씀을 배우고 조사의 말씀을 배우는 것입니다. 허물이 없는 사람은 공부하는 데 이런 것이 아무런 필요가 없는 것입니다. 이런 말 들을 때 이리 흔들리고 저리 흔들려서는 안 됩니다.

하나를 딱 세워놓고 공부해야 합니다. 힘없는 나무가 동쪽에서 바람이 불면 동쪽으로 넘어지고 서쪽에서 바람이 불면 서쪽으로 넘어집니다. 그렇게 공부한다면 언제 성불합니까. '이 뭣고?' 하는 당처가 부처님 자리이고 성불하는 자리입니다. 흔들리면 안 됩니다. 경전 100권을 외워도 성불 못합니다. 경전에 이런 말이 있습니다.

'문자에 의지해서 법을 설해도 삼세제불의 원수요, 경을 한 글자라도 여의고 정법을 설한다 하더라도 마구니설이니라.'

그럼 어떻게 할 것입니까. 주먹을 쥐었다 폈다 해야 산 주먹이 되는 것입니다. 쥐고만 있어도 병신, 펴고만 있어도 병신 아닙니까. 모든 법이 방편이므로 그때그때 배고프면 밥 먹고, 졸리면 잠을 자는 것과 같이 버리기도 하고 취하기도 하는 것입니다. 일정한 법이 없습니다. 아무리 귀중한 부처님이나 조사의 말씀에 있어서도 말입니다. 거기에 가서 속지 말아야 합니다.

수행자는 운수객입니다. 동서남북에 집착하지 않고 앞으로 뒤로 좌우로 자유스러워야 합니다. 우리 운수납자는 걸림이 없습니다. 하물며 화두도 망상입니다. 할 수 없어 화두 공부하는 것이지 화두가 무슨 도입니까. 비밀법입니다. 도이면서 도가 아닙니다. 도는 우리 마음속에 있습니다. 수행자가 되어 머리 깎고 목욕하고 옷 벗고 입고, 해제하고 결제만 하면 누가 공부시켜준다고 했습니까. 신실히 공부해야 합니다. 공부는 처소가 없고 정해진 시간이 없습니다. 할 줄 몰라도 딱 결정한 마음을 세워야 합니다. 할 줄도 모르고 밤낮 이리 흔들리고 저리 흔들려서야 되겠습니까. 부처도 내 공부를 해주지 않습니다.

죽기로 결정한 사람들이 수좌입니다. 생명을 바친 사람들입니다. 우리는 출가해서 나올 때 벌써 조사입니다. 죽기로 결사해 모든 난행, 고행을 이겨내는 군인과 같습니다. 되는 대로, 닥치는 대로 해서 성취한 사람 있습니까. 수월하게 한 사람도 있고, 뼈가 저리게 한 사람도 있듯 차별이 있기는 하나 이 공부는 내 목숨과 바꾸는 공부입니다. 죽기로 결정해 강직한 마음으로 본래 마음을 찾는 것이 운수객입니다. 수좌의 생명은 도입니다.

그런데 부끄럽게도 집에서, 학교에서, 군대에서, 사회에서 배운 더러운 시비를 여기서도 합니다. 그것은 수좌가 아니고 선객이 아닙니다. 나는 시비를 꿈에서도 해본 일이 없습니다. 어느 절이든 죽을 주든지, 썩은 콩을 주든지 시비하지 않습니다.〉

법문을 듣는 학인들은 '수좌는 죽기로 결정한 사람이다.'라는 혜암의 단언에 모골이 송연함을 느꼈다. 무릎이 아팠지만 감히 꿈적할 수도 없었다. 혜암의 한마디 한마디를 놓칠세라 귀를 기울여 들었다. 혜암은 법문 중간에 일본의 일휴 선사 예를 들었다. 일휴 선사가 시자를 경책하는 얘기였다.

일휴 선사가 시자를 데리고 빵집 앞을 지나다가 입맛을 다시며 한마디 했다.

"야, 저 빵 참 맛있겠다. 냄새가 고소하구나. 우리도 먹고 가자."

시자가 빵집 앞에 모인 사람들의 눈치를 보며 나직하게 말했다.

"큰스님께서 그런 말씀을 하시다니 사람들이 듣겠습니다. 빨리 지나갑시다."

시자가 보기에 일휴 선사의 언행이 점잖지 못했던 것이다. 일휴 선사는 시자를 앞세우고 그냥 빵집을 지나쳤다. 시자가 빵집을 멀리 벗어나서야 안심하며 말했다.

"큰스님께서는 빵 드시고 싶은 것 하나 참지 못합니까. 어찌 맛있겠다, 냄새가 좋다고 사람들이 있는 데서 큰 소리로 말씀하십니까."

일휴 선사가 시자를 나무랐다.

"이놈아, 너는 빵을 무겁게 10리나 짊어지고 다니느냐."

그제야 시자는 자신이 빵에 집착하고 있음을 깨달았다. 일휴 선사는 빵을 보는 순간에만 먹고 싶다는 생각이 들었을 뿐 이미 잊어버리고 있었던 것이다.

혜암은 학인들에게 여러 선사들의 일화를 들려주면서 법문을 계속했다.

〈도인들은 그때그때 집착하는 것이 없습니다. 중생들은 대나무를 보면 대나무에 집착하고 소나무를 보면 소나무에 집착하고 단풍나무를 보면 단풍나무에 집착합니다. 집착이 중생의 병입니다. 깨달음에 이르기 전 경계에 집착합니다. 경계에 집착하기 때문에 구경각에 대한 병통이 일어납니다. 어느 오뉴월에 장마가 져서 산골에 큰물이 났습니다. 그때 한 처녀가 울고 있자, 일휴 선사가 묻습니다.

"어째 울고 있느냐?"

"냇가를 건너가 볼일이 있는데 건너지 못해 울고 있습니다."

그때 일휴 선사가 처녀를 업고 냇가를 건너가니 뒤에 오던 비구가 말합니다.

"큰스님이 되어서 어떻게 처녀의 궁둥이를 잡고 내를 건넙니까."

이에 일휴 선사가 호통을 칩니다.

"이놈들아, 너희들은 아직도 무겁게 처녀를 업고 다니느냐."

도인들은 업어도 업은 것이 없습니다.

무슨 법이든지 사람에게 있습니다. 부처님보다 내가 제일입니다. 부처님이라고 하면 부처님이 아닙니다. 똥부처입니다. 그런데 여러분은 1년도 아니고 10년도 아니고 어찌 오래도록 속고 있다는 말입니까. 황벽 스님 회상에서 이런 일이 있었습니다. 어떤 중이 물었습니다.

"해탈하신 스님께서 무엇하려고 부처님에게 절을 합니까?"

"내가 이와 같고 이와 같을 뿐이다. 부처님에게 구하려고 하는 것이 아니다. 해도 하는 것이 없다. 중생을 구하기 위한 방편일 뿐이다."

당나라의 어느 선사는 산에 들어가 채근목피로 연명하며 5년 동안 공부했습니다. 눕지도 않고 좀 쉴 때에도 나무에 기댔다고 합니다. 하루는 주장자로 흙덩이를 깼는데, 그 흙덩이가 부서지는 순간 깨쳤다고 합니다.

사람마다 비법이 있다는 것은 의심할 여지가 없습니다. 공부하면 시절인연이 돌아오기 마련입니다. 서울 가는데 서울이 안 나올 턱이 있습니까. 글을 읽다 깨칠지 바람이 불 때 깨칠지 모릅니다. 신짝이 벗겨지는 것에 놀라 깨치는 사람도 있습니다. 화두 하나만 놓치지 않고 공부하면 됩니다. 비법이 우리에게 있기 때문입니다. 이것을 믿어야 합니다. 재미없다고, 해보니 별수 없더라, 하면 안 됩니다. 꼭 믿고 해나가면 천상천하 보물이 내게 있는데 남부러울 게 뭐 있습니까. 속세에 사는 어느 처사가 행주좌와行住坐臥 어묵동정語黙動靜으로 애를 쓰면서 공부했습니다. 어느 날 화장실에서 간절히 '이 뭣고?' 하던 중 개구리가 개골개골 하는 소리에 탁 깨쳐버렸습니다. 깨달아 오도송을 이렇게 지었습니다.

봄 하늘 달 밝은 밤에 개구리 우는 소리가 온 누리에 꿰뚫으니 한 집안이 되더라.

　나는 예전에 공부할 때, 산중에 노스님이 산다고 하면 꼭 찾아다니며 공부하는 법을 물었습니다. 글을 배우는 것은 좋아하지 않았지만 말입니다. 기역자밖에 모르는 스님들에게도 배울 것은 있었습니다. 경험담을 들으면 반드시 배울 것이 있었습니다. 우리는 공부도 못한 죄인이 아닙니까. 그런데 인과에 대한 신심이 없어서 어떻게 할 것입니까. 예전에 공부할 때 보면 비구니 스님들은 인과에 대한 믿음이 대단했습니다. 인과를 그렇게 믿을 수가 없고 절 물건을 아끼고 대중공양을 그렇게 잘할 수가 없었습니다.

　인생에 도를 배우지 않으면 캄캄한 밤에 나서는 격이요,
　사람이 성인의 이치를 통하지 못하면 금수들에게 옷을 입히는 것과 같더라.

　사람의 옷을 입었다고 다 사람이 아닙니다. 짐승들에게 옷을 하나 입혀놓은 것입니다. 수행자들도 공부를 안 하면 짐승 몸에 법복을 입혀놓은 것과 같습니다. 정진하지 않으면 뿌리 없는 나무와 같습니다. 꽃나무를 끊어다가 대낮에 놓아두면 얼마나 성성할 것 같습니까. 사람의 목숨도 이와 같아서 죽음은 잠시간에 있습니다.
　우리의 신세도 이와 같습니다. 눈앞에 보이는 것만 보지 말고 멀

리 보고 살아야 합니다.〉

　학인 중에는 감격해서 이를 악물고 눈물을 훔치는 사람도 있었다.
혜암의 긴 법문이 끝나자 학인 모두가 일어나 삼배의 예를 올렸다.
　"큰스님, 장군죽비와 같은 말씀 잊지 않겠습니다."
　"내가 하고 싶은 말은 목숨을 걸고 공부하라는 얘기요. 공부하지
않으면 법복 입은 짐승이지 뭐 있겠소."
　"신년 초부터 큰스님 법문을 듣게 되어 큰 영광입니다."
　"어서 가보시오. 난 선방에 들 시간이오."
　혜암은 선방으로 내려갈 시간이 되자 학인들을 물리쳤다. 그 즈
음 혜암은 선방 대중과 함께 스물네 시간 잠을 자지 않고 용맹정진
하는 중이었다.

2

　　혜암은 해인사의 유나와 부방장, 방장을 하는 동
안 선방 청규를 철저히 지켰다. 원당암에서는 재가 선방을 개원해
틈틈이 지도하는 한편, 해인사 선방에서는 대중들과 똑같이 가부좌
를 틀고 정진했다.

　그때 혜암을 선방에서 가장 가깝게 시봉한 수행자 중 한 사람이
고양 홍국사 주지 대오大悟였다. 대전에서 대학을 다니다 출가하기
위해 쌀 한 말을 지고 해인사를 찾아온 대오가 행자 생활을 마치고
해인사 선방에 방부를 들인 것은 1991년 하안거 때부터였다. 그로
부터 혜암이 1996년에 방장을 사임할 때까지 지객 소임만 5년 동안
을 보았다.

― 1992년에 성철 방장 스님 밑에서도 스님의 지시를 받아 방을 짜는 지객을 보았습니다. 1993년 성철 스님이 입적하시자 뒤이어 은사 스님께서 해인사 6대 방장이 되셨고, 그 뒤부터 선방의 규율은 더욱 강화되었습니다. 은사 스님께서 1993년 동안거 때부터 선방 대중들에게 오후불식을 지시하셨거든요. 오후에는 아무것도 먹지 말라고 하니 선방 대중 사이에 갈등이 생겼습니다. 은사 스님께서는 수좌가 됐건 상좌가 됐건 밥 많이 먹는 사람을 제일 싫어했습니다. 그러다보니 공양간에서 몰래 먹다가 혼꾸멍난 수좌도 있었습니다. 그래서 다음 철부터는 오후불식을 하겠다는 각서를 받고 선방 방부를 들였습니다.

그래도 약속을 지키지 못하는 수좌가 있었다. 혜암은 수좌의 그런 태도를 용납하지 않았다. 선방 대중 앞에서 삼배를 시켜 참회케 했다. 오후불식은 혜암이 체험에서 얻은 경험칙經驗則이기도 했다. 저녁밥은 몸을 무겁게 하고 수마를 불러들이므로 공부하는 데 독이 되었던 것이다.

― 먹는 것은 안 되지만 물을 마시는 것은 허용했습니다. 은사 스님께서는 저녁밥을 독이라고 하셨습니다. 장좌불와는 못했지만 저도 은사 스님의 지시대로 3년 동안 오후불식을 지켰습니다. 해보니 한 달이 고비였습니다. 힘든 고비를 넘기고 나니까 몸이 가볍고 잠도 줄고 해서 공부하는 데 좋다는 것을 알았습니다.

해인사 선방의 오후불식은 1년 정도 지나자 자연스럽게 정착되었다. 전국의 선객들에게 소문이 돌아 오후불식을 지켜낼 수 있는 수좌들만 해인사를 찾아왔기에 혜암의 정진 가풍이 저절로 자리를 잡았던 것이다.

대중들에게 오후불식보다 더 참기 힘든 것은 일주일 용맹정진이었다. 일주일 동안 잠을 자지 않고 정진하는 것이었다.

—은사 스님은 대중과 똑같이 결제를 하셨습니다. 대중 생활을 하셨다는 것만으로도 존경스럽습니다. 방장이 되신 후에도, 그러니까 1993년 11월, 일흔넷의 연세 때부터 일흔일곱까지 매 안거마다 단 한 시간도 용맹정진에 빠진 적이 없습니다. 평생을 용맹정진하신 분이기 때문에 네 시에서 네 시 십 분 사이에는 정확하고 한결같이 시자에게 대중 선방 한가운데에 의자를 갖다 놓게 하고 앉았습니다.

대중들은 용맹정진 중에 몰려오는 잠과 사투를 벌여야 했다. 자신도 모르게 앉은 자세가 흐트러지곤 했다. 그때는 어김없이 혜암의 장군죽비가 졸고 있는 스님의 어깨 위로 날아왔다.

잠을 자지 못하면 신경이 창날처럼 날카로워지게 마련이었다. 밤 열두 시가 넘으면 장군죽비 소리만 들어도 마른땀이 나고 신경이 곤두섰다. 더 이상 참을 수 없는 한계를 느꼈던지 한 스님이 혜암의 장군죽비를 맞는 순간 반사적으로 고함을 쳤다.

"큰스님, 한밤중에 조금 졸 수도 있지 않습니까. 며칠째 한숨도 자지 못했으니 그런 것 아닙니까. 졸지 않으려 애쓰고 있으니 봐주시기도 해야지요. 섭섭합니다. 큰스님은 존 적이 없습니까."

눈치를 봐가며 슬쩍슬쩍 졸던 몇 명의 대중이 그 스님의 말에 은근히 동조했고, 다른 대중들은 놀라서 가부좌를 풀었다. 그러나 혜암은 한 발도 물러서지 않았다. 장군죽비를 또다시 내리쳤다. 그러자 그 스님은 벌떡 일어나 도망을 쳤다.

혜암은 그 스님이 돌아오기를 기다렸다가 선방 분위기를 수습한 뒤 간절히 당부했다.

"여기 앉아 있는 사람들은 도대체 누구요. 일대사를 해결하려는 대장부 중에 대장부가 아닙니까. 수좌의 길을 걷겠다고 한 사람들이 이 정도의 힘든 고비를 넘기지 못한 데서야 말이 됩니까. 용광로에서 벌겋게 단련된 쇠라야만 금강보검이 되는 것입니다. 그대들을 부처님으로 만들려고 이렇게 단련하는 것이오."

그러곤 혜암 자신이 오대산에서 어렵게 공부하던 시절 얘기를 해주었다.

"옛날 오대산의 한암 노스님 회상에서는 김치를 금치라고 했습니다. 겨울 내내 김치 한 가지로 공양을 하는데, 그것마저도 귀해 금치라 했던 것입니다. 대중이 헤프게 많이 먹을까봐 소금에 저리다시피 한 김치였어요. 한암 노스님께서는 밤이 되면 몰래 김칫독으로 가서 소금을 한 바가지씩 부었어요. 그러니 김치 맛은 짜다 못해 쓴맛이 났습니다. 그런 김치 한 쪽이면 밥을 세 숟가락도 더 먹었지만, 그것도 고마워하며 불평 한마디 없이 공부들을 했어요. 지금은 어

떻습니까. 공양간에서 공부하는 스님들 뒷바라지를 얼마나 잘해줍
니까."

　이런 얘기를 들으면 대중들은 공부에 대한 용맹심이 절로 솟아
났다.

　용맹정진 중에 상황이 정반대로 바뀐 적도 있었다. 이번에는 선
방에서 찰중 소임을 맡은 수좌가 장군죽비를 들었는데 혜암이 졸았
던 것이다. 찰중 수좌는 영웅 심리가 발동한 듯, 아니면 자신의 소임
을 과시하려는 듯 혜암의 어깨를 사정없이 후려쳤다.

　대중이 보기에 민망할 정도였다. 사실, 장군죽비는 졸지 말라고
자극을 주는 방편인데, 찰중의 태도는 폭력에 가까웠던 것이다. 그
런데 대중이 더욱 놀란 것은 혜암의 태도였다. 자세를 고쳐 앉은 혜
암이 나직하게 말했다.

　"죽비를 치더라도 예의를 갖추시오."

　부드럽지만 단호하게 내뱉은 '예의'라는 말에 상황이 반전됐다.
찰중 수좌의 얼굴에 당황하는 빛이 역력했고, 대중들은 '역시 큰스
님이구나!' 하고 신심을 냈다. 이 광경을 본 대중들은 포행 시간에
서로 수군거렸다.

　"다른 노스님 같았으면 무색하고 창피해서 선방을 나갔을 것이오."

　"선방을 나가 두어 시간 동안 마음을 다스린 뒤 들어왔겠지요."

　"이런 일로 어떤 노스님은 대중 선방에서 다른 처소로 옮기신 적
도 있어요."

혜암은 후배 수좌들에게 허물을 보이지 않으려고 조심했다. 그렇다고 조는 모습을 군이 숨기려 하지는 않았다. 몸의 현상과 정신의 작용은 달랐다. 평생을 눕지 않았기 때문에 오랫동안 앉아 있으면 눈사람이 녹는 것처럼 몸이 생리적으로 허물어졌다.

그러나 혜암은 자신의 의지를 끊임없이 추스르곤 했다. 꾸벅꾸벅 조는 모습을 보이다가도 장군죽비를 든 수좌가 가까이 다가서면 한 걸음 전에는 반드시 자세를 바로잡았다. 정신만은 깨어 있기 때문에 가능한 일이었다. 이것마저 극복하기 위해 어느 때부터인가는 의자를 선방 한가운데 놓고 앉아 참선했다.

그러던 어느 날 혜암이 의자 앞으로 고꾸라지는 일이 벌어졌다. 시자는 놀라서 가슴을 쓸어내렸다. 몸이 앞으로 넘어지면 사고가 날 위험이 컸기 때문이다. 그래서 늘 신경을 썼지만 소용이 없었던 것이다. 그 일을 겪은 혜암이 시자에게 말했다.

"시자야, 의자 다리를 톱으로 잘라버려라."

그래도 며칠 후 몸이 앞으로 고꾸라지려 하자 다시 시자를 불러 말했다.

"시자야, 끈으로 의자 등받이에 내 허리를 매라."

이것을 본 젊은 대중들은 신심을 내지 않을 수 없었다. 70대 노스님이 암자에서 안거하지 않고, 대중 선방에서 단 한 시간도 빠짐없이 함께 용맹정진하는 올곧은 모습에 마음속으로 감복하지 않을 수 없었던 것이다. 쉼 없는 정진은 혜암이 자신에게 한 약속이기도 했다. 혜암은 대중에게 다음과 같이 법문하곤 했다.

〈해인사는 총림이니까 많이 사는 것이 원칙이지만 양적으로 많이 사는 것보다는 스님들이 적게 살더라도 올바르게 살아야 합니다. 그러기 위해서 내가 방장이 되자마자 오후불식을 시작했지요. 오후불식 않고 삼시로 먹고는 공부하기 어렵습니다. 물론 사람마다 차이가 있겠지만 밥 많이 먹고는 공부하지 못합니다. 밥 먹는 것을 보면 그 사람의 인격을 알 수 있습니다. 밥이 그 사람의 몸을 좌우해요. 술 먹고 술 안 먹은 척할 수 있습니까. 술을 많이 먹으면 내 생각대로 안 됩니다. 정신이 흐려지고 몸이 무거워져서 해태심 나고 짜증을 냅니다. 그래서는 무슨 일이든 안 돼요. 그러니까 밥 먹는 것 보면 그 사람 운명을 알 수 있습니다. 관상법이 아니더라도 아주 백발백중 맞힐 수 있어요. 그래서 나는 밥 먹는 것이 공부하는 데 첫발이라고 말합니다. 다른 데서 배워가지고 하는 말이 아닙니다. 내가 해보니까 밥 많이 먹고는 공부하지 못하겠다는 판단이 서요. 어떤 사람이 와서 공격하고 항의해도 답변할 자신이 있습니다. 해인사 선방에 대중이 아주 적게 살더라도 오후불식을 시키고, 적게 살더라도 좋으니까 올바르게 공부하려고 애쓰는 수좌를 도와줘야겠다고 생각합니다. 한 사람이 살더라도 올바르게 공부하려고 애쓰는 사람이 있으면 선방이고 절이지, 많이 살더라도 밥만 먹고 사는 데라면 절이고 선방이라 할 수 없습니다.

마음을 깨닫고 마음을 닦는 사람이 사는 곳은 도살장이나 술도가도 절이요, 법당이 거룩하고 스님들이 많이 살더라도 그렇지 않은 절은 마구니 굴속이며, 능히 번뇌망상을 씻는 사람이 사는 절은 부처님 도량이요, 그렇지 않은 절은 속가라고 합니다.

불법이란 모양과 바깥 이치를 빌리고 이용해서 설파해놓은 말입니다. 그런데 말만 따라가면 이치에 어긋나버립니다. 또한 머리 깎고 법복 입었다고 해서 스님이 아닙니다. 마음으로 스님노릇하고 공부하는 사람이 스님인 것입니다.〉

혜암은 선방 스님들을 경책하면서, 한편으로는 재가 불자들에게도 참선 공부를 지도했다. 염불과 기도에만 의지하는 재가 불자들에게 정법을 선양하기 위한 교화 방편이었다. 1981년 원당암에 재가 불자 선원을 개원해 매년 여름과 겨울에 안거케 하고, 매월 첫째와 셋째 토요일에 철야용맹정진케 했던 것이다. 총림 안의 산중암자에서 재가 불자 선원을 개원한 것은 혜암의 단안이 아니면 불가능한 초유의 일이었다.

혜암은 재가 불자 선원 운영에 정성을 쏟았다. 선원 입구에 세운 글씨 한자 한자도 아무렇게나 쓰지 않았다. '달마선원達磨禪院'이란 글씨는 혜암이 직접 진주 호국사로 가서 은초隱樵 정명수鄭命壽 선생을 만나 부탁했다. 정명수 선생은 한말 최고의 서예가였던 성파星坡 하동주河東州 선생에게서 추사체를 익혔고, 진주성 촉석루와 서장대

및 북장대 그리고 해인사 구광구와 해탈문 주련 등을 쓰기도 했다. 구산 스님이나 일타 스님과 교우가 돈독한 서예가이기도 했다.

이러한 인연으로 정명수 선생의 아들은 혜암의 상좌가 되었다. 그분이 바로 마흔이 넘은 나이에 원당암으로 출가해 여연 밑에서 행자 생활을 한 산청 율곡사 주지 일화一和 스님이다. 일화는 행자 생활을 하던 중 몸이 허약해져 집으로 갔다가 다시 해인사로 돌아와 혜암에게서 사미계를 받았다. 그리고 선방으로만 7년 동안 진리의 구름法雲을 좇다가 그마저 병고로 접었다.

재가 불자들에게 참선 공부를 시키기 위해 원당암에 오른 혜암은 영단靈壇이 있는 원당願堂에서 법문을 자주 했다. 영가의 위패들을 봉안한 법당에서 굳이 법문한 이유는 산 사람뿐만 아니라 망자의 영가들도 참선해서 생사해탈해야 한다고 믿었기 때문이다. 혜암은 산 사람이건 죽은 사람이건 이승과 저승의 모든 사람들이 참선해 해탈하기를 바랐던 것이다.

3

혜암은 해인사 부방장에 취임한 이후부터 상좌를 많이 받아들였다. 해인사 큰스님 혹은 수좌계의 대표로 존경을 받게 되자, 행자들이 서로 은사를 삼으려고 했다. 그러나 은사를 삼으려 한다고 해서 다 은사 인연이 맺어지는 것은 아니었다. 은사 인연이 있으면 행자가 노력하지 않아도 저절로 이루어졌다.

대학을 다니다 인생길을 바꾸고 싶어 출가한 지도知道가 그런 경우였다. 해인사 공양간에서 행자 생활을 하다가 무심코 산내암자인 원당암을 찾아가게 됐고, 전생의 인연이 이어지듯 혜암과의 사제 관계가 쉽게 맺어졌던 것이다.

행자 생활 중 맞이한 초파일, 아침 일곱 시쯤이었다. 지도는 장작

불에 가마솥 밥을 지은 다음 행자 생활을 한 지 처음으로 일주문을 벗어나 산길을 걸었다. 마음이 가는 대로 걸어가자 이윽고 작은 암자가 하나 나타났다. 암자 편액을 보니 원당암이었다. 지도는 법당으로 들어가 삼배를 했다. 법당 오른편에 자리한 요사가 원주채였다. 원주채 방에도 불이 켜져 있고, 토방에는 작은 신발이 한 켤레 놓여 있었다.

지도는 불쑥 원주채 방으로 들어가 노스님 혜암에게 삼배를 올렸다. 혜암이 뚫어지게 쳐다보더니 물었다.

"행자는 여기 뭣하러 왔는가?"

지도는 혜암이 누구인지도 몰랐지만 어떤 인연에 이끌리듯 망설이지 않고 대답했다. 그냥 튀어나온 말이었다.

"은사 스님으로 모시고 싶습니다."

그러자 혜암이 한참 동안 바라보더니 말했다.

"학교는 마쳤느냐?"

"상업학교를 졸업하고 서울에서 직장생활을 1년 하다가 대학교에 들어가 불교학생회 활동을 했습니다. 1학년을 마치고 군에 입대해 제대 전에는 군종병으로 있었습니다. 복학을 했지만 한 달 동안 고민하다가 처음으로 출가를 생각했고, 대학교 뒤에 있는 절을 찾아가 한 스님께 말씀드렸더니 해인사를 추천해주셨습니다."

"왜 출가하려고 했느냐?"

"복학한 뒤로 밤마다 악몽에 시달렸고, 제 인생을 생각하면서 한 달 동안 고민했습니다. 졸업하고 직장생활하고 결혼하고 가정을 갖고 살다보면 40대, 50대, 60대가 될 텐데, 이렇게 사는 것이 인생인가, 이런 인생 말고 다른 인생은 없는가. 이런 고민을 했습니다. 그러다가 해인사로 와 대적광전에서 삼천배를 했습니다. 삼천배를 하는 동안 한 번도 후회하는 마음이 들지 않아 출가했습니다."

혜암은 '인생을 바꿔보고 싶어 출가했다.'는 지도의 얘기를 듣고 한동안 말이 없었다. 행자들은 대부분 '성불하고 싶다.'고 대답하는데 지도는 뜻밖에 진지했던 것이다. 혜암은 지도에게 바로 화두를 주었다. 행자에게 화두를 주는 것은 드문 일이었다.

"시심마是甚麼를 줄 테니 행자 생활 잘해서 나중에 나한테 계를 받아라."

부모에게 몸을 받기 전부터 있었던 자신의 근원, 이름 붙일 수도 없고 설명할 수도 없는 그것을 '이 뭣고?' 궁구해보라는 화두였다.

그런가 하면 속인 신분으로 혜암을 찾아와 얘기를 나누다 발심하여 출가한 사람도 있었다. 진각眞覺이 그랬다. 진각은 사회생활을 하던 중 신사복 차림으로 원당암을 찾았다가 염화실에서 혜암에게 다음과 같은 법문을 듣고는 발심이 들었다.

"부귀영화와 명예를 누리며 세속에서는 잘살았으나 이제 죽음을 맞이하는 사람이 있고, 출가하여 마음을 잘 닦아서 정신적으로 안정과 평온함을 누리며 임종을 맞이하는 삶이 있다고 하자. 이 두 삶

중에서 어느 것이 보람된 인생이고 잘살았던 삶이라고 생각하느냐?"

"출가하여 마음을 잘 닦는 것이 보람된 인생일 것 같습니다."

"지금 당장 결론을 낼 것은 없다. 일주일 후에도 생각이 변치 않거든 그때 오거라."

"스님, 그러겠습니다."

진각은 집으로 돌아와 일주일을 보내는 동안 자신의 출가 의지가 더욱더 굳어지는 것을 느꼈다. 출가에 대한 의지가 조금도 흔들리지 않았다. 마침내 진각은 출가하겠다는 혜암과의 약속을 지켰다.

다시 원당암으로 내려온 진각에게 혜암은 행자 생활의 지침을 내려주었다.

"행자 생활을 하는 목적은 오로지 스님이 되고자 하는 것이니, 다른 것을 보고 듣고 판단해서는 안 된다."

"예, 스님."

"수계도 무량한 복이 있어야 하는 것이다."

"명심하겠습니다."

혜암은 원당암에서 자신을 시봉하던 지도를 불러 지시했다.

"이 사람을 큰절 행자실에 넣어라."

얼마 후, 진각은 고된 행자 생활을 마치고 수계하기 한 달 전에 원당암으로 올라왔다. 그리고 혜암을 시봉하면서 울력에 나서기 시작했다. 요사채를 재가 선방으로 이용하면서 신도가 점점 불어나자 공사도 많아졌다. 진각은 아침 공양 직후부터 일을 시작해 별이 뜨는 캄캄한 밤에야 마치곤 했다. 처음으로 해보는 지게질은 서투르기만 했다. 어깨가 벗겨지고 몸은 늘 납덩이처럼 무거웠다. 행자 생활보다 원당암 생활이 더 고됐다. 그래서인지 일주문을 떠나는 행자들이 부러울 때도 있었다.

진각이 계속되는 울력을 힘들어하자 혜암은 해인사 위에 있는 중봉암 터로 데려가 신심 나는 얘기를 들려주었다.

"내가 중봉 토굴에 살 때 일이다. 시장 보러 가는 시간이 아까워서 낮에는 공부하고 밤에만 시장을 다녔지. 캄캄한 길을 다니려면 처음에는 걷기도 힘들어 여간 불편한 게 아니야. 그런데 같은 길을 자주 다니다보니까 깜깜한 밤에도 익숙해져서 낮처럼 걸을 수 있었지. 마음 공부도 똑같은 이치니라."

중봉암 터에는 잡초 무더기 속에 허물어진 돌담만 남아 있었다. 혜암은 중봉암에서 정진하던 일이 떠오른 듯 진각에게 마음 공부하는 방법을 자상하게 알려주었다.

"마음을 밝히지 못하면 깜깜한 어둠 속 생사윤회에서 헤어나지 못하고 길을 헤매는 것과 같다. 그러니 부지런히 공부하는 일 외에는 달리 중요한 것이 없다."

혜암이 언제나 강조하는 법문의 요지는 금생에 안 되면 내생에라도 반드시 생사해탈을 해야 하고, 그러기 위해서는 평소에 두타납자라는 소리를 듣고 살아야 한다는 것이었다.

혜암은 산길을 탈 때도 잠시 쉬는 법이 없었다. 젊은 진각보다 한결 가벼운 걸음으로 앞서 걸었다.

　1994년 4월, 혜암의 나이 일흔다섯 때였다.

　조계종 원로회의 의장에 추대된 혜암은 조계종 종단의 갈등이 심각해지자, 개혁회의를 출범시키고 개혁 종단을 탄생케 했다. 그때 혜암은 대중들에게 자신의 분명한 입장을 밝혔다.

　—예를 들어보겠습니다. 사람의 생명은 건강입니다. 건강은 누가 만드는가 하면 마음이 만들어요. 건강하고 오래 사는 운명은 따로 있는 것이 아닙니다. 마음밖에는 아무것도 없어요. 마음이 건강을 만들고 파괴하기도 합니다. 절대로 운명이라는 것은 없습니다. 그런 것과 같이 종단이 병들었는데 근본으로 돌아가지 않고 개혁을 열 번을 한들 뭣할 것입니까. 다만 종단이 이대로 나가서는 기필코 망하겠구나, 하는 생각이 들어 '아, 이제 종단을 개혁해서 발전시켜야겠다.'라는 것이 내 소견일 뿐입니다. 부처님 말씀대로만 해왔다면 개혁이라는 말은 필요 없는 것입니다. 부처님 말씀대로 안 하니까 개혁이라는 말이 나온 것입니다. 부처님 말씀대로만 하면 천하를 통일해버릴 수 있습니다. 부처님 말씀대로 안 하고 종단의 모습이 엉망으로 변했기 때문에 개혁이란 말이 나오게 된 것입니다. 부끄러운 일이지만 부처님 말씀을 실천하지 못하고 있으니까 개혁이라는 말이 붙은 것입니다. 그걸 알아야 됩니다. 부처님이 시키는 대로만 하면 인간 천상을 다 청정하게 맑힐 수 있습니다. 그런데 우리

종단 모습이 부처님 말씀과 달리 흐릿해지고 망가진 것 아닙니까. 그 흐릿해진 부분을 개혁하는 것이지 부처님 법을 개혁하자는 말이 결코 아닙니다. 부처님 법은 개혁할 필요가 없습니다. 그래서 나는 잘못된 부분을 개혁할 수밖에 없다는 뜻을 가지고 발을 들여놓은 것입니다. 희생이 되는 한이 있더라도 이번에는 물러나지 않겠다는 결심을 가지고 있습니다.

혜암은 어려워진 종단을 향해서 장군죽비를 들었다. 개혁에 참여하는 젊은 스님들은 천군만마를 얻은 듯 힘을 냈다. 혜암은 상좌 도각이 잠시 공부를 접고 구종법회에 적극적으로 참여하는 것을 허락했다. 도각은 수천 명의 전투경찰이 조계종 총무원 청사를 에워싸고 있을 때 머리에 큰 상처를 입고 병원으로 실려 가기도 했다.

도각은 온몸이 망가지는 중상을 입고 사경을 헤맸다. 산소호흡기를 달고 겨우 연명했다. 문병 온 혜암은 도각의 처참한 모습을 보고는 잠시 고개를 돌렸다. 도각은 순간적으로 만감이 교차했다. 은사 스님을 병원까지 오게 한 자신이 못나 보여 한없이 죄송했다. 문득 원당암에서 혜암을 시봉하던 때가 떠올랐다. 삭발을 하고 난 뒤 거울을 보고 있는데, 혜암이 거울을 확 빼앗아 던지며 이렇게 말했던 것이다.

"중한테 무슨 거울이 필요하겠느냐. 거울을 자주 보면 아상我相만 높아진다. 중은 바보 병신 같아서 사람들이 무시하고 외면할 정도

라야 중노릇 잘하고 공부도 잘되는 법이다."

도각은 혜암의 고구정녕한 가르침이 새삼 가슴을 치는 것 같아 눈물을 흘렸다. 병원 창밖으로 눈길을 주고 있던 혜암이 도각을 바라보며 따뜻하게 위로했다.

"남 원망하지 마라. 모두 이게 너의 업보다."

혜암의 눈가에도 눈물이 맺혀 있었다. 도각에게 늘 '깜깜한 놈!'이라고 질책하던 분이었는데 상상도 할 수 없는 일이었다. 백 마디 위로의 말보다 은사 혜암의 눈가에 맺힌 눈물 한 방울이 도각에게 힘을 주었다. 그러나 그때는 눈물이 나고 가슴이 아파 견딜 수가 없었다.

당시 구종법회를 주도했던 스님 중 한 분인 효림은 훗날 다음과 같은 글을 남겼다.

〈지금 생각해보아도 범종추의 구종법회가 혜암 노스님의 명철한 혜안과 법력이 아니었다면 어찌 되었을 것인지 눈앞이 아찔해진다. 나는 당시 구종법회를 이끈 책임자의 한 사람으로서 개혁회의를 출범시킨 제일의 공로는 혜암 해인총림 방장 스님의 몫으로 역사에 기록하고자 한다. 당시 구종법회 참여 대중은 모두 나의 이런 생각에 동감하리라고 생각한다.〉

단식으로 맞서던 혜암은 탈진해서 병원에 실려 가기도 했으나 끝내 종단 개혁의 불을 댕겼다. 경찰의 힘을 빌렸던 구총무원장 인사들이 물러나자, 곧 범불교도대회를 열고 총무원 청사에 개혁회의 간판을 내걸었다.

그제야 혜암은 다시 해인사로 돌아왔다. 그리고 오던 길에 먼저 봉암사에 들렀다. 평생 선후배로 정진해온, 구총무원장이 자신들의 목적을 달성하기 위해 내세웠던 서암 종정을 만나 오해를 풀기 위해서였다. 종단 문제로 잠시 견해를 달리했지만 오랜 우정에 금이 가는 것을 걱정했던 것이다.

서암을 만나지는 못했지만 혜암은 봉암사 대중들에게 '산중 조실로 잘 모시라.'는 당부를 잊지 않았다. 개혁회의에 참여한 젊은 스님들이 미처 생각하지 못한 혜암의 자비로운 마음과 배려였다.

사
자
후

해인사 소림원

혜암의 사자후는 새해 첫날부터 세간의 화제가 됐
다. 전국의 주요 신문들이 혜암의 신년 법어를 받아 기사화했고, 신
문을 펼쳐든 국민들은 불가의 최고 어른인 혜암이 무슨 법어를 내
렸는지 궁금해했다. 조계종 종정 혜암이 내린 2000년 신년 법어는
다음과 같았다.

〈미래는 오지 않고 과거는 가지 않으며 현재는 머무르지 않으니
삼세三世는 텅 비어 미묘합니다. 이 도리를 알겠습니까. 알 수 있다
면 해와 달이 새롭고 하늘과 땅이 특별하여 전쟁, 질병, 흉년, 환경
파괴, 생사윤회 등 천만 가지의 재앙이 하나도 없게 됩니다.

새해 새날을 맞이한 사람은 누구입니까. 내가 누구인가를 알고 참나를 완성하십시오. 누가 이 세상에 신선이 없다 합니까. 모름지기 항아리 속에 딴 천지가 있음을 믿어야 합니다.

이 시대는 인간 외에 남을 맹신하는 사상이 계몽되어 있으므로 인간 자신의 진리적인 참나를 깨닫는 운동이 일어나야 합니다. 그래야 정신문화와 물질문명이 병행하여 발전되는 것이며 나아가서 물질문명의 위기를 극복할 수 있습니다.

일체만물은 일심동체一心同體의 한 뿌리이기에 이쪽을 해치면 저쪽도 따라서 손해를 보고, 저쪽을 도우면 이쪽도 따라서 이익을 받는 것입니다. 이러한 진리를 알면 남을 해치려고 하지 않습니다.

새해를 맞이하여 허망한 나를 버리고 우리의 모든 힘을 상호 협조하여, 힘차게 전진하되 원수를 도와주며 남의 고통을 대신 받으면 평화와 행복이 넘쳐 지상낙원이 됩니다.

마음속에 둥근 해가 높이 떠올라 삼라만상을 밝게 비추니
광명의 세계가 눈앞에 펼쳐 있네.〉

혜암의 얼굴이 세간에 알려지자, 법문하려고 도회지로 나갈 때마다 스님을 알아보고 합장하는 사람이 많았다.

대구의 한 포교당에서 혜암을 어렵게 초빙했을 때의 일이다. 혜암은 약속한 법문 시간보다 일찍 대구로 나가 포교당 주지를 당황

케 했다. 포교당 주지는 생각 끝에 혜암을 유명한 대중목욕탕으로 모셨다. 목욕탕은 대구에서 시설과 물이 좋기로 소문난 '덕산탕'이었다.

덕산탕에는 직업적으로 때를 미는 총각이 하나 있었다. 포교당 주지는 그 총각을 불러 말했다.

"해인사 큰스님이시니 잘 모시게."

"어느 큰스님이십니까?"

"혜암 큰스님이네."

"아이고, 영광입니다."

"자네가 어떻게 큰스님을 아는가?"

"우리 어머니가 해인사 신도입니다."

"아, 그런가. 잘됐네. 이것도 인연이구만."

포교당 주지는 총각에게 돈을 주고 돌아갔다. 이윽고 혜암이 목욕탕으로 들어가자 때 미는 총각이 합장을 하고 말했다.

"큰스님, 제가 밀어드리겠습니다."

"괜찮아, 내가 할 것이야."

그래도 때 미는 총각이 막무가내로 달려들자 혜암은 손사래를 쳤다. 두 사람이 알몸으로 옥신각신하자 목욕을 하고 있던 사람들이 고개를 돌리고 킥킥 웃어댔다. 그러나 때 미는 총각은 포교당 주지에게서 이미 돈을 받았기 때문에 물러설 수 없었다.

"큰스님, 누워서 한숨 주무셔도 됩니다."

"그만 둬!"

혜암이 나지막하게 소리를 쳤다. 목욕을 하던 사람 중 하나가 다가와 총각을 꾸짖었다.

"이봐, 총각. 노스님께서 싫다고 하시는데 왜 귀찮게 하는가!"

"사실은 포교당 주지 스님께서 큰스님을 잘 모시라며 돈을 주고 갔습니다."

그러자 총각을 나무라던 사람이 물러섰다. 총각은 다시 혜암에게 말했다.

"큰스님, 수도꼭지가 있는 이쪽으로 오십시오."

혜암은 답답한 듯 큰 소리로 말했다.

"그만 두라니까! 내 손발이 멀쩡한데 왜 남의 힘을 빌려서 때를 밀어. 그러면 내생에 조막손 과보를 받게 될 거여. 쓸데없는 소리 말고 저리 가!"

"큰스님, 그러시면 제가 받은 돈을 돌려줘야 한단 말입니다. 얼른 미세요. 어서요."

"돈을 돌려줘야 한다고?"

"네, 큰스님."

"그렇다면 제자로서 절 삼배하고 밀어. 그냥은 할 수 없어."

사람들이 총각 주위로 몰려들었다. 목욕탕에서 색다른 구경거리가 생긴 것이었다. 그런데도 혜암은 조금도 개의치 않았다. 벌거벗은 채 결가부좌 자세로 앉았다. 그러자 총각이 삼배를 했다.

혜암이 총각에게 삼배를 받고 자신의 등을 맡긴 것은 홀랑 벗은 목욕탕에서도 수행자이기를 원했기 때문이다. 포교당으로 돌아와 목욕탕에서의 일을 법문하자 법당 안이 웃음바다로 변했다. 보살들이 웃음을 그치지 않자 혜암이 한마디 했다.

"지금 웃고 있는 내가 누구인지 '이 뭣고?' 하란 말이오. 그걸 알아야 참으로 산 사람이거든."

초파일에도 혜암은 조계종 종정으로서 법어를 내렸다. 이것 역시 불자뿐만 아니라 세간의 국민들에게 주는 법어였다.

〈산과 들에 꽃이 피고 나무마다 새가 울며
벌 나비 춤추니 좋을시고
사월이라 초파일 부처님 오신 날
모든 중생 생일잔치 얼씨구 좋고 좋다.

부처님은 일체중생이 본래 천진불임을 깨우쳐 인간의 절대적 존엄성을 가르쳐주시며 오직 생사 일대사를 위하여 연극을 하고 있을 뿐입니다. 인간의 본분사는 부처님이 오시기 전에나 오신 뒤에라도 추호도 변함이 없는 진리이며 근본 원리입니다.

아무리 귀천한 사람이라도 인간은 모두 천진불이니 부처와 같이 부모와 같이 모셔서 서로 존경하고 서로 사랑하며 가진 자는 남을 도와주고 권위자는 공심을 써야 합니다.

중생들이 서로 싸우고 침해하는 것은 일심동체의 본연성을 모르기 때문이니 서로의 본연성을 알고 보면 싸우려야 싸울 수 없으며 해치려야 해칠 수 없습니다.

본래 성불의 이 진리는 만고에 변함이 없어서 인간에게 주어진 가장 큰 행복입니다. 본분사로 말하면 내 본심 밖에 부처가 따로 없는 것이니 일체중생이 다 함께 자기들의 생일을 축하합니다.

바다 밑에 등불 켜니 온 세상이 밝아지고
허공으로 북을 치니 중생들이 잠을 깨네.

아악!〉

멀리 서울 진관사로 시자를 데리고 올라가 서울 신도들을 위해 '자성을 밝히는 길만이 살 길'이라는 법문을 하기도 했다. 서울 신도들이 절에 가서 대부분 참선보다는 기도와 염불을 하기 때문에 부처님과 조사들의 가르침을 전하고자 상경했던 것이다.

〈부처님께서 아난에게 말씀하셨습니다.

"설사 억천만 겁 동안 나의 깊고 묘한 법문을 다 외운다 하더라도 단 하루 동안 도를 닦아 마음을 밝힘만 못하느니라. 멀고 먼 전생부

터 같이 도에 들어왔지만 아난은 항상 글을 좋아하여 글 배우는 데
만 힘썼기 때문에 여태껏 성불하지 못했느니라. 나는 그 반대로 참
선에만 힘썼기 때문에 벌써 성불하였다."

옛 도인이 말씀하셨습니다.

"마음은 본래 깨끗하여 명경明鏡과 같이 밝다. 탐진치 망상의 티
끌이 쌓이고 쌓여 그 밝음을 잃고 캄캄하고 어두워서 생사의 고를
받게 된다. 모든 망상의 먼지를 다 털어버리면 본래 깨끗한 밝음이
드러나 영원히 어두움을 벗어나서 대자유의 길로 들어가게 되는 것
이다. 학문에 힘쓰는 것은 명경에 먼지를 자꾸 더하는 것이어서 생
사고生死苦를 더 깊게 한다."

육조 스님께서는 나무 장사로서 글자 하나 몰라도 도를 깨친 까
닭에 그 법문은 부처님과 다름없고 천하 없이 학문을 많이 한 사람
도 절대로 따를 수 없었습니다.

천태 스님이 도를 수행하다가 크게 깨치니 그 스승 남악 스님이
칭찬하여 말했습니다.

"대장경을 다 외우는 아무리 큰 지식을 가진 사람이라도 너의 한
없는 법문은 당하지 못할 것이다."

역易 선사는 고봉 선사의 법제자입니다. 출가해서 '심경'을 배우
는데 사흘 동안 한 자도 기억하지 못했습니다. 그 스승이 대단히 슬
퍼하니 누가 보고 '이 사람은 전생부터 참선하는 사람일 것이다.'라
고 하기에 참선을 시켜보니 과연 남보다 뛰어나게 잘하였습니다.

그리하여 크게 깨쳐 그 당시 유명한 고봉 선사의 제자가 되어 널리 법을 폈습니다. 아흔아홉에 입적하여 화장을 하니 연기는 조금도 나지 않고 사리가 무수히 쏟아져 사람들을 더 한층 놀라게 하였습니다.

영명 선사가 말씀하시되 '널리 세상에 참선을 권하노니 설사 듣고 믿지 않더라도 성불의 종자는 심었고, 공부를 하다가 성취를 못하여도 인간과 천상의 복은 훨씬 지나간다.'고 하였습니다.

조주 스님이 말씀하였습니다.

"너희들은 총림에 있으면서 10년, 20년 말하지 않고 공부하여라. 그래도 너희를 벙어리라 하지 않으리라. 이렇게 공부하여도 성취하지 못하거든 노승의 머리를 베어가라."

필요한 말을 할 때도 화두가 항상 계속되어서 간단이 없어야 합니다. 자성을 밝히는 선문禪門에서 볼 때는 염불도 마구니며, 일체 경전을 다 외워도 외도이며, 대비심으로 일체중생을 도와 큰 불사를 하여도 귀신입니다. 모두 다 생사법이지 생사를 벗어나는 길은 되지 못하니 필경 송장 단장에 지나지 않는 것입니다. 오직 자성을 밝히는 길만이 살 길입니다.

동산 스님은 '부처와 조사 보기를 원수같이 하여야 바야흐로 공부하게 된다.'고 하셨습니다.

올빼미는 다 크면 그 어미를 잡아먹나니 공부인도 필경 이와 같이 부처와 조사를 다 잡아먹는 사람이 되어야 합니다. 그때가 참으

로 부처님의 은혜를 갚게 되는 때입니다.〉

혜암의 법문을 들은 신도들 가운데는 발심하여 당장 원당암으로 내려와 화두를 받고 재가 불자 선방인 달마선원에 입실하는 경우도 있었다. 그때마다 혜암은 공양 중에서 가장 큰 공양은 참선하면서 자성을 찾는 자성공양自性供養이라고 당부하곤 했다.

혜암은 선방을 개원하는 스님들을 누구보다도 좋아했다. 아무리 먼 곳이라도 새로 생긴 선방을 찾아가 격려하곤 했다. 혜국 스님이 제주도에 남국선원을 개원해 잘 운영하고 있다는 소문을 듣고는 입적하기 얼마 전에 상좌들을 데리고 간 일도 있었다.

한라산 자락에 위치한 남국선원은 서귀포시 공동묘지 바로 위에 있었다. 혜국이 남국선원을 짓게 된 것은 성철의 권유 때문이었다.

"혜국 수좌, 고향이 제주도지?"

"예, 그렇습니다."

"제주도에는 절이 하나도 없다."

"아닙니다. 제주도에는 절이 100개나 됩니다."

"선방 없는 절이 절이가? 네가 선방 하나 지어라."

마침내 혜국은 제주도 일주도로를 돌면서 팔려고 내놓은 지 2년 된 목장을 사서 선방을 지었다. 혜국은 선방을 두 곳으로 나누어 운영했다. 하나는 안거가 있는 대중 선방이고, 또 하나는 한 번 들어가면 일정 기간 나올 수 없는 무문관이었다. 무문관은 감옥의 독방 같은 곳으로 하루 한 끼만 출입구를 통해 들여보냈다. 식판이 나오지 않으면 수행자가 삼매에 들었거나 육신에 이상이 생겼거나 둘 중 하나였다.

남국선원을 찾은 혜암이 혜국에게 말했다.

"혜국 수좌, 내가 선방을 좀 봐야겠어. 제주도에는 선방이 남국선원 하나뿐이니까, 계속 운영을 잘해나가야지. 선방이 없으면 절은 안 되는 거여. 서로들 힘을 모아 선방이 커나가도록 노력해야 돼. 그러니 내가 남국선원 선방에 좀 앉아 있다 가야겠어."

혜암은 선방에 앉아서 선객과 신도들의 인사를 받았다. 그런 뒤 법문을 시작했다.

"뭐니 뭐니 해도 참선밖에 없어. 참선이 제일이여. 내가 나를 모르고 하는 일은 모두가 꿈속 일이여. 뭔 짓을 하든지 간에 마음을 먼저 깨달아야 되는 거여. 어째서 마음을 먼저 깨달아야 하느냐 하면, 내가 얘기해줄게. 잘들 들어봐. 관상불여복상觀相不如腹相이요, 복상불여배상腹相不如背相이요, 배상불여심상背相不如心相이라고 했어. 관상이 제아무리 잘생겨도 배 잘생긴 놈한테는 안 된다는 것이여.

여기서 말하는 배는 타는 배가 아니고 배때기를 말하는 것이여. 그리고 배가 아무리 잘생겨도 등허리 잘생긴 놈한테는 못 당해. 관상 중에는 등이 제일인 거여. 그러나 관상이든 배든 등이든 눈에 보이는 것은 다 상법相法이여. 눈에 보이지 않는 마음, 그 마음을 잘 쓰는 놈한테는 당할 재간이 없단 말이여. 알아듣겠는가. 그러면 마음을 잘 쓴다는 말은 무슨 뜻인가. '이 뭣고?' 하고 참선하란 말이여. '이 뭣고?' 모르는 그놈이 곧 그 자리여. 참구하고 참구해서 무념위종無念爲宗이 되어야 해. 자식새끼들 그거 다 원수가 만난 거여."

혜암은 법문을 시작하면 끝이 없었다. 시자의 부축을 받으며 다닐 기력인데도 법문할 때만은 카랑카랑 힘이 넘쳤다. 이해관계를 따지는 세상에서는 좀처럼 보기 힘든 법문이었다. 몸을 아낀다거나 체면을 생각해서는 도저히 있을 수 없는 일이었다.

재가 신도와 초보자들의 선방인 원당암 달마선원에서도 마찬가지였다. 종정의 신분을 잠시 잊고 천진도인의 모습으로 설했다. 보살이나 거사를 상대할 때는 그들의 근기에 맞게 문어체를 구사하지 않고 구어체 법문을 했다.

〈처음부터 공부가 잘되는 사람은 하나도 없어요. 어린애가 자라가지고 어른이 되는 것같이 눈에 안 보이는 공부도 자꾸 자라나는 것이지요.

눈으로 안 보이니까 하나마나 똑같이 생각하지만 이 공부는 자꾸 큽니다. 오늘 할 때 다르고 내일 할 때 달라요. 공부를 끊임없이 계속해서 하면 채소가 자라는 것같이, 눈이 뭉쳐지는 것같이 커지는 것입니다. 공부할 때는 잘 모르는데 한 달이 지나고 1년이 지나면 이 공부가 헛것이 아니라는 것을 알게 됩니다.

그런데 여러분은 공부를 하다 말다 하니까, 안 한 사람보다는 조금 낫겠지마는 공부가 자라지를 못해요. 이렇게 손으로 자꾸 계속해서 비비면 뜨거운 열이 나지만 한두 번 비비고 좀 쉬었다가 또 비비고 하면 열이 나지 않는 것과 이치가 똑같아요.

이 공부가 헛것은 아닌데 여러분은 공부를 했다가 안 했다 이러니까 이 공부가 뭣인지 모르고 맛을 못 보게 되는 거예요. 해봐도 별수 없더라, 그런 마음을 내면 안 돼요. 도를 닦다가 보면 언젠지 모르게 참말로 안 닦고는 배길 수가 없는 환경이 생기게 되는데 그걸 기연機緣이라고 해요.

기연이 도래하면 힘도 들지 않고 공부를 안 하려고 해도 저절로 공부가 돼요. 그냥 물러나지만 않으면 성인이 안 되려야 안 될 수가 없어요. 그러니까 공부 안 된다고 물러날 생각은 하지 마시오.

공부를 해보지만 한 가지도 재미가 없어 할 필요 없다, 그렇게 생각하는 사람은 공부가 안 돼요. 공부가 안 되는 그때에도 그대로만 해나가면 자꾸 달라져요.

종자를 땅에다 심었을 때 처음에는 눈에 보이지 않는데 오늘 지나가고, 내일 지나가고, 일주일 지나가면 땅을 뚫고 일어나 싹이 트지 않습니까.

처사님들을 예로 들면, 우리가 수염을 깎지만 이 눈으로 다른 사람 수염이 자라는 것은 볼 수가 없어요. 가만히 있는 것 같아도 자라지요. 우리 '고기 눈'이 어리석어서 못 볼 따름이지 수염은 자꾸 자라요.

이 공부가 안 된다고 생각하지 말고 재미없는 데다, 알려고 해야 알 수 없는 데다 대고 자꾸 굴을 뚫고 나가세요. 그러면 거기서 무슨 좋은 일이 생겨나요. 이 공부를 하라는 대로만 하면 저절로 무슨 조화가 생겨나요.

오늘도 공부를 쌓아놓고 내일도 쌓아놓고 그러면 시절인연이 도래하여 꽃이 피고 열매가 맺는 것같이 내일 새벽이 돌아오지 말라고 해도 안 돌아올 수가 없어요. 성불을 안 하려고 해도 성불이 저절로 돼요.〉

달마선원에 입실한 재가 불자들이 그래도 공부가 안 된다고 염화실로 찾아와 하소연하면 혜암은 또다시 어른이 아이 손에 구슬을 쥐어주듯 쉬운 말로 하나하나 그 까닭을 열거해가며 법문했다.

〈이 공부가 안 되는 원인은 대체로 세 가지가 있다고 말합니다. 첫째는 선지식을 못 만나 그런 것이고, 두 번째는 나고 죽는 데에 무서운 생각이 없어서 그런 거래요. 그리고 세 번째는 세간의 반연絆緣

을 끊지 못하기 때문이라고 해요.

도를 닦는 데는 선지식의 인도가 제일 중요해요. 어리석은 사람
이 선지식에 의지하지 않고 처음부터 혼자 도를 닦는다고 하다 잘
못된 길로 들어서는 경우가 부지기수입니다. 간혹 혼자서 도를 닦
아 깨친 사람이 있더라도 그 사람은 전생부터 선지식의 가르침을
따라 닦아온 공덕이 있는 사람이지 처음부터 자기 혼자서 깨친 사
람은 아니지요.

두 번째, 나고 죽는 생각에 무서운 생각이 있으면 조금이라도 빈
틈이 있을 수가 없어요. 언제 사형 선고가 내릴지 모르는데, 염라대
왕에게 불려가 언제 사형 집행이 내릴지도 모르는데 미국이나 소련
구경 간다고 할 여유가 있겠습니까.

어떤 보살이, 지금도 여기에 안 나온 모양인데, '빚만 갚으면 내년
부터는 여기에 안 빠지고 꼭 다니겠습니다.'라고 말하기에 '1년 동
안 살 자신 있소?' 하고 물으니까 그냥 웃고 맙디다.

사람들이 너무나 참 불쌍하고 멍청해요. 나고 죽는 것이 한 시간
은 그만두고 눈 깜짝할 새의 자유도 없는데, 막 뒤로 미루면서 몇
만 년이나 살 것같이 집착하고 있어요.

그러니까 할 수 없어요. 그런 사람은 부처님 1000분이 나와도 못
건집니다. 그래서 내 일은 내가 알아서 해야 됩니다.

세 번째, 세간의 반연을 끊지 못하기 때문에 이 공부를 못해요.
세간 일에 욕심을 끊지 못하기 때문에 공부를 못하는 것이지요.

세상일이라고 하는 것은 장사하는 일, 정치하는 일, 농사짓는 일, 살림하는 일 따위를 들 수 있지만 그런 세간일은 그만 두고라도 몸뚱이 도둑놈 사랑하고, 이 몸뚱이 도둑놈 종노릇하느라고 공부할 시간이 없다고 말해요.

아침부터 저녁까지 분주하게 이놈을 먹여 살리다보면 남는 게 뭐가 있어요. 북망산천에 송장을 밀어 넣으면 결국에 가서는 풀이 되고, 화장터에 가서 태워버리면 재 한 줌이 되는데 그 재 한 줌 어디다 써 먹으려고 그렇게 미련한지 모르겠어요. 허망한 세상이지만, 이 몸이 있는 이상 세간일도 안 돌아볼 수가 없겠지요. 그러나 이 공부는 해야 됩니다.

아무리 이 세간일이 꿈속 일이라고 하지만, 엊저녁에 좋은 꿈을 꿨더니 기분 좋다고 하듯이 허망한 꿈이지만 좋고 나쁜 차별은 있습니다. 그렇더라도, 이 몸뚱이를 따르는 일도 어느 정도까지는 아니할 수 없지만, 전적으로 내 마음을 등지고 도둑놈만 믿고 의지해 살아서는 안 됩니다.〉

편지를 보내온 보살에게는 다음과 같은 요지의 간절한 답장을 써서 보내기도 했다. 어떻게 해서라도 참선 공부를 시켜 보살의 본래 면목을 찾도록 하기 위해서였다.

〈세속에서는 바로 오늘이 추석 명절이라고 예를 찾되 사람에 따라서는 슬픈 사람 혹 즐거운 사람들이 있겠지만 결과적으로 죽음으로 가는 한 정거장, 도살장에 나가는 소와 같이 슬픔의 길에 더 도착하였을 뿐이니 어찌 즐거움이 있으리오.

그리고 자녀들로 너무 걱정이 된다 하니 말씀드립니다. 오직 사람마다 제 복과 제 명을 타고 왔으며 이 세상에서 지혜와 복을 닦으면 자유를 얻는 것이니 걱정은 소용이 없는 일이오.

우리 인생은 하루 저녁 쉬어가는 나그네로서 부모님의 은혜가 깊어도 마침내 이별이 있고 처자권속의 의리가 중하여도 필경 이별이 있는 바, 비유컨대 새들이 숲속에서 자다가 명이 다하면 가는 길이 다른 것과 같이 이것도 허망한 꿈속의 일이오.

바로 말하자면 도를 닦아 나고 죽는 것을 해결하지 못하면 짐승들이 새끼를 키운 뒤에 다른 적이 잡아먹는 폭이 되니, 어리석은 인정이 생겨서 걱정하고 물질적으로 도와주어도 임시일 뿐 결국은 역시 허망한 일밖에 되지 않습니다. 그러니 바르게 살려면 참선 공부를 하여 본래면목을 깨달아서 일체중생을 제도하여야 됩니다.

아무쪼록 세상만사 꿈과 같이 생각하여 지혜 방편을 잘 써서 한 세상 안 나온 폭 잡고, 죽은 폭 잡고 거짓으로 멋진 연극배우가 되어 남을 도와주시길 바랄 뿐이오.

어리석은 중은 정처 없는 구름같이, 흐르는 물과 같이 생활하기를 좋아하여 해인사 원당암을 언제 떠나서 만행을 할지, 더 깊은 산중으로 들어갈지 알 수 없습니다.

세월이 사람을 기다리지 아니하니 시간을 아껴서 인정에 끄달리지 말고 무슨 일을 하든지 일념으로 정진하기를 축원하며 지극히 빌고 비나이다. 이만 줄이오.〉

3

혜암의 법문 중에서 가장 빼어난 것은 대적광전 법상에 올라 앉아 당당하게 터뜨리는 상당법어였다. 그런데 혜암은 법어 원고를 상좌에게 맡기는 일이 단 한 번도 없었다. 법어 원고를 상좌에게 보여준 적은 더러 있었으나 상좌는 단 한 자 한 줄도 손을 대지 못했다. 단 한 자라도 수정했다가는 불벼락이 떨어졌다. 혜암을 15년 동안 시봉한 각안은 다음과 같이 회고했다.

─우리 스님의 법문이나 어록을 보면 지금도 스님을 친견하는 것 같은 느낌을 받습니다. 문장 한 줄 글자 한 자에 스님의 법이 여실하게 드러나 있기 때문입니다. 스님은 법문 원고를 절대로 상좌에게 맡기지 않았습니다. 당신이 체험하고 확신한 것만 법문하셨습

니다. 남의 것을 내 것이라고 하는 분이 아니었습니다. 내 법을 그대로 드러내는 것이 법어라고 했습니다. 처음부터 끝까지 당신의 살림살이만 오롯하게 드러내신 분이 우리 스님입니다. 그래서 저는 우리 스님을 믿고 의지했습니다.

수행자를 상대로 말하는 상당법어는 자신의 수행력을 그대로 보여주는 법문이므로 아무나 법상에 오르지 못했다. 특히 해인사 대적광전의 법상은 성철이 백일법문을 한 뒤부터 그 위상이 준엄하고 확고했다.

혜암이 상당법어를 하는 날의 대적광전은 긴장감마저 돌았다. 스님들이 법당 안에 빼곡히 들어차 앉았지만 단 한 사람도 있지 않은 것처럼 숨소리 한 점 들리지 않았다. 비로자나불 아래 앉은 혜암의 눈빛은 그 어느 때보다 더 형형했다. 법당 안의 정적을 깨뜨린 것은 혜암이 내리치는 세 번의 주장자 소리였다.

〈내가 나의 물건을 마음대로 줄 수 있고 남이 내 물건을 마음대로 뺏을 수 있으나 줄 수도 없고 어느 누구도 빼앗으려야 빼앗을 수 없는 한 물건이 있으니 이것이 무엇입니까.

항상 법문하여도 글자나 말만 다를 뿐, 이것밖에는 다른 법문이 없습니다. 그것이 무엇이겠습니까.

조주 스님께서 남전 스님에게 물으시되 '무엇이 도道입니까?' 하니 남전 스님께서 이르시되 '평상심平常心이 도道니라.' 하였습니다.

조주 스님께서 물으시되 '도리어 긍정하십니까, 아니하십니까?' 하니 남전 스님께서 이르시되 '마음으로 헤아린즉 법을 어기느니라.' 하였습니다.

조주 스님께서 물으시되 '헤아리지 아니하고 어떻게 이 도를 알 수 있습니까?' 하니 남전 스님께서 이르시되 '도는 아는 데도 속하지 아니하고 모르는 데도 속하지 아니하느니라. 아는 것은 망령된 깨달음이요, 알지 못하는 것은 무기無記니라. 만약 참으로 마음으로는 헤아릴 수 없는 도에 통달하면, 비유하건대 마치 태허공太虛空과 같아서 확연히 탁 트이리니 어찌 굳이 옳다 그르다 하리오.' 하였습니다.

이에 조주 스님께서 언하言下에 몰록 깨달으셨습니다.

무문 스님께서 평가해 가로시되 '조주 스님이 남전 스님에게 물어서 바로 불 속에 얼음 녹듯이 깨달았으나 아직 이것으로는 만족하지 못한다.' 하고 '조주 스님이 비록 깨달았다 하더라도 다시 30년을 참구해야 비로소 옳다 할 것이다.'라고 하셨으니, 왜 그렇게 말하셨겠습니까.

단도직입이라야 합니다. '평상심시도平常心是道'라고 말했을 때 바로 즉시 깨달아버렸어야 하는데, 이렇게 저렇게 물어서 깨닫게 되었으므로 그러한 깨달음으로는 힘이 미약하기 때문에 30년을 더 닦아야 된다고 하신 것입니다.

봄에는 온갖 꽃이 피고 가을에는 밝은 달이 뜨고

여름에는 시원한 바람이 불고 겨울에는 흰 눈이 내리네.
만약 쓸 데 없는 일에 신경 쓰지 아니하면
문득 이 사람이 인간 세상의 좋은 시절을 만난 것이니라.

산승이 인천 용화사 법보선원에서 안거에 들었을 때 일입니다.
모 비구니 스님이 대중공양을 올린 후 본인이 직접 법문을 할 수 있
도록 전강 조실 스님께 허락을 받고는 신도님 전에서 법문을 하는
데, 산승이 듣자하니 '평상심이 도'라는 법을 편견에 따른 분별심으
로 집착하여 말하는 것이었습니다.

견성한 분상分上에서는 과실이 없지마는 범부의 입장에서 말하면
자연외도自然外道라고 합니다. 언어도단이나 불가피하게 말하자면,
'평상심이 도'라는 것은 조작이 없고 시비가 없고 취사取捨가 없고
단상斷想이 없으며 범부와 성인이 없는 것이니, 진실하게 정진하여
야 합니다.

'평상심이 도'라고 하니 영리한 사람이 언하에 알면 바로 해탈할
수 있는 것입니다. 그러나 세상 사람들은 스스로 천진면목을 가지
고 있으면서 무생無生의 묘한 이치(깨달음)를 알지 못하니 어찌 능
히 생사윤회의 고를 벗어나겠습니까.

그 원인은 일체중생이 자기의 본래 근원된 자성을 매각하여 무명
육식無明六識에 반연하고 생각을 삼아 곧 진로심塵勞心(분별망상)에
얽혀서 업을 지어 고를 받는 것이니 이것은 평상심이 아닌 것입니다.

곧 뒤바뀐 생각의 습성 업력이니, 그렇다면 어떤 것이 옳은 것이 겠습니까. 잘 살피고 살핍시다. 불가피하게 말하자면 대지가 본래 일이 없거늘 깨달은 사람과 깨닫지 못한 사람이 몇이나 되겠습니까.

배움을 끊은 한가한 도인은 망상을 제거할 것도 없고 진眞을 구할 것도 없는지라 배고프면 밥 먹고 잠 오면 잠자는 것을 어찌 하필이면 마음 밖을 향하여 도를 구한단 말입니까.

산승이 하동 칠불암에서 안거 중에 있었던 일입니다. 쌍계사 수계산림受戒山林에 증사證師로 갔더니 강진 백련사 선원 대중이 비구 수계를 하기 위해 와서 말하기를 '모 선사님에게서 선답禪答을 받지 못하면 입사入寺를 금한다(백련사로 다시 오지 말라)는 엄명을 받아 왔습니다.' 하면서 봉투를 주었습니다.

개봉하니 백지 가운데 동백冬柏 일엽一葉이 있었습니다. 수좌들에게 '그렇다면 입사하도록 해주겠다.' 하고 일구一句를 써서 답했습니다.

'설사 일엽一葉이라도 삼십방三十棒이요, 수연雖然이나 일엽이 시방춘十方春이라.'

그렇게 써서 보냈더니 그 후 재차 편지로 '여하시생사해탈如何時生死解脫입니까?'라고 묻기에 '이상불범以上不犯하리라.' 생각하고 거량擧量을 거절하였습니다.

수도자는 진실이 제일이니 대오로 법칙을 삼아 역시 정진해야 합니다. 정진, 두 글자가 성불지모成佛之母라 아니할 수 없습니다.

세상의 허망한 이름을 탐함은 쓸데없이 몸만 괴롭히는 것이고, 몸을 이롭게 하기 위해 세상의 이익을 구하는 것은 업장의 불 속에 마른 섶을 더 보태는 것과 같습니다.

세상의 허망한 이름을 위해 욕심을 내는 것을 고인은 이렇게 비유해 말씀하셨습니다.

'기러기는 하늘 멀리 날아갔으나 발자취는 모래 위에 남아 있고, 사람은 황천객으로 갔으나 아직 이름은 집에 있더라.'

세상의 이익을 구하는 것을 고인은 이렇게 비유해 말씀하셨습니다.

'벌이 온갖 꽃에서 꿀을 따다가 가득 실은 후에 그 고생한 것도 아랑곳없이 누가 먼저 이 꿀을 먹는가.'

그릇되게 몸을 괴롭히는 것은 얼음을 조각해 예술품을 만들려고 하는 것과 같아서 쓸데없는 일인 것입니다.

업장의 불 속에 마른 섶을 보태는 것은 모든 물건이 우리를 좋게 해주는 것 같아도 욕심의 불을 더 치성하게 하는 재료가 될 뿐인 것입니다.

출가한 수도 대중修道大衆은 재색財色을 가장 먼저 멀리 금하고 대중 처소에서는 모름지기 입을 조심하며, 혼자 살면서는 번뇌망상의 도적을 막아야 합니다.

고명한 스승을 항상 모시고 섬기며 악한 벗과는 같은 이불을 덮지 말 것이며, 말을 할 때는 마땅히 희론하여 웃지 말고 잠을 자되 또한 마음 놓고 자지 말아야 합니다.

정법正法을 만나기는 바다에서 거북이가 나뭇조각에 오르는 것과 같고, 사람 몸 받기는 바다 속에서 바늘을 찾는 것과 같이 어려운 일입니다.

회광반조廻光返照하는 것이 참으로 즐거운 일이라, 모든 것을 참지 아니하고 어찌 좋은 세월을 헛되이 보내려고 합니까. 뜻과 원은 높은 산과 같이 세우고, 넓은 바다와 같이 아량을 베풀어서 구경究竟의 대각大覺을 이루는 데 기어이 뛰어올라 갑시다.

스승을 가리고 벗을 가려서 자세하고 묘하고 밝은 법을 깨달을 것이며, 앉아서는 반드시 활구를 참구하고 행할 때는 모름지기 간단없이 공부를 지어 행해야 하며, 몸을 도와주는 데는 하루 한 때만 먹고, 잠은 밤 열두 시가 넘어서는 자지 말아야 합니다.

경전을 여의지 말고 외도의 서적은 마음에 두지 말아야 합니다. 사람들이 세상의 낙을 비록 즐겁다고 하나 죽음이라는 마군이 문득 괴롭혀 놀라게 할 때가 있을 것이니, 우리 모두 본분사本分事를 논할지언정 어찌 헛된 이름을 숭상하겠습니까.

평소 아무것도 한 것 없이
헛되이 머리 흰 노인이 되었도다.
팔만八萬의 장경만을 보아 진각眞覺을 구하고
모래를 쪄 밥을 만들려고 하는 망령된 공만 쌓았구나.〉

265

혜암이 상당법어를 끝내고 법상에서 내려와 원당암으로 돌아가고 있을 때 한 젊은 스님이 허둥지둥 뒤따라오며 물었다.

"큰스님께서도 죽음이라는 마군에게 괴로움을 당할 때가 있습니까?"

혜암의 상당법어를 듣는 순간 바로 외워버릴 정도로 귀를 기울인 젊은 스님이었다. 스님의 물음에 혜암은 퉁명스럽게 말했다.

"세상이 객지 아닌가. 고향으로 돌아가는 것이니 나한테는 죽는 것이 수지맞는 일이지."

"법문하실 때는 죽음이란 마군 때문에 놀란다고 하시지 않았습니까?"

"그야, 공부하지 못한 사람들이 그렇다는 것이지. 오래 살아 좋을 일이 뭐 있겠나. 살아서 움직이는 내 사지육신은 이미 송장이나 마찬가지야. 똥자루에 불과하지."

스님이 입을 열지 못하자 혜암이 다시 말했다.

"이제 나도 나를 어느 정도 알지. 죽는다 해도 지금의 내 살림살이보다 나아지리라는 생각, 복과 지혜가 더 많아지리라는 확신이 들어. 죽은 뒤의 살림살이가 보이는 거지. 마흔 살까지만 살게 해달라고 부처님께 빌었는데 두 배 가까이 살았으니 복이 넘치는 것이지."

혜암은 입적하기 몇 년 전부터 이미 금생의 헌옷을 벗고 내생의 새옷을 준비하고 있는 듯한 말을 대중들에게 하곤 했다. 입적한 뒤에 이어질 자신의 살림살이를 낙관하며 죽음을 '수지맞는 일'이라고 표현하는 것도 그중 하나였다. 눈치 빠른 상좌들은 그런 말을 들을 때마다 버팀목이 허물어지는 듯한 상실감에 당황하지 않을 수 없었다.

가야산 정진불

　　　　새벽이 되자 흰 눈이 나붓나붓 내렸다. 아직 산자
락은 어두웠지만 공방 마당은 흰 광목을 펼쳐놓은 듯 하얗게 변해
있었다. 입춘이 며칠 지난 뒤라 추위는 매섭지 않았다. 겨울이 물러
가고 봄이 오고 있는 중이었다. 공방 마당가에 옮겨 심은 매화나무
꽃망울이 며칠 전부터 동글동글 부풀고 있었다.

　　대연 거사는 공방 나무난로에 불을 붙였다. 방으로 들어가 잠을
더 잘 수 있지만 작업대 앞에 앉아 시간을 보냈다. 작업대 위에는
가을에 만든 달항아리가 한 점 놓여 있었다. 장작 가마에서 1350도
의 고온을 견딘 순백색 달항아리였다. 화산의 용암처럼 액체 상태
가 되었다가 고체가 된 달항아리는 도자기 수집가에게 거액을 제시

받았지만 대연 거사는 그것을 돈으로 환산하고 싶지 않았다. 또 국립현대미술관 담당자가 찾아와 감상하고는 미술관에 전시하겠다고 했지만 거절한 작품이었다.

　물론 전혀 갈등이 없었던 것은 아니다. 궁핍한 개인 사정을 개선하려면 당장 매매해야 했다. 그러나 작품을 돈으로 생각하면 자신이 비참해지고 화가 났다. 생계만을 위해 도예 작업을 하는 것은 아니기 때문이었다. 그래도 현실은 돈이 없으면 아무것도 할 수 없다. 무엇보다도 먼저 척추 통증으로 병원에 당장 입원해야 했지만 그러지 못했다. 장좌불와를 아무렇게나 불규칙하게 해온 후유증 때문이었다. 의사는 두개골이 목뼈를 짓누르고 있다고 진단했다. 방치하면 전신마비가 올지 모른다고 경고했다.

　'나를 불구자로 만들지도 모르는 장좌불와를 계속해야만 할까.'

　대연 거사는 가끔 회의가 들기도 했지만 원당암에서 만난 그 노스님의 '장좌불와를 하면 도인이 된다.'는 당부가 떠올라 그런 생각을 접곤 했다. 앉아 있기조차 고통스러우면 공방을 나와 산길을 무작정 걸으면서 척추 통증을 잊어버리곤 했다.

　공방에 연기가 차서 대연 거사는 창문을 열었다. 연통에 검댕이 잔뜩 묻었는지 연기가 잘 빠지지 않았다. 창문을 통해 찬바람이 들어왔지만 견딜 만했다. 찬바람의 끝은 이미 봄기운에 무디어져 있었다.

　때마침 쌍봉사에서 울리는 범종 소리가 들려왔다. 범종 소리가 창문을 넘어 공방 안 깊숙이 밀려와 공명했다. 여운이 공방의 공기를 떨게 했다. 종소리가 그의 머릿속도 헹구었다. 복잡한 생각들로 얽혔던 머릿속이 갑자기 텅 비는 듯했다. 머릿속이 마치 깊은 심해처럼 고요했다.

순간 대연 거사는 머릿속에서 무언가가 솟구치는 것을 느꼈다. 원당암 달마선원 기둥에서 본 화두였다. 화두는 어둔 바다를 홀연히 밝히는 등대 불빛 같았다.

'이 뭣고?'

처음 나타난 화두를 중얼거리자 더 강력한 메시지가 머릿속을 스쳤다.

'장좌불와하는 것이 이 뭣고!'

대연 거사는 벌떡 일어나 합장했다. 자신이 자신에게 묻고 있었다. 난생처음 겪는 일이었다. 대연 거사는 자신도 모르게 해인사가 있는 동쪽을 향해 엎드렸다. 미소굴에 지금도 혜암 스님이 계신 듯 삼배를 하고 중얼거렸다.

'아, 나는 장좌불와하는 내가 누구인지도 모르고 장좌불와를 했구나. 장좌불와가 정진의 방편이라는 것을 모르고 어리석게도 집착해왔구나.'

대연 거사는 혜암 스님의 말씀을 그제야 깨달았다. 당신께서는 정작 평생 장좌불와를 했지만 자랑할 것이 못 된다고 말씀하셨던 것이다. 장좌불와는 달을 가리키는 손가락일 뿐 달이 아니라고 말씀하셨던 것이다.

대연 거사는 달항아리를 보자기에 쌌다. 달항아리가 있어야 할 자리는 미소굴이라고 생각했다. 이 세상에 단 하나뿐인 달항아리지만 자신의 마음을 격동시킨 혜암 스님을 생각하면 조금도 아깝지 않았다.

'그래, 지금 원당암으로 가자. 달마선원에 입실해 '장좌불와하는 것이 이 뭣고?'를 궁구하자. 이제부터는 장좌불와하는 내가 누구인지를 찾을 것이다.'

대연 거사는 달항아리를 오동나무 상자에 넣은 뒤 승용차 트렁크에 실었다. 아침을 먹지 않은 지 오래인 터라 머뭇거릴 필요도 없었다. 다행히 날이 밝으면서 눈은 더 이상 내리지 않았다.

해인사는 대연 거사가 사는 산중보다 더 따뜻해 가랑비가 내리고 있었다. 대연 거사는 공방을 출발한 지 세 시간 만에 해인사 일주문 앞에 도착해 주차장에 승용차를 세웠다. 그리고 원당암으로 올라가지 않고 먼저 대적광전으로 갔다. 대적광전은 혜암 스님이 살아생전 해인사 방장이나 조계종 종정으로 있을 때 대중들에게 상당법어를 내리던 법당이었다.

대연 거사는 새삼스럽게 법당 기둥에 걸린 주련을 읽었다.

부처님 크신 광명 사방에 두루 하니

온갖 만물 더없이 맑고 곱네.

오색 구름 온 누리에 가득하듯

곳곳마다 부처님 덕 기리는 소리일세.

빛이 있는 곳에 넘치는 환희여

중생의 모든 고통 씻은 듯이 사라지네.

佛身普放大光明　色相無邊極淸淨

如雲充滿一切土　處處稱揚佛功德

光相所照咸歡喜　衆生有苦悉除滅

《화엄경》 비로자나품에서 대위광동자大威光童子가 두 번째 부처님
이 된 바라밀선안장엄왕婆羅密善眼莊嚴王이 성불하는 모습을 보고 환
희심이 일어나 설한 게송 중 일부였다. 법당 안에는 열댓 명의 신도
들이 비로자나불을 향해 절을 하고 있었다. 대연 거사도 법상에서
혜암 스님이 법문하고 계신 듯 절을 올렸다.

　신도들의 얼굴은 맑고 평온했다. 주련의 구절처럼 비로자나불을
향해 절하는 모습이 더없이 고왔다. 어떤 신도는 절하는 동안 무언
가를 확신한 듯 얼굴에 환희심이 넘쳤다. 고통이 사라진 듯한 표정
을 짓는 신도도 있었다.

　대연 거사는 법당 문을 나와 계단을 내려서다 말고 뒤를 돌아보
았다. 낯익은 스님이 그를 불렀기 때문이다.

　"거사님."

"아, 스님. 오랜만입니다."

원당암에 갈 때마다 늘 미소로 맞이해주는, 원각 스님을 시봉하는 스님이었다. 체구가 작은 시자 스님은 저만치에서 다가오는 노스님을 향해 먼저 합장한 뒤 대연 거사에게 말했다.

"큰절에 일이 있어서 왔어요. 원당암으로 돌아가는 길이죠. 거사님도 올라가실 겁니까?"

"예, 원당암에서 계속 머물지도 모르겠습니다."

"이제 달마선원에 드셔야죠."

"감원 스님께서도 잘 계십니까? 감원 스님께서 허락하시면 입실하려 합니다."

대연 거사는 감원 스님의 안부부터 물었다.

"지금 올라가면 만나 뵐 수 있을 겁니다."

주차장으로 간 대연 거사는 시자 스님을 태우고 무생교를 지나 원당암으로 올라갔다. 원당암에 도착한 대연 거사는 승용차 트렁크를 열고 상자를 꺼냈다.

"미소굴 단에 올리려고 가져온 달항아립니다."

"거사님이 직접 만드신 작품이겠네요."

"그렇습니다."

"귀한 거니까 감원 스님이나 원주 스님께 보여드리고 올리는 것이 어떻겠습니까?"

"미소굴에 어울릴지 어떨지 모르겠습니다."

"큰스님 진영에 꽃다발을 올리는 분도 더러 있으니 용도가 그만입니다."

시자 스님이 말하는 용도란 헌화한 꽃다발을 꽂는 화병을 뜻했다. 꽃다발을 단에 놓아두면 곧 시들겠지만, 물을 담은 달항아리에 꽂아두면 더 정성스러운 꽃 공양이 될 터였다.

마침, 염화실에서 나와 종무소로 들어가려던 원주 스님이 대연 거사를 반갑게 맞이했다. 혜암 스님의 시자로서 입적 전후를 생생하게 지켜본 스님이었다.

"미소굴로 바로 올라가시죠."

미소굴 안팎은 여전히 정갈했다. 비질 흔적이 또렷했다. '공부하다 죽어라.'고 쓰인 주장자 같은 큰 기둥도 변함없이 박혀 있고, 토굴 안에는 혜암 스님의 사진과 유품이 몇 달 전 그대로 놓여 있었다.

"저기다 놓으면 좋을 것 같습니다."

대연 거사는 보자기를 풀고 상자를 열었다. 원주 스님이 보자마자 감탄했다.

"큰스님 마음처럼 넉넉하게 생긴 항아립니다!"

"혜암 스님을 모셨던 스님께서 좋아하시니 다행입니다."

원주 스님이 단에 놓인 백합꽃 한 다발을 달항아리에 꽂았다. 그러자 백합꽃 향기가 미소굴 안에 진동했다.

"큰스님께서는 꽃을 좋아하셨습니다."

"진즉 가져올 걸 미처 생각 못했습니다."

대연 거사는 원주 스님께 사과하는 뜻으로 합장했다. 그러자 원주 스님이 손사래를 치며 말했다.

"벌써 점심 공양 때가 되었네요. 공양은 절에서 해야죠."

"달마선원에 들어가려고 하는데, 무슨 자격이 필요합니까?"

"아닙니다. 거사님께서는 장좌불와까지 하고 계시지 않습니까. 다만 들고 있는 화두가 없다면 감원 스님께 타십시오."

"고맙습니다."

입실도 가능하고 화두도 하나 마련되었으니 문제될 게 아무것도 없었다. 대연 거사는 행자 시절의 혜암 스님처럼 불같이 용맹정진 하리라 다짐했다. 그때의 혜암 스님처럼 일주일 안에 화두를 타파 하지 못하면 태평양 바다에 빠져죽겠다는 신심으로 좌복을 지키고 싶었다.

대연 거사는 원주 스님이 공양간으로 내려간 뒤에도 미소굴에 남 았다. 불자拂子를 든 혜암 스님이 사진 속에서 튀어나와 '참선하다 죽어라.'고 사자후를 토할 것만 같았다. 대연 거사는 미소굴 바닥에 앉아 가부좌를 틀었다. 그러자 스님의 오도송이 고막을 찢을 듯 귀 를 먹먹하게 했다.

미혹할 땐 나고 죽더니

깨달으니 청정법신이네.

미혹과 깨달음 모두 쳐부수니

해가 돋아 하늘과 땅이 밝도다.

그때부터 대연 거사는 시간 가는 줄 모르고 스스로 든 '장좌불와 하는 것이 이 뭣고?' 화두에 빠졌다.

찬바람이 멎자 가야산 산자락과 골짜기는 잠시 포
근해졌다. 겨울 햇살이 숲과 나무를 어루만졌다. 혜암은 미소굴에서
나와 가끔 중봉암 터를 응시하며 원당암 경내를 포행했다. 대중들
이 고개를 숙이고 합장할 때마다 혜암은 미소 지으며 고개를 끄덕
였다.

혜암은 보광전에 들어 관세음보살님께 삼배를 했다. 원당願堂에
서는 영단을 향해 합장하며 '영가들이여, 생사해탈하시오.'라고 빌
었다. 이윽고 달마선원에 올라 문을 열자 좌복에 앉아 있던 보살과
거사들이 놀라 일어서려고 했다. 그러나 혜암은 좌복을 이탈하지
말고 참선하라며 손짓으로 만류했다. 그러자 보살과 거사들이 흐트

러진 자세를 바로잡았다.

혜암은 이 세상에서 가장 거룩한 모습이 있다면 그건 바로 '이 뭣
고?'를 들고 있는 모습이라고 생각했다. 아무리 학벌이 뛰어나고 재
산이 많다 하더라도 혜암은 그런 재가 신도를 믿지 않았다. 간절하
게 '이 뭣고?' 하는 사람을 믿었다. 스님에 대해서는 더 말할 것도
없었다. 상좌 중에서도 선방에 다니는 수좌를 으뜸으로 쳤다. 혜암
은 달마선원 2층으로 올라가 전깃불을 켠 뒤 좌복에 앉았다. 문득
언젠가 대중들에게 한 말이 떠올랐다.

─아직 극락으로 가는 배를 마련도 하지 못했는데, 어찌 그리 즐
겁게 깊이 잠을 잘 수 있겠습니까. 잠을 자려고 이 세상에 온 것이
아닙니다. 죄를 받으러 온 사람이 일도 해놓지 않고 어찌 잠을 잡니
까. 한밤중이 되어도 냄새나는 송장은 안고 눕지 말라고 했습니다.
독한 화살이 들어와 몸에 중병이 들었는데 잠을 잘 수 있는지, 밤에
잠이 오면 헤아려보십시오. 늙고 병들고 죽는 병에 들었는데 잠을
잘 수 있겠는가, 하는 생각을 하며 잠을 이겨내야 합니다.

대중에게 한 법문이지만 한밤중에도 결코 눕지 않겠다는 자신과
의 약속이기도 했다. 자신과의 약속을 어기면서 대중을 경책한다는
것은 자기 자신을 속이는 거짓말이나 다름없었다.

하늘은 쪽빛이었다. 가을 하늘보다 더 푸르렀다. 미세한 번뇌마
저 사라진 마음자리 같았다. 혜암은 허공과 하나 된 자리로 들어갔
다. 허공이 되어 몸도 마음도 사라진 그런 자리였다. 마음이 푸른 하

늘을 모두 덮은 듯했다. 혜암은 뒤늦게 달려온 시자에게 말했다.

"염화실에 가서 붓과 벼루를 가져오너라."

미소굴로 돌아온 혜암은 시자더러 먹을 갈게 했다. 먹이 짙어지자 묵향이 미소굴 안에 가득 번졌다. 혜암은 가는 붓을 들어 흰 종이에 써내려가기 시작했다. 임종게臨終偈였다. 자신의 입적을 예감하고 읊조리는 게송이었다.

我身本非有　心亦無所住

鐵牛含月走　石獅大哮吼

나의 몸은 본래 없는 것이요, 마음 또한 머물 바 없도다.

무쇠소는 달을 물고 달아나고 돌사자는 소리 높여 부르짖도다.

시자는 임종게인 줄 모른 채 벼루를 치우고 붓을 물에 빨았다. 혜암의 태도가 너무나 천연덕스러워 전혀 눈치를 채지 못한 것이다. 혜암의 일과는 늘 한결같았다. 포행은 시자의 부축을 받아 경내에서만 하고, 하루의 대부분을 의자에 앉아 '이 뭣고?'를 했다. 시자가 저녁 공양을 하고 들어오자 문도들에게 늘 당부하던 말을 반복했다.

"인과因果가 역연하니 참선 잘해라."

원주 소임을 보고 있는 각안의 조언을 받으며 현철, 현오, 도행 그리고 행자 문광이 혜암을 시봉하고 있었는데, 그들 중 누구도 혜암의 임종을 알아채지 못했다. 시자들은 한밤중이 되면 곤하게 잠에 떨어졌다. 그러나 혜암은 그 시간에도 의자에 앉아 '이 뭣고?'를 했다.

달이 떠오르자 혜암은 미소굴을 나와 마당을 천천히 돌았다. 젊은 시절 오대산에서 행선行禪하며 용맹정진하던 때가 그립기도 했다. 밤이 되면 잠을 쫓기 위해 서대와 적멸보궁 사이의 산길을 밤새 오가며 여섯 달을 보냈었다.

달빛이 원당암 경내를 구석구석 밝히고 있었다. 보광전 마당의 모래는 달빛이 내려앉아 금싸라기처럼 반짝였다. 불 꺼진 방들만 깊고 푸른 밤 속으로 잠겨들었다. 혜암은 다시 미소굴로 들어가 의자에 앉았다. 의자 팔걸이에 손을 얹은 뒤에도 '이 뭣고?'를 살폈다. 비록 기력이 떨어져 의자에 앉아 장좌불와를 하고는 있지만 그래도 화두를 들고 있지 않으면 송장이나 다름없다고 믿었기 때문이다.

혜암은 부처님의 10대 제자 중 두타제일인 마하가섭을 만세의 정진불精進佛이라고 늘 존경해마지 않았다. 부처님이 '가섭이여, 그대도 이제는 늙었다.'고 두타행을 만류하자 '저는 두타행을 기쁘게 합니다. 그리고 제가 두타행을 하여 뒷날의 수행자들에게 본보기가 된다면 이 또한 즐거운 일입니다.'라고 대답해 부처님께 '착하다, 가섭이여. 그대 생각대로 정진하라.'는 허락을 받았던 것이다.

마하가섭이 정진한 여러 가지 두타행 중에서 혜암은 앉기는 하되 눕지 않는 장좌불와, 하루에 한 끼만 먹는 일일일식, 오후엔 아무것도 먹지 않는 오후불식, 주림만 면하게 배를 적시는 소식小食 등을 평생 지켰다. 또한 마하가섭이 삼림을 떠나지 않았던 것처럼 산중 암자를 벗어난 적이 없었다.

혜암은 의자에 앉은 채 그동안 정진해온 산중암자의 이름을 천천히 중얼거렸다. 그러자 고행 정진했던 산중암자들이 주마등처럼 눈앞에 떠올랐다. 오대산 상원사, 설악산 오세암, 운달산 금대, 벽발산 천제굴, 오대산 오대, 태백산 동암, 오대산 사고암, 영축산 극락암, 가야산 중봉암, 지리산 상무주암·문수암·칠불암·도솔암, 희양산 백련암···. 혜암은 원당암에 이르러 미소를 지었다.

몰록 하룻밤을 유유자적한 것이 분명했다. 도량석의 목탁 소리가 멀어지는가 싶더니 미소굴의 창이 새벽빛으로 변했다. 새들이 다른 날보다 일찍 청아한 소리로 노래했다. 경내를 밟는 대중들의 부지런한 발소리도 어김없이 들렸다.

혜암은 시자의 아침 문안인사를 받은 뒤 미소를 지었다. 마지막 미소였다. 금생에 인연 맺은 모든 중생들과 작별하는 그윽한 미소였다. 시자가 미소굴로 다시 돌아왔을 때는 혜암의 영가가 그 천진한 미소와도 작별한 뒤였다.

세상 나이 여든둘, 법랍 56세. 2001년 12월 31일(음력 11월 17일) 열 시. 해인사 법당과 산내암자마다 사시巳時 마지를 올리는 시각이었다. 조계종 종정 혜암의 원적圓寂을 알리는 대종 소리가 가야산 산자락과 골짜기를 타고 장엄하게 울려 퍼졌다.

방장과 주지 그리고 해인사 스님과 신도들이 원당암 미소굴 쪽을 항해 합장했다. 성철 이래 또 하나의 큰 별이 떨어졌음을 바로 알아차렸던 것이다. 묵은해를 보내고 새해를 맞이하기 위해 해인사를 찾은 참배객들만 영문을 모른 채 삼삼오오 무리를 지어 경내를 서성거릴 뿐이었다. 법구法軀는 곧 해인사 청화당으로 옮겨졌다. 이승의 헌옷을 벗고 내생의 새옷으로 갈아입은 혜암은 '조계종정 혜암당 성관 대종사지각령曹溪宗正慧菴堂性觀大宗師之覺靈'이라는 위패에 봉안되었다.

상좌들이 가깝고 먼 곳에서 누구보다 먼저 청화당으로 달려왔다. 문도 대표 성법과 수법상좌 원각이 자리를 지켰으며 각안이 사형사제들에게 연락을 취했고, 뒤이어 무영, 무상, 무일, 여연, 현조, 도봉, 대우, 대운, 지정, 정견, 도각, 지공, 묵조, 적묵, 대오, 능도, 능혜, 종오, 법인, 일화, 도안, 지도, 정인, 진각, 성각, 정안, 중도, 명철, 돈오, 원오, 성오, 석교, 경락, 경조, 법수, 진고, 무진, 보안, 보명, 법철, 진철, 만각, 은산, 지각, 지원, 은광, 각경, 정경, 원경 등이 달려왔다.

그날, 종단장宗團葬으로 장례를 치르기로 정하고 장의위원회 명단도 의견을 모아 지체 없이 천명했다. 증명證明은 서옹·서암·월하, 호상護喪은 해인총림 방장 법전, 장의위원장은 총무원장 정대, 집행위원장은 해인사 주지 세민이 맡았다.

궁현당에 분향소가 마련되고 시간이 지나자 비로소 전국에서 문상객이 몰려들기 시작했다. 해인사에서 안거를 났던 젊은 스님들은 분향을 한 뒤 저마다 혜암의 상당법어를 떠올리며 추모했다.

〈중 되는 것이 어찌 작은 일이겠습니까. 몸의 안일을 구하는 것도 아니고 따뜻히 입고 배불리 먹으려는 것도 아니며 명예와 재물을 구하려는 것도 아닙니다. 나고 죽음을 면하고 번뇌를 끊으려는 것이며 부처님의 지혜를 이으려는 것이며 삼계에 뛰어나서 중생을 건지려는 것입니다. 오늘도 이만 내일도 그만 금년도 이대로 명년도 그대로 허송세월하다가 허망하게 죽을 때에 후회한들 무엇하겠습니까.

불행방초로不行芳草路하면
난지화락촌難至花落村이로다.
꽃다운 풀밭 길을 걷지 않으면
꽃 지는 마을에 이르기 어려우리.〉

〈어떤 것을 돈오頓悟라고 합니까.
돈頓이란 단박에 망념을 없앰이요, 오悟란 얻은 바 없음을 깨치는 것입니다.

입차문내막존지해入此門內莫存知解하라.
단막증애통연명백但莫憎愛洞然明白하리라.
이 문 안에 들어와서는 알음알이를 두지 말라.
다만 미워하고 사랑하지 않으면 분명히 깨치리라.

수편백운롱고사數片白雲籠古寺하고

심곡록수요청산深谷綠水繞靑山이로다.

몇 조각 흰 구름은 옛 절에 떠 있는데

깊은 골짜기 푸른 물은 청산을 둘러 흐르네.〉

〈출세 대장부들여, 구경각의 해탈을 위해 활안活眼으로 성찰하라.

학도여찬화學道如鑽火하야 봉연절막휴逢煙切莫休로다.

직시금성현直待金星現하야 귀가시도두歸家始到頭로다.

대도를 배우려면 불을 비벼대듯 연기가 나도록 쉬지를 말라.

불꽃이 나타나는 때가 돼야 비로소 고향으로 돌아가게 되리.〉

　혜암의 문도는 장례 기간을 7일로 정했다. 그리고 영결식과 다비식을 2002년 1월 6일로 잡았다. 조문 기간 내내 문상객들의 차량이 산문 안팎에 장사진을 이뤘다. 가야산을 지나가는 바람과 홍류동을 흐르는 계곡물이 구슬픈 소리를 냈다. 분향소에서는 대중 스님들의 독경 소리가 아침저녁으로 끊이지 않았고, 보광당에서는 송월과 구참 스님들이 깃발 모양을 한 오색의 번幡과 만장輓章에 글을 쓰느라 밤을 새웠다. '나무대성인로왕보살南無大聖引露王菩薩'이라고 쓴 번이 맨 앞에 설 것이고, 그 뒤를 화려한 만장들이 따를 터였다. 만장의 글 중에서 혜암의 진면목을 담박하게 드러낸 조시가 눈에 띄었다.

구산의 법제자 근일이 문상을 하고 부석사로 돌아가면서 놓고 간 조시였다.

장좌불와 50년 하시니
보살행과 수행함이 중생들의 스승이네.
혜암 스님이시여, 무심히 조계봉에 오르셨으니
성관 고불이시여, 본래 자리로 돌아오소서.
長坐不臥五十年　菩薩修行爲衆先
慧菴無心曹溪峰　性觀古佛本來還

3

2002년 1월 6일. 겨울바람이 울음을 멈추었다. 햇살이 영결식장인 구광루 마당에 쏟아졌다. 문상 온 스님들이 벙거지를 벗고 신도들은 두툼한 목도리를 풀었다. 일주문 밖에서 계속 밀려오는 추모객들의 마음이 모아져 강추위가 잠시 물러선 듯도 했다.

영결식을 알리는 대종 소리가 났다. 이미 일주문에서 구광루 마당까지 인산人山이 되고 인해人海가 돼버렸다. 단 한 사람도 구광루 쪽으로 비집고 들어서지 못했다. 추모 행렬은 한 덩어리가 되었다. 모두가 해인사를 떠나는 혜암의 법구를 보기 위해 발을 동동 굴렀다.

혜암의 법구가 든 관을 짠 김일출 목수는 영결식이 시작되기 전에 바로 해인사 사하촌 위쪽에 자리한 다비장으로 향했다. 도감 종

성의 지시를 받아 생화로 꾸민 영결식단을 확인했으니 이제는 다비
장을 마지막으로 점검해야 했다. 그러나 김 목수를 태운 트럭은 주
차장까지 들어찬 인파를 뚫고 빠져나가는 데 애를 먹었다.

이윽고 해인총림 방장 법전이 원로회의 의장 자격으로 추도사를
했다. 성철의 회상에서 혜암과 탁마했던 세월이 떠오른 듯 법전의
목소리는 감회에 젖어 있었다.

〈줄기 없는 꽃봉오리, 시들지 않는 만다라화로 종정 스님의 법구
를 장엄하고 메아리 없는 가야산하伽倻山下 그림자 없는 낙락장송의
일편향一片香을 영전에 올립니다. 삼천대천세계를 유유자적 오고감
이 없고, 생사 없음을 보이신 종정 스님의 모습 앞에 저희들은 유구
무언입니다. 열반이라 해도 옳지 않고, 열반이 아니라고 해도 맞지
않습니다.

출가한 이래로 장좌불와와 일종식一種食을 하면서 위법망구의 두
타 고행 정진으로 어떤 것이 수행자의 본분인가를 몸소 우리에게
보여주셨습니다. 언제나 '공부하다 죽어라.'는 가르침은 지금도 가
야산의 찬바람 되어 저희들을 경책하는 법음으로 와 닿습니다.

이제 종정 스님의 영정 앞에 영결식을 봉행하오니, 스님의 빈자
리가 너무나 큽니다. 봉암사 결사에서 '부처님 법대로 살자.'는 그
기개를 이제는 어디에서 뵈올 수 있겠습니까.

종정 스님께서는 가는 해의 마지막 날에 육신을 허공에 놓으시

니, 어제와 오늘이 따로 없고, 전생과 내생도 없는 마음을 주인 삼아 시간과 공간의 주인이 돼라는 것을 말없이 가르침에 온 사부대중은 이제 슬픔에서 벗어나 환희심으로 가득합니다.

첩첩비봉산疊疊飛鳳山하고
여여미소굴如如微笑窟인데
선사귀하처禪師歸何處오.
비봉산은 첩첩하고
미소굴은 여여한데
스님께서는 어디로 가셨습니까.

할!〉

김일출 목수가 탄 트럭은 의경들의 도움을 받아 겨우 해인사 주차장을 벗어났다. 총무원장 정대의 영결사가 이어졌지만 그의 귀에 들어올 리 만무했다. 다비단은 이미 이틀 전부터 10여 명의 일꾼과 함께 장작과 숯과 볏짚 등으로 설치했고, 그 위에 연화단을 올렸지만 그래도 최종 마무리가 필요했던 것이다.

추모 행렬은 일주문 너머까지 들어차 끝이 보이지 않았다. 성철의 영결식 때도 목수 일을 했기 때문에 김일출은 추모객 숫자를 어림셈할 수 있었다. 그가 보기에 3만여 명은 돼 보였다. 구광루 마당을 가득 메운 스님을 3천여 명으로 본다면 일주문 안팎의 추모객이 2만 7천명 정도는 되는 듯했다.

김대중 대통령의 조사 때는 영결식장 분위기가 더 숙연해졌다. 문화부 장관이 대독했지만 친필로 쓴 조사의 서두에 '슬픈'이라는 단어가 나오자 신도들이 여기저기서 눈물을 훔쳤다.

〈존경하는 혜암 종정 큰스님!

큰스님의 입적 소식을 접하면서 슬픈 마음 이를 데가 없습니다. 이 나라, 이 중생들을 위해서 베푸실 일들이 아직도 많으신데 이렇게 홀연히 가시다니 그 빈자리가 너무도 크게 느껴집니다.

혜암 큰스님은 우리 모두 너무나 잘 아는 대로 불교계의 굳건한 거목이십니다. 1946년 출가하신 이래 평생을 고행으로 일관하셨습니다. 성철 스님, 자운 스님 등과 함께 한국 불교의 중흥기를 이끄셨고, 원로회의 의장으로 종단 화합과 개혁을 통해 불교 발전에 크게 기여하셨습니다. 이곳 해인총림의 제6대 방장을 지내셨고, 조계종 제10대 종정으로 추대되어 우리 사부대중이 감히 범접할 수 없는, 무소유의 삶을 실천하신 대각이십니다. 오랜 세월 동안 많은 설법으로 중생을 감동, 교화하신 우리의 큰스승이십니다. 물질문명의 발달로 황폐화된 우리의 정신세계를 풍요롭게 일궈주신 위대한 성현이십니다.

한도 끝도 없는 큰스님의 법력을 어찌 몇 마디의 필설로 다 드러낼 수 있겠습니까. 깊은 존경심과 한없는 그리움으로 그 공덕을 여러분과 함께 기리고자 할 따름입니다.

저 개인적으로도 큰스님과는 잊지 못할 인연이 있습니다. 지난 1996년 이곳 해인사를 찾은 저에게 주신 지도자의 덕목에 관한 큰스님의 말씀을 저는 지금도 생생히 기억하고 있습니다. 또한 지난 1998년에는 길을 가시다가 문득 저를 찾아 '방생'의 참뜻을 화두로 던져주시면서, 인간 방생을 실현하라고 하신 말씀도 잊지 않고 있습니다. 큰스님과의 이러한 인연은 국정 운영을 하는 데 커다란 가르침이 되었습니다.

사부대중 여러분!

한국 불교에는 호국 불교의 자랑스러운 전통이 있습니다. 나라가 어려울 때 국민의 힘을 결집시켜 국난 극복과 국가 발전을 이뤄온 불교계입니다. 큰스님께서도 평소 나라를 걱정하며 국민 대화합을 위해 발원하셨습니다. 민족의 장래를 염려하며 남북이 서로 화해하고 협력하자고 역설해오셨습니다.(중략)

'착한 사람, 악한 사람, 가난한 이, 외로운 이 모두가 본래로 부처님이니 서로 공경하고 서로 아끼며 나를 용서하는 마음으로 남을 용서하라.'

큰스님께서 내려주신 신년 법어를 여러분과 함께 나누면서 그리고 큰스님의 입적을 마음으로부터 깊이 애도드리면서, 부처님의 자비광명이 사부대중 여러분께 늘 함께하기를 빕니다. 감사합니다.〉

김 목수가 다비장에 도착했을 때는 이미 많은 추모객이 올라와 있었다. 오전부터 연화단이 잘 보이는 곳에 자리를 잡고 운구 행렬을 기다리는 추모객들이었다. 그들 중에는 두꺼운 방한복 차림의 사진 기자들도 섞여 있었다.

연화단은 마치 거대한 홍련 같았다. 약수암 비구니 스님들이 닷새 동안 8만 8000장의 연꽃잎을 접어서 만든 작품이었다. 비구니 스님들이 종정 혜암에게 '연꽃 집' 한 채를 마련해 드린 셈이었다.

마침내 혜암의 법구가 둥그런 다비장에 도착하자 좋은 자리를 차지하고 있던 추모객은 스님들에게 자리를 내줘야 했다. 고승들과 혜암의 문도가 연화단 가까운 곳에 자리를 잡고, 대중 스님과 추모객들은 뒤쪽으로 물러섰다. 또한 오색 만장들은 산자락으로 올라갔다. 혜암의 법구가 연화대 안으로 들어가는 동안 만장들이 몸부림치듯 나부꼈다. 한 스님이 요령을 흔들며 의식을 집전했다.

신원적 혜암당 성관 대종사 각령이시여.
색신은 비록 멸하더라도 법신은 항상 머물러 있습니다.
마음의 몸은 침착하여 깊고 고요한 모양입니다.
이를 이름하여 크게 쉬는 땅이라 하고
욕과 식견이 참으로 머무를 자리입니다.
혜암당 성관 대종사 각령이시여.
성품은 본래 넓고 커서 수승한 허공과 같고 참다운 성품의
높이 뛰어난 모양은 법계를 뛰어넘었습니다.

혜암당 성관 대종사 각령이시여.

만일 업장이 있다면 이 자리에서 먼저 마땅히 참회하십시오.

아래에 진언이 있으니 삼가 마땅히 생각을 밝히소서.

다냐타 옴 아리다리 사바하

다냐타 옴 아리다리 사바하

다냐타 옴 아리다리 사바하.

거화봉의 불이 연화단에 옮겨 붙자 '나무아미타불'을 외는 보살
과 거사들 사이에서 흐느낌이 터져 나왔다.

"스님! 집에 불났습니다. 어서 나오십시오!"

한 번 붙은 불은 꺼질 줄 몰랐다. 오후 두 시에 거화된 불은 서너
시간 동안 불기둥이 되어 이글거렸다. 하늘로 치솟은 불길이 혜암의
법구를 한 점 남김없이 지수화풍으로 되돌리려는 듯 훨훨 타올랐다.

"나무아미타불. 나무아미타불."

어느새 추모객들은 산 아래로 물러가고 혜암의 문도만 남았다.
혜암의 상좌와 신도들은 달이 뜬 줄도 모르고 다비장에 남아 아미
타불의 명호를 불렀다. 다비식을 집전했던 스님이 다시 찾아와 요
령을 잡고 아미타염불을 했다. 그런 뒤 어느 상좌가《금강경》을 독
송하자고 제의하자 모두가 따라했다.

《금강경》을 이심전심으로 세 번이나 독송하고 있는데 한 노파가
젊은 보살의 부축을 받으며 다비장으로 다가왔다. 혜암을 30년 넘

게 시봉한 103세의 광명화 보살이었다. 보살은 합장한 채 불 붙은 연화단을 세 바퀴나 돌았다. 보살은 배웅 인사를 하는 것으로써 금생의 시봉을 다하고 있었다. 부축하고 있던 젊은 보살이 울음을 터뜨리자 나무랐다.

"큰시님께서 돌아가셨다고 울 필요 없데이. 이제 다 던져버리고 도솔천 내원궁으로 가실 텐데 슬플 것이 뭐꼬."

광명화 보살은 다비장을 의연하게 물러났다.

"이제 나도 본래 자리로 가신 큰시님 빈자리를 지키다가 갈 곳으로 갈 끼다."

자정 무렵부터는 불길이 안으로 잡히더니 숯불로 변했고, 새벽 네 시쯤에는 그 숯불마저 한 무더기의 허연 재로 식었다. 아미타불을 외는 창불唱佛 소리는 진즉 가야산 산자락에 잦아든 뒤였다. 인간사가 한바탕 꿈인 듯 조용하게 막을 내리고 있었다. 잠시 후, 풍경은 또 돌변했다. 혜암의 법구가 지수화풍으로 완전히 돌아갔음을 알리듯 진눈깨비가 흩날렸다. 그러나 진눈깨비는 날이 밝으면서 목화송이 같은 눈으로 바뀌었다. 법전이 지켜보는 가운데 혜암의 상좌들이 습골을 할 무렵에는 함박눈이 되어 난분분 난분분 내렸다.

스님의 사리는 황금빛과 옥빛, 흑진줏빛 등 모두 86과가 수습되었다. 상좌 앞에 다시 모습을 드러낸 혜암당 성관 대종사의 영롱한 모습이었다.

〈끝〉

큰스님께서는 1920년(庚申) 3월 22일 전남 장성군 장성읍 덕진리 720번지에서 탄생하셨습니다.

부친은 김원태金元泰이시고 모친은 금성 정丁씨이셨으며 속명은 남영南榮이라고 하였습니다.

14세에 장성읍 성산보통학교를 졸업하신 후 동리의 향숙鄕塾에서 사서삼경四書三經을 수학修學하셨으며 제자백가諸子百家를 열람하셨고, 특히 불교경전과 위인전을 즐겨 읽으셨습니다.

17세에 일본日本으로 유학하여 동서양의 종교와 동양철학을 공부하시던 중 어록을 보시다가

> 我有一卷經하니
> 不因紙墨成이라
> 展開無一字호되
> 常放大光明이로다

나에게 한 권의 경전이 있으니

종이와 먹으로 이루어지지 아니하였네

펼치면 한 글자도 없으되

항상 큰 광명을 놓도다

하는 구절에 이르러 홀연히 발심하여 출가를 결심하고 귀국하셨습니다.

1946년(27세)에 합천 해인사에 입산 출가하여 인곡麟谷 스님을 은사로 효봉曉峰 스님을 계사로 하여 수계득도受戒得度하셨으니 성관性觀이라는 법명을 받으셨습니다.

그리고 가야총림선원伽倻叢林禪院에서 효봉 스님을 모시고 일일익식一日一食과 장자불와長坐不臥를 하며 첫 안거를 하셨습니다.

1947년(28세)에 문경 봉암사에서 성철·우봉·자운·보문·도우·법전·일도 스님 등 20여 납자와 더불어 '부처님 법대로 살자'는 봉암사결사를 시작하셨습니다.

1948년(29세)에 해인사에서 상월霜月 스님을 계사로 비구계를 수지하셨으며, 오대산 상원사 선원에서 안거를 하셨습니다.

1949년(30세)에는 범어사에서 동산東山 스님을 계사로 보살계菩薩戒를 수지하였으며 가야총림 선원, 금정산 범어사 선원 등에서 안거를 하셨습니다.

1951년(32세)에 해인사 장경각에서 은사이신 인곡 스님께서 묻기를

如何是達磨隻履之消息인고?

金烏夜半西峰出입니다

如何是維摩杜口之消息인고?

靑山自靑山이요 白雲自白雲입니다.

汝亦如是오 吾亦如是로다

'어떤 것이 달마대사가 한쪽 신을 둘러메고 간 소식인고'하시니 '한밤중에 해가 서쪽 봉우리에 떠오릅니다'라고 대답하셨습니다.

또 '어떤 것이 유마힐의 침묵한 소식인고'하시자 '청산은 본래 청산이요 백운은 본래 백운입니다'라고 답하시니 인곡 스님께서 '너도 또한 그러하고 나 또한 그러하다'하시며

只此一段事를
古今傳與授하니
無頭亦無尾호되
分身千百億이니라

다만 한 가지 이 일을
고금에 전해주니
머리도 꼬리도 없으되
천백억 화신으로 나투느니라

하시고 혜암당慧庵堂이라는 법호를 내리셨습니다.

이후 통영 안정사 천제굴天提窟, 설악산 오세암五歲庵, 오대산 서대西臺, 태백산 동암東庵 등지에서 목숨을 돌아보지 아니하고 더욱 고행정진하셨습니다.

1957년(38세)에 오대산 영감사 토굴에서 용맹정진하던 중 주야불분晝夜不分하고 의단疑團이 독로獨露하더니 홀연히 심안心眼이 활개豁開하여 오도송悟道頌을 읊으셨습니다.

迷則生滅心
悟來眞如性

迷悟俱打了
日出乾坤明

미혹할 땐 나고 죽더니
깨달으니 청정법신이네
미혹과 깨달음 모두 쳐부수니
해가 돋아 하늘과 땅이 밝도다

이로부터 오대산 오대五臺, 동화사 금당선원, 통도사 극락암 선원, 묘관음사 선원, 천축사 무문관無門關 등 제방선원에 나아가 더욱 탁마장양琢磨長養하셨습니다.

1967년(48세)에 해인총림 유나維那, 1970년(51세)에는 대중의 간청에 따라 해인사 주지를 잠시 역임하기도 하셨습니다.

1971년(52세)에 통도사 극락암 선원에서 동안거 중에 경봉 조실스님께서 '봉통홍중공峰通紅中空'의 운자韻字에 맞추어 심경心境을 이르라고 하시니 다음과 같은 게송을 지으셨습니다.

靈山會上靈鷲峰이여
萬里無雲萬里通이로다
世尊拈花一枝花는
歷千劫而長今紅이라
拈花當時吾見參이면
一棒打殺投火中하리라
本來無物亡言語하니
天眞自性空不空이니라

영산회상의 영취봉이여

구름 한 점 없으니 만리에 통했도다

세존께서 들어보인 한 송이 꽃은

미래제가 다하도록 길이 붉으리라

꽃을 드실 때 내가 보았다면

한 방망이로 때려죽여 불속에 던졌으리

본래 한 물건도 없어 언어마저 끊겼으니

천진한 본래성품 공마저 벗어났네

1976년(57세)에 지리산 칠불암七佛庵 운상선원雲上禪院을 중수重修할 때 먼지 속에서 작업 도중 홀연히 청색 사자를 탄 문수보살文殊菩薩을 친견하고 게송으로 수기授記를 받으셨습니다.

塵凸心을 金剛劘하야

照見蓮攝顧悲하라

때묻은 뾰죽한 마음을 금강검으로 베어내서

연꽃을 비춰보아 자비로써 중생을 섭화하여 보살피라

1979년(60세)에 해인사 조사전에서 3년결사를 시작하여 71세까지 대중과 함께 정진하시면서 유나維那 · 수좌首座 · 부방장副方丈으로서 해인총림의 발전과 총림대중의 용맹정진 가풍진작을 위하여 진력盡力하심에 후학들의 존경과 흠모가 항상 뒤따랐습니다.

특히 스님께서는 출가 이후, 가야산 해인사 선원, 희양산 봉암사 선원, 오대산 상원사 선원, 금정산 범어사 선원, 영축산 극락암 선원, 지리산 상무주암,

조계산 송광사 선원 등 제방 선원에서 당대 선지식인 한암·효봉·동산·경봉·전강 선사를 모시고 45년간 일일불식一日不食과 오후불식午後不食, 장좌불와 용맹정진을 하며 오로지 참선수행으로 초지일관初志一貫하셨으니 그 위법망구爲法忘軀의 두타고행頭陀苦行은 가히 본분납자本分衲子의 귀감龜鑑이요 계율이 청정함은 인천人天의 사표師表라 아니할 수 없습니다.

1987년(68세)에 조계종 원로의원으로 선임되셨으며, 1994년(75세)에는 원로회의 의장으로 추대되셨습니다.

1993년(74세)에 당시 종정이시며 해인사 방장이셨던 성철 대종사께서 열반에 드심에 뒤를 이어 해인총림 제6대 방장에 추대되시어 5백여 총림대중의 정신적 지도자로서의 역할을 다하셨습니다.

특히 선원대중에게는 오후불식을 여법히 지키도록 하시고 '공부하다 죽어라', '밥을 적게 먹어라', '안으로 부지런히 정진하고 밖으로 남을 도와라'하시며 납자衲子로서 철저히 참선수행할 것을 강조하셨습니다.

1994년 조계종 개혁불사와 1998년 종단사태시에는 원로회의 의장으로서 모든 종도들의 의지처와 정신적 지주가 되어주셨습니다.

일생을 청정한 계행과 두타행頭陀行으로 수행정진하신 스님께서는 1999년(80세) 4월 조계종 제10대 종정에 추대되시어 종단의 안정과 화합을 위하여 심혈을 기울여오셨습니다.

2001년(82세) 12월 31일 오전, 해인사 원당암 미소굴에서 문도를 모아놓고 '인과因果가 역연하니 참선 잘해라'라고 당부하신 후 임종게를 수서手書하시니

我身本非有요
心亦無所住라
鐵牛含月走하고
石獅大哮吼로다

나의 몸을 본래 없는 것이요

마음 또한 머물 바 없도다

무쇠소는 달을 물고 달아나고

돌사자는 소리 높여 부르짖도다

라고 하시고, 편안히 열반에 드시니 세수는 82세가 되시고 법랍은 56년이십니다.

유동영 _사진

우리의 전통문화를 발로 뛰어 찾아 담았던 계간『디새집』에서 일했다. 아무개와 함께 글을
쓰고 사진도 찍어서『책 한 권으로도 모자랄 여자 이야기』라는 책을 내기도 했다. 이후에는
『그리움으로 걷는 옛길』,『선방 가는길』,『자기를 속이지 말라』,『다인기행』, 이해인 수녀님
의『작은 기도』,『맨발의 기봉이』, 노영심의『선물』, 구본형의『일상의 황홀』등 다수의 책에
사진을 실었다.

가야산 정진불 2

1판 1쇄 발행 2010년 5월 5일
1판 2쇄 발행 2010년 7월 19일

지은이 정찬주

발행인 양원석
편집장 백지선
책임편집 김진영
전산편집 김미선
영업 마케팅 정도준, 김성룡, 백창민, 윤석진

펴낸 곳 랜덤하우스코리아(주)
주소 서울시 강남구 삼성동 159 오크우드호텔 별관 B2
편집문의 02-3466-8826 **구입문의** 02-3466-8955
홈페이지 www.randombooks.co.kr
등록 2004년 1월 15일 등록 제2-3726호

ISBN 978-89-255-3645-3 04810
ISBN 978-89-255-3643-9 04810(세트)
ⓒ 2010 정찬주

※ 이 책은 랜덤하우스코리아(주)가 저작권자와의 계약에 따라 발행한 것이므로
   본사의 서면 허락 없이는 어떠한 형태나 수단으로도 이 책의 내용을 이용하지 못합니다.
※ 잘못된 책은 구입하신 서점에서 바꾸어 드립니다.
※ 책값은 뒤표지에 있습니다.